怀念狼

青春言情第一季

利百迦 作品

新世界出版社
NEW WORLD PRESS

图书在版编目（CIP）数据

怀念狼·青春言情. 第1季 / 利百迦著. —北京：新世界出版社, 2012.12

ISBN 978-7-5104-3675-8

Ⅰ. ①怀… Ⅱ. ①利… Ⅲ. ①言情小说—中国—当代 Ⅳ. ①I247.5

中国版本图书馆CIP数据核字（2012）第293665号

怀念狼·青春言情·第1季

作　　者：利百迦　著
责任编辑：余守斌　熊文霞
责任印制：李一鸣　黄厚清
出版发行：新世界出版社
社　　址：北京西城区百万庄大街24号（100037）
发 行 部：（010）6899 5968　（010）6899 8733（传真）
总 编 室：（010）6899 5424　（010）6832 6679（传真）
http://www.nwp.cn
http://www.newworld-press.com
版权部：+8610 6899 6306
版权部电子信箱：frank@nwp.com.cn
印　　刷：三河市骏杰印刷厂
经　　销：新华书店
开　　本：710 × 1000　1/16
字　　数：250千字　印张：16
版　　次：2012年12月第1版　2012年12月第1次印刷
书　　号：ISBN 978-7-5104-3675-8
定　　价：29.80元

第一卷

1

我是被一只大手推醒的，睁开眼时，看到一张英俊醒目如同电影镜头般的脸：小麦色的皮肤，头发蓬松浓密，双目深如海洋。我眼皮沉重，半梦半醒，痴痴唤了声："豫北。"

对方一皱眉："滚……"

他掀掉被子下床了，我仍懵懂不清，脑子努力由睡梦向苏醒的路上回归，眼睛却一截一截转向他的方向：他上身光着，一条白浴巾围在腰际，径直入了浴室冲澡，哗哗传出的水声才让我彻底清醒了。方知自己又梦魇了。

推我醒来的不是豫北，而是第五宏途。

我没有尴尬，脑子木木的。身下的床太软，我不习惯，想起身，却四肢无力。第五宏途很快冲完了澡，穿一袭雪白浴袍的他点燃一支烟，随手打开电话录音，立在那里一面抽烟一面听语音留言，他的女友们在电话机里喋喋召唤，他有许多女朋友，我不算，虽然此刻我在他床上。

一个娇滴滴的嗓音在电话机里甜蜜地骂他不讲信用，放人家鸽子！下一条留言有些激动：第五你浑蛋，再不露面我死给你看！

第五宏途无所谓地活动了一圈颈脖，解开浴袍带子进了更衣室。

电话机继续播放留言，一声接一声，一浪接一浪，渐渐地，在我耳中变得模糊不清。我木然躺着，天花板的水晶灯映着我的影子：芙蓉粉面，却像一具死尸——艳尸。毕业几个月了？两个月？还是三个月？我有些糊涂，记不大真了，我只知道仅这短短数月，我就找不着自己了，失恋、失贞，以致如今落到了第五宏途的手里，我彻底脏了……

第五宏途什么时候立到床头来的我不知道，已经换上衬衣的他一边系袖钮一边看着我，说："我约了人打球。"

这是逐客令，我懂。于是摁着小腹慢慢起身。小腹疼得炽烈，每次陪第五过夜都像受刑，遭的是活牛剥皮的酷刑！

穿衣洗漱后我没有马上走，第五清楚我在等什么，正在讲电话的他收了线解释：家人掐了他的经济，他目前穷得慌！

这种解释我听过不止百次，再说下去还要扯到他那位富可敌国的爸爸缘何掐断经济。我不能听，忌讳提那件事，那是我的一场噩梦。

可第五不以为然，他一面取出钱夹一面继续："不是你那次下狠手，咱们至于这么穷吗？脸上的伤到今儿还没好呢，险些就被你破了相！"说着从钱包扯出一张给我。仅一张，少得寒碜。但我寒碜惯了，伸手接过，仔细掖进自己的背包里，又仔细拉好拉链。

"咬那么狠，你就不后悔？"第五宏途他还说！他还在说！

他不说还好！他不说还好！我的手颤了！我听到自己平静得令人骇然的声音："后悔。"

第五一震。

我看着他："我后悔没把你的喉管咬断！"

甩门出来时，我的眼圈已经发酸，但我没让眼泪掉下来。

我恨第五宏途，他让我知道了什么是落井下石，他掐断了我仅存的一丝奢念。我恨不能咬死他，可那是要偿命的，我偿不起，我有太多牵绊，死对于我来说太奢侈，我死不起。

苟延残喘地活下去是我的命，早已经认了！

拖着被第五施暴过的酸痛躯体走出这座豪华宾馆，来去没有计程车，不远处的站台空荡荡，我像纸片一样飘到上面。从去年冬天我就开始消瘦了，从豫北说分手的那一天起就开始食不知味了，如今的我，已经感觉不到有体重的存在，我经常想：自己是不是已经是一个幽灵，或者已经在豫北离去的那段时间跳楼死了而自己不知道……

远处的太阳光下有车子冉冉出现，是第五宏途的车，它从我身边经过，一直向前去了。我没有看那辆车，但知道它徐徐向前最后汇入滚滚车流的情景。我可以想象到这种情景，是因为见过豫北驾车缓缓汇入人流的那一幕，那一幕是触心的，不知道为什么。其实那时候我们还好得如胶似漆啊，可我就是激灵灵地望着那熠熠发光的车尾打了个寒颤。也许那就是预感吧——那一刻我就该预感到后来，预感到豫北终将汇入人流，离我而去！

是命吧，我想。

如今的我变得不可救药的宿命！

登上城际快车后掐了掐眉心不让自己继续走神，害怕像前几次那样恍恍惚惚地错过停车点。和沈非约好到商务中心应聘，大概只过三站地就到。其实我该明白，今年我是事事不顺，到站后，远远便望到商务中心闭门谢客，旁边的沈非柳眉倒立怒不可遏，我就知道大概又黄了！

见我下车，沈非迎上来，张口间她的手机响了，搁在嘴边的话咽了回去，拿起手机接通。一个脆生生的嗓音在电话里问她认不认识林凡，问林凡是不是在替一位大老板做事？

沈非说："林凡是我同学，不过我们才毕业几个月，林凡那小子不会这么快就找着工作了吧？哪来大老板啊？"

对方说他老板可酷毙了，身材高大、潇洒洋派，操一口磁性十足的京片子，简直……

"哎等等等等，"沈非叫停，"你说的这人别是第五吧！"

对方显然一顿："可不是吗！全名不知道，反正是第五老板！"

"哎哟喂，"沈非脱口道，"表妹啊表妹，不用你向下说我也知道怎么回事了，千万别上那厮的当，有你伤心的时候！什么大老板！他第五宏途是我们学校大名鼎鼎的花花公子哥！林凡是他的跟班兼皮条客，他的女朋友一半以上都是林凡物色到的。他桃花绕身，没个长久的，害怕女孩子到学校纠缠，哄外校女生一概自封公司大老板，他衣冠楚楚名衣豪车，花钱又是大手笔，冒充老板从来没穿过帮，所以不论校内女友如何为他寻死觅活不安生，校外女友是从没找到学校去闹过，他图的就是省心！"

她表妹显然已经被这一爆料震住了，一句话都泛不上来。沈非继续抖包："别说外校女生，就是对本校女生他都藏一半掖一半呢，他那臭德性，总忌讳别人探寻他的家世，我们跟他同窗四年，横是不知道他是什么人。连林凡都不清楚他家到底什么底子。有说他是黑二代：他老爸是无良巨商兼黑社会头目；有说是红三代：他祖父是某某某，一个几乎全国人民都知道的大人物。但真正哪个是准，谁也不知道，他说话从来口无遮拦，唯独谈到家世就守口如瓶，绕过不谈……”

我向来忌讳听第五宏途这四个字，抬腿走开去几步，省得入耳。踱到商务中心门口看上面的告示，才知道原来招聘会取消了，人员都已内定。我沮丧地叹出一口气时，沈非的电话讲完了，她的长指在告示上一弹：“得，你也看见了吧，咱又白跑一趟……”

话未落音，就被“嗤”的一声急刹车打断了，一辆小小的红车停在身边。汽车贴膜太黑看不到里边，但沈非似乎认出了车，犹疑地叫了声：“夏姐。”车窗徐徐降下，露出笑吟吟的美人。我在沈非影集里见过，是其高中时的学姐夏宥。她二人亲热寒暄了几句，夏宥邀我们上车，她约了人去仙踪林见面，与我们正好顺路。

路上沈非把我介绍给夏宥，夏宥一听我的名字立刻啧啧感叹：“这就是那位十四五岁就考上大学的柳豆？你们学校真是牛掰啊，瞧瞧奇才有多少——学生大款冉豫北、选秀冠军安玉，哎？不是还有一位不明身份的公子哥……”

这就是命，我脸上的笑弱了下去。不论我走到哪里，不论遇见谁，我最不愿提及的三个人总有可能强行进入耳膜，又是命，从四年前我们走进同一所大学就注定了！

我呆呆的，一直没看路，也没注意到外面尖利的汽车鸣笛声，直到忽然急刹车才受惊。反应过来时夏宥已经“哎哟”一声下车了，一辆黑车稳稳停到她身边。

看清对方时，我和沈非都愣了，驾车的竟是沈非表妹来电询问过的林凡。

林凡降下车窗冲夏宥笑道：“说好仙踪林见嘛！到门口还跑了，鸣笛也不停，让人穿针插缝的追！”

我们这边的汽车贴膜乌黑，他看不到我和沈非，径直给夏宥介绍：“这我们老板！”

我和沈非不由向那高头大马的车后座看去，该车贴的是透明膜，里边一览无余，只一眼，沈菲便倒吸口气，我也感到一头雾水。

我想是不是自己看错了，因为最近总犯恍惚。我仔细看过去：深色西服衬着棱角分明的五官，第五宏途很舒服地靠坐在宽敞的真皮车座里。那头发的款式，着装的讲究，态度的傲气，无不呈现一种优渥阶级的高高在上。

他连身子都不欠一欠，只对夏宥点了点头，伸出手与递过去的纤手一握，很派地出声：“你好！”

“你好。”夏宥十分大方，“先生怎么称呼？”

“复姓第五，就叫我第五吧！”

“第五老板做什么生意？”

“小买卖，圈点地做点楼盘！”第五撒谎撒得颇随和！

林凡显然怕言多露馅儿，插话说：“行了，时间不早了，找个地儿聊吧，我们老板明早还得飞香港看货。”他说着望我们这边，车窗黑幽幽的，问：“你车上没伴儿吧？”

话未落音，沈菲嘭地打开车门。她一下车，林凡直了眼！第五陷在座椅里的上身也吃惊地竖了起来。

穿帮了！

“夏姐，你忙着，我们先走啦！”沈菲带笑不笑，撇下目瞪口呆的林凡第五，扯起我就走。

她一边疾走一边忍笑，肩膀抖得像抽风。刚拐过一个弯儿，就再也止不住了，大笑起来，直笑得弯了腰：“我怎么就没想起问问夏姐要到仙踪林跟谁见面啊！我要知道又是第五林凡这俩孙子，我早拆了他俩的台了！”

沈菲边笑边喘，说真没想到前头刚劝小表妹免入火坑，后头马上就遇上学姐被骗，她哭笑不得地叹道：“第五宏途啊第五宏途！你岂止是一资深纨绔……你简直就一资深嫖客啊……”

嫖客二字一出口，她猛地卡住了，可能是意识到了什么，笑僵在脸上，结结巴巴地弥合：“幸，幸而他知难而退，不打你的主意了！”

我僵了一下，后又觉得无甚关系，淡然道：“走吧！”

第五是嫖，我就是鸡，我对此早已麻木。沈非不是不怀疑第五已经得手，很多人都怀疑，我已经不在乎别人的眼光。我连豫北都失去了，我还在乎什么，我什么都不在乎！

我走得很快，步子迈得很大。不少人将目光投来，不为别的，因为我美。我曾经也为自己的美暗暗欣喜过，可现在不喜欢了，包括对自己天才的读书能力也无所谓了，老天既然不成全我和豫北，就不该给我天才的脑袋和好看的脸。没有这些就不会跟豫北有交集。

曾经因为学习好，我连连跳级，年纪十分小时，就坐到了高中教室，坐到了高大的冉豫北身边。女生们都说冉豫北帅极了，但我不懂，不是因为小，是因为饿，除了嘴我什么都顾不上。后来在大学里遇到同样赤贫的靳思思，靳思思每次讲起饿肚子的事，沈非就唏嘘：世上还有穷到吃不饱的人？

是啊，在别人听来饿肚子多像编故事啊！所以我不敢讲述自己的过去。

但饥饿的记忆是刻入骨髓的。饿得掏心掏肺，每每听课的当儿就两眼骤黑，“嘭”的一声晕倒在课桌上。升高中后我对此有了经验，在晕厥预兆稍稍出现时，便把脸枕到胳膊上，等醒来再睁开眼时，谁也不知道我刚才是晕过去了。同桌也不知道，同桌就是冉豫北，他和我几乎不过话，也很少打交道，第一次交道是高二时的冬天，我去学校后院打水，正遇上学生们一窝蜂地涌上去，暖壶磕着暖壶，喧哗尖叫，谁抢得快些挤得猛些打到的便是热水，落后了就是温吞凉水。麻秆儿一样瘦小的我抱着笨重的暖壶被卷进人群里，像幼童卷进了大人堆里，从人群内层被挟裹出外层，又从人群外层卷入内层，侥幸将壶口对上水嘴时，却“嗙”的一声被另一只壶磕开了，开水煞煞冲到手上，我几乎疼晕。磕壶的是普班的一位混混男生，那大男生已经没事人一样一手接水一手擎烟在嘴。我不敢吭声，揉着手背，怯怯往后缩去。不想壶从怀中猛地被拽出，磕开那只霸道壶，“先给她接！”冉豫北毫无商量的口气，不去管那霸道男如何反应，径直拧大水龙头，哗啦啦灌水入壶。

那天学校打了群架，不过，是一群人打冉豫北一人。

很久以后我问起这件事，豫北笑着坦言说那时候倒并不是想帮我，只是看不惯，搁着是别人，他也会出手!

我其实想听到别的话，比如‘喜欢我’这样子。可那未免是梦，当时我是丑小鸭，成绩虽好，却是班上的笑料，笑我穷：我像小尼姑一样只吃素不吃荤，吃不起。笑我小：值日擦黑板够不着顶部，搬了凳子站上去擦，下面的哄堂大笑叫我眼泪打转手发抖。

可谁也没想到，高三的时候我变了，个子忽然拔起来，虽然至今不属高个子女孩，但那时人们都说我俏生生了。人都说我的脸原就不难看，只是让寒酸给遮住了，现在却想藏也藏不住，美得几乎触目，走到哪里都惹得一双双眼睛盯着我，连那位在开水房跟冉豫北打架的男生见了都怔怔地看我。这都是别人说给我的。

而我自己注意不到别人的眼光。功课很紧，我想漂漂亮亮考个清华北大，每次会考我都是全年级前三，是很用功的，几乎是拼命。我知道，读书是我唯一的出路。父亲的病犯了，家里能给的钱越来越少，我不得不自己解决吃饭问题：周末到大街上发传单，假期给家政公司擦玻璃，参加学校举办的所有竞赛，体育比赛也不错过，为了得奖金。

那时候比赛很多，印象最深的是一次长跑赛，那是一场决赛，赛场设在离市区很远的西山林园，我没有得名次，比赛是上午十一点结束的。赛后学生们自发组织游园，包车大巴不可能单独送我回去，只好随群。午餐是附近农家的自制盒饭，每份七元，我只有三十块，是好几天的生活费，我舍不得花，就饿着没吃。

学生们上山时我没敢去，怕消耗体力会引起晕厥，坐在湖边一直等到太阳落山才集合。中间冉豫北回来过，一同回来的还有他的妹妹冉圆圆和另一位女生。他们回来买凉饮，冉豫北十分照顾他妹妹和那位女生，那女生一看便知是在富室长大，从小儿养得娇，却又十分大方，跟他很亲热，也像亲哥哥似的。我猜是青梅竹马或家人世交之类。后来我才知道那位女生叫安玉，与冉圆圆同校，与冉家确属世交。

冉豫北过来打招呼，给我送来冰糕奶茶凉饮，我不愿显得小器，拿了一瓶矿泉水。

冉豫北有一双神鹰一样的眼睛，这是多年后媒体对他的评论，这双眼睛有着对商机最敏锐的捕捉力。而那一时我没觉出什么特殊，他看我的目光直率而温和，说：“你坐了三个小时了吧。”

我听着有些发愣，那么多人一哄而去，以为根本没人注意到我留下。

这时远处的冉圆圆唤哥哥，他回头应了一声，转而向我微笑：“不去吗？”我摇头。

傍晚返城时，我已经饿得头晕，一上车便靠着车座闭上了眼，不觉睡着了。梦到校餐厅玻璃罩下盛放的柳叶饼，又酥又脆的柳叶饼，虽然没吃过，但心里知道很好吃。不敢多看它，怕自己意念不坚买来吃，所以强迫自己挪开了眼，这时候听到有人唤我名字，这一唤就醒了。可我没有睁开眼，因为已经醒悟自己是在做梦，耳边有大巴车轻微的沙沙声。我的名字依然出现，声音忽高忽低，并不是唤我，是后排女生在谈论我，说想当初我又小又黄，假期到人多的大广场向貌似情侣的人兜售玫瑰，明明是卖花，人偏叫我卖火柴的小女孩，可现在却被普班男生评为校花了；校花现在不卖花，开始在大街上发传单了，发的是性病门诊的传单；另一个说我养头发卖钱，有人见我跟理发店倔强地讨价还价，隔日再见，我的长头发就没了……

我听得脸烫，因为她们说的都是真的，做这些事我是尽量避着熟人的，也一直以为别人不知道，可现在像被当众剥光了衣服，太丑了！我一直知道自己活得丑！贫穷把我丑化了！

嫌我不够窘，肚子里响起了丑陋的声音，是饥饿的声音。

我不想流泪，泪自己流下了。

车子有些颠，我的脑袋磕着车窗，一下、两下……我觉不出痛，也不愿睁眼，但知道天黑着，没人能看到我的泪，由它尽情流了，连拭都不愿抬手拭一下。可是一块清爽的手帕放到了我的手里。

我一惊，睁开了眼，身边坐着的是冉豫北。

他在黑暗中看着我。

那之后的好多天我都有些分心，我忽然后知后觉地意识到冉豫北对我的注视已不是一日两日，很久了。他的注视并非全用眼睛，有时他看着别处，但注意力却在我身上，而且带着一股灼热却温软的气息，像一团热情的火，又像一朵柔软的棉，简直袭心。

我有些无所适从了。

2

我们的关系是从第一次握手开始的吧。

那天刚刚上课，我忽然感到犯晕，其实上高三后饿晕过去的毛病少多了，但那次来得迅疾，我刚枕着胳膊就无知觉了，好在时间并不长，很快清醒过来。睁开眼时却吓了一跳，冉豫北焦急地看着我，几乎就要抱我起来了，我连忙坐直，还好没惊动周围的人。

他有些紧张，低声说："你再不醒，我就送你到校医办了。"

我正要说话，却疼得没说出来，是手疼。低头一看才发现冉豫北还紧张地握着我。我抽出来后就一句话也想不起来了，脸红得发烫，手也痛得厉害，忍不住轻轻地在课桌下甩了甩。冉豫北感觉到了，听课听得心不在焉，仿佛下了很久的决心，忽然伸手再次握住了我。手劲不大，但他的手大，握着我的小手像父亲握着孩子的手。我只觉得一下子眼也瞎了耳也聋了，仿佛发生了大事，我应付不了，却又不想躲开。

那天我一直神魂错乱，放学收拾书时手还在颤。冉豫北也不比我强到哪里，把擦桌用的破抹布都塞到了书包里。

第二天是周六，去广告公司领传单时我迷迷瞪瞪的，连治疗阳痿早泄的传单内容都没犯愁一下，往常每领到类似的我就臊得抬不起头来，站在大街上发传单恨不得戴个口罩。今天却懵懵懂懂直接放进书包就走人了，直到第二天中午传单发的不剩多少了，才发现冉豫北的英语测卷在我书包里。

我傻眼了，英语测卷是周末唯一的作业，周一就要收。情急之下我跟同学问到了冉豫北住址，匆匆赶了过去。

我没有想到冉豫北的家那么阔，大门处的保安盘问好一时，才拿起对讲机跟宅子里的人通话。抬头看见冉圆圆和安玉在二楼落地窗上拈花张望时，我有些不想进去了，几乎要转身走时，看到了冉豫北。隔着正对面雕塑喷泉射出来的水花，我看到他从乳白色的欧式双扇门出来，很矫捷地下台阶然后向我迎来，那一瞬我有些呆，一身白色家居服的冉豫北比在学校里成熟得多，几乎就是一个社会青年，我忽然意识到：他比我大许多，我是跳级生，他是休学复读生，高一时就跟高三学生同龄了……不知为什么我有些脸发烫，低下头把英语卷从书包取出来。

冉豫北走近了，原来他穿的不是家居服，而是白衬衫，头发刚洗过，微微的湿意衬得他更加眉目清朗。他请我进去坐坐，我说不了，他说送我到站台，我不要，怕里边人看着不好。后来也不记得怎样道别走的，心里觉得像做贼，惶惶的。本是不敢回头，却在走了老远后没忍住，这一回头却与安玉四目相对了，她拈花站在二楼的露天阳台上，身边是一株高大的盆景，绿蓬蓬的，映着她白色的连身裙……美得令人心惊。

我再无心思发传单，抱着书发了一天呆。

周一上课后冉豫北被点了名，原因是没交上英语测卷，我一愣，诧异地看他，“怎么没做？”

冉豫北说：“我没卷子。”

“不是给你送去了？”

冉豫北笑了：“你给错了。”

我满头雾水，低头去翻书包，才发现英语卷还在我包里。我脸红了，但忽然愣住了，紧接着就慌了，急忙埋头翻书包，越翻越慌，几乎要哭。冉豫北的手无声息地覆上来，说：“别找了，我扔了！”

我给他的是一份治疗阳痿早泄的传单。

后来每想起这件事我就笑不出来，觉得这个错误的开场预兆了我们错误的结局。

起初其实是好的，我们偷偷牵手偷偷见面，他的性格成熟体贴，和他在一起，就像和大人在一起，特别安心。也许是有人宠就容易原形毕露，我隐藏在表面深处的开朗劲也逐渐显现了，我变得爱笑，我清寒的生活让我心眼长得快，我是懂事的。所以上大学后，不存在人际关系不协调的苦恼，我和同学合得来，生活中的一切都是美的。

在大学里豫北更像个大人了，他看事有眼睛，做事有魄力，处处妥帖。不许我打工，两个人的学杂生活费全由他负担，但我知道他并不宽裕，他曾是官宦子弟，但家第早已衰落，他父亲下野，财产全部没收，我送英语卷那天看到的房子是唯一的家产，后来也卖掉了，生活十分拮据。也许这也是他后来迅速成功的隐力吧，但成功之前他太辛苦了，从大一就开始到外面做事，几乎很少到校听课，起初还抽空让我补课，后来就干脆顾不上了。他后来的亿万身家简直是一颗汗珠摔八瓣拼出来的。

我舍不得他辛苦，想给他减轻负担，见他忙着察觉不到我的具体行踪，我就仍然出去打工。

那段时间真受罪，白天上课，晚上到网吧打工，每天仅午休时间能阖一下眼。本来有一阵子已经辞掉不做了，可大三时又去了。就是那次我出了事，误伤了人！其实是自卫，被伤男孩夜里酗酒后对我动手动脚，我情急躲闪，他竟扑空撞在电脑交流器上，头上撞开寸长伤口。糟糕的是男孩在撞伤的刹那，忽然冒出一群人哄地一拥而上，男孩身上几千元现金顷刻被抢，后来警方带走相关人协助调查，不曾想被抢者家属一口咬定我是同谋。警方不予采纳，被抢家属便自行将我扣住了。

豫北那时正在省城老家，他大二时就四处筹资在老家注册了小公司，常常学校公司两头跑。听到我失踪的消息急坏了，跟亲戚借了车一路风驰电掣地疾驰，半夜赶来报了警，可是警方拖着不办，后来才知道，被抢家属是当地有名的黑道，警匪一家，似乎是有意拖着。

现在想想，那件事不无预兆的隐意，预示着我的生活即将向着荒唐的一方转变。

我是被第五宏途捞出来的。若非如此，我不会跟第五宏途有后来的交集。我过去对他一直有戒心，他心思不正。从大一刚入校就不止一次地托沈非约我出去泡吧练歌，知道我和豫北的关系后虽有些收敛，究竟余念犹存。每见了我都像豫北一样管我叫“豆”，每次都把我叫出一身的鸡皮疙瘩。几次对我说：“成天跑来跑去打什么工，小身板儿的，缺多少钱跟五哥说嘛！”“豫北成天不在你跟五哥要吧！”一遇着我独自一人时，就好一番循循善诱。

他叫“玩”从来是“耍”！看上哪个女孩叫“看下”！总是说：“我看下谁谁谁了。”“我看下你了！”实在不正经。

有一次郊游，见我心疼钱不愿参加，他竟把全班女生的费用都包了，那次他把我堵在景区的一条窄门里不让我走，也不说话，灼灼地看着我就是不让开！直把我看得脸烫气虚，手拈衣角不知所措，他才满意了，殷殷地说：“我看下你了！”

……

从那之后我最忌他近身，这份戒心豫北不大清楚。他和第五关系不坏，第五是在国外大学闯了祸回国插班的，年龄偏大，也许是年龄相仿的缘故，同样是大龄学生的豫北和他很有交情。在我出事的当口，第五出来帮忙，据说只一个电话就把事情解决了，连警察都诧异他的来头。

后来我的戒心就不好太过明显，偶尔也跟第五有几句敷衍，偶尔也遇事打交道，噩梦就来了。

这到底是后来的事，最先发生的是豫北的离去。也是从我出事那时起吧，记得那天我被人送回，一下车就看到了豫北，向来干净整洁的他衬衣压皱了，裤子也弄脏了，头发蓬乱，双眼通红，他担心坏了，唯恐我被坏人吓着，他抱着我轻轻拍我的背，像大人疼惜孩子，不断地用大手给我擦眼泪。事后沈菲感叹说：看了冉豫北的大手就知道他多会疼人。我不知她是怎么看出的，但豫北的大手真的有着让我安定的魔力，暖暖的掌心覆上来，一切惊惧就都烟消云散了。

但是我怎么也没想到，那竟是我们最后一次温情。

我依稀记得，豫北妈妈的电话就是吃饭时打来的，饭后他返回老家了。就是那一天，我看到他黑色的车子在太阳下徐徐汇入人流，莫名心酸！等他再次来校，已经是半月之后。半月内他一次都未接我的电话，最后干脆关机了。

我有些不安，但没有想得太严重，他返校那天，我去男生公寓找他，迟迟

不见回来，我把床铺扫了一遍又一遍，地板擦了一遍又一遍，一直等到傍晚也没见着他。借了男生手机给他打过去，仍是关机，

第二天清晨再赶过去后，床铺又是空的，听到下铺男生说一早就走了时，我心里别地一跳！一种从未有过的不安袭上心头。

那天我有些牛心，晚上一直在男生楼下等到十点多。

当两束白花花的汽车灯光从远处缓缓而来时，我莫名有些心紧，后来就看到豫北和安玉从那辆车下来，停车场的探照白光射在他们身上，他们喁喁而语向这边走来。

不同寻常的惶恐在我心中激烈抨击。

我呆呆地从树影里走出。看见我时，安玉愣了一下，可她心性练达，还是大大方方地说："还没睡啊？"

我木然地看着豫北摇头，算作回答。耳朵里听到安玉对他说："那我回去了，你早些休息。"

路灯下的他颔首作答。

我一直呆呆看着他，可他没看我，目送安玉走远后，他望向宿舍窗口，说："上边人睡了吗？"

我望着他缓缓摇头，艰难启口："你怎么，一直关机？"

晚风习习，他侧开脸，双手掬着打火机在嘴上点烟，含糊不清地说："事儿多，开着烦！"

我的心瞬时停跳！刹那间确定真是有事了！我轻轻摇了摇头，试图让它清楚一些。可脑子里一片白，只有豫北手中烟的那个红点儿，微弱的，奄奄欲熄。

我不知道那天我们怎么分开的，只记得我的心在下沉，下沉。再后来找他就更难了，偶尔见到，也是与安玉出双入对。我看在眼里，却倔强地连眼圈都不红一下，我坚信豫北不会离开我，可我又心虚，因为我知道自己背后的那个大包袱，豫北也知道，他过去说不在乎，但是他的父母能不能接受一直是我心上的死结，我怕，我担心，然而我是扳不动命的……

3

回到学校时，我脑子仍在恍惚，直到沈非低呼了一声才回过神来，沈非望着前方说：“那俩王八蛋指定没得逞，瞧，这么快就撤了！”

我顺她目光望过去，看到七号楼下的黑车。

我的手梢猝然森麻，脊背阴寒，有无数条冰凉的毒蛇蠕蠕窜上颈间。电光火石的一刹那我看到那个噩梦一样的雨夜。

我知道这是病，我从两个月前得了这种病，其实是一种心病：我不能看到那辆车泊在七号公寓楼下。

事实上，它泊在其他任何地方我都不会认识它，我从来没有仔细打量过它，对第五宏途的东西我从来没有任何兴趣去留意它。可是从上个月起只要它泊在七号楼下我就心惊，我的血也会往头上涌……

我不怕第五宏途，可我怕第五宏途的车停在七号楼下。

“怎么了你？”沈非拿手在我眼前晃时，我才发现自己钉在地上一动不动。

我茫然看着她，后来就虚脱了似的缓缓低下了眼，沈非摇头轻叹，挽起我向前走，她对我的恍惚已经见怪不怪，口里嘟哝：冉豫北再好，也已经离开一年多了，总这么痴痴怔怔算什么事……

她单以为一场失恋废了我，却不知第五宏途雪上加霜毁了我！

我和沈非向七号宿舍楼走去，我们已经毕业，现在是作为校工留宿七号楼的，毕业时，我和沈非争取到了校宣传科的工作，虽然属于临时工作人员，工资不多，但这份工作让我可以留在这座城市。我暂时不能回故乡，那里不容易就业，而我太需要钱。可是，倘若能料到后来的事，不管挣多少钱我都不会留下来的。

大三与豫北分手后，我四处打工维持学业，尽管每天陀螺一样忙碌，我还是攒不下多少钱，升入大四后，学杂费迟迟交不上，而我从大一时就因户籍有误申请不到助贷，临近毕业那几天，我把所有能想的办法全想遍了，还是徒劳。是沈菲想到跟第五宏途借的，起初我还嫌跟男的借钱不体面，后来就顾不得了。

我们在伤感的校园吉他声中告别了大学生活，我没有对过去的留恋，也没有对未来的向往，我心里只有一万多元的债，我受不了第五忽然变得灼烫的目光，那种目光从他借钱给我起就出现了。仿佛有一种奇痒，蛰伏在他的心里。

我第一次坐上第五的车是毕业以后，那是一个落着微雨的傍晚，那辆车，它泊在七号楼下等我，那时我对它还没有惊心的印象。林凡驾车，我们去送沈菲搭班机。从机场回来后，车子半路停下了，那是一个灯火辉煌的地方，整幢建筑用水晶灯勾勒出庞大的轮廓，气势恢宏、璀璨夺目！但我只觉得刺得眼睛痛。我居然至今不知它是什么地方，我唯一能记得的是第五伸手牵我的手，我挣，他没放，笑着说，豆，你的手怎么这么小。

接下去有一段记忆成了空白，我什么都想不起来了，直到我清醒后，眼睁睁看到第五宏途压在我身上，我先是呆了，后来我听到一声惨叫，是我自己的声音，接下去我没了命的咬他抓他，他摔开我，我扑过去，再摔开，我再扑上去，像杀红了眼的小兽物。从床上扭到地下，从卧室打到外厅，我疯子一样大张着血口，像猴子一样吊在他身上没头没脸、丧心病狂地咬，用指甲抠，好几次生生地咬下肉来，纠缠了半个多钟头，照说他不会制不住我，可我当时失去了理智拼了性命，他竟对我没办法。着急间他兜起我，要把一丝不挂的我扔出门外，又意识到不妥，我的撕咬让他无法给我套上衣服，情急他挥拳将我打昏……

我再次醒来时房间里已经没有了第五，窗外的水晶灯依然潋滟刺眼，我怎样离开那里怎样回到学校已经不记得，我什么都不记得了，我在什么地方丢掉自己的，我也不知道了。

我曾经不理解‘算计’二字，脑清目明的一个人怎么会被别人算计了呢；我曾经也不服小，觉得年纪小不等于阅历少，窘迫拮据的贫穷和痛彻心扉的失恋已经把我磨练得足够成熟通透，我能应对得了自己的生活。可是经过那件事，我对世界多了一层认识。心凉如水！

我不吃不喝睡了三日，后来高烧快要死掉，是舍监撞开门把我送到医办的，沈菲旅行回来时，我已经恢复，她没有看出我有什么异样，我不会让任何人看出异样。因为我的脑子已经清醒了，我明白：对于第五来说，我就是一只肢体细弱无依无靠的蚂蚁，想找他的后账那是没可能。哑巴吃黄连，我只能不声不响背着人咽了。

如果没有后来的事，这件事也就过去了，我吃了大亏，我也认了，可断没想到老天不放过我。

一个月后学校举行展演大会，作为宣传科干事，我和沈菲分别负责摄像与布景工作。大会前一天的彩排设在学校大礼堂，前来参观的人不少，气氛祥和、笑语声声。但我看不到人们脸上的喜悦，我习惯了默默工作默默想自己的心事。被第五宏途糟践后我更想念豫北，他是我藏在心底的一份小小的财富，即使过去了，也禁不住常常拿出回忆来自我咀嚼安慰。曾经也是这座大礼堂，是下雪的天气，我穿着单薄的演出裙随演员上台伴舞，豫北就在台下替我拿着外衣，他的眼睛从众多演员中把我淘出来，面带笑容地看着我，那么温和宠爱，让我想到家长观看孩子六一表演时的神情……时过境已迁，物是人已非，我知道。但是我止不住掏心掏肺地想他……

我的眼睛模糊了，没有去擦，继续平移摄像机进行取景，一个像欧美男子一样高大的背影进入镜头，黑西服黑衬衣，倨傲夺目，风度不凡。我的心倏地雀跃，几乎就要像过去那样扬起脸朗朗唤一声：豫北。声音却陡地卡在喉间，我如梦游者一样蓦然恢复了意识。

颓然放下摄像机时，那个人转过脸来，他几乎照直向我看过来，表情顿了一下，然后冲我笑了。

那一刻我知道自己必是脑子坏了，竟把第五宏途看成豫北，那是我丢失自己后第一次见到第五宏途。

我手指颤抖，转身进了调音室，戴着大耳脉的沈菲正趴在幕布上透过缝隙瞧会场，见我进来连忙招手，那时沈菲并不清楚我和第五的事，她扯着我指着远处的小姑娘给我看："瞧，第五又来看郑妮了，这女孩啊！别看年纪小，心计重着呢，第五身边有多少女孩来了又去不长久，唯她稳坐第一把交椅不动摇，简直就是正宫娘娘……"

我基本上没听到她在说什么，也没看郑妮。我手足冰凉牙齿发颤，死死盯着第五宏途，他已经坐在排椅上，一面抽烟一面漫不经心地同郑妮说话，我看着他隐隐蠕动的喉结攥紧了拳，如果有把刀我不知道是不是会杀了他……

临时导演喊我名字时，我回过神来，竟有些喘息，仿佛刚才真的已经卖力杀了人，我木然抱着摄像机走出调音室，然而刚刚挪出五六步，便听到"啪"的一声爆响：我直直摔在地上。同时舞台灯灭了，一群人围上来，学校唯一的进口摄像机压在我身下，已经摔得四分五裂……

该有多么霉运，才会被舞台上的线路绊倒。

事后校务处做出处理方案。肩扛式进口摄像机，折旧后三分之一的费用两万五千元由我赔偿。

我连哭都哭不出来了。

后来的许多天我都在四处筹钱，沈菲陪我走遍了这个城市所有的小额贷款公司，但最终我分文未筹到。第五让沈菲给我带话，要替我还债，我紧闭耳门听都不要听。沈菲建议找豫北时，我动摇了，我真正承认自己最丑陋的就是那一天，我居然无奈到向已经分手的男朋友去借钱。而我和豫北分手时，他没有提过钱，他知道我拮据窘迫但狠心没有提钱，他当时很努力地想做到无情无义，想彻底了断我的念想，怕我忘不了他，或许也怕我死不净心不放他走。我的处子之身给了他，我最美的少年时代给了他，他认定我不能甘心，怕我反悔！不止是钱，他走后几乎就再没有露面，一丝一毫的奢望都不敢留下。我难过，但没有感到委屈，也没有怨艾，不知道为什么。莫说我明白他的苦衷，即使成心伤害我，我也对他恨不起来，反比过去更加惦记他想他。他的决绝，沈菲称之为无情无义，我却称之为用心良苦。爱总是没有道理的事情。

我甚至觉得净身出户才是最尊严的选择，才会让豫北将来想起时不至于低看了我。但我断想不到，山穷水尽的时候，钱就是吃人的狼，面对这只饿狼，十几岁的我根本没有办法保全体面，也没有余地顾念自尊。我竟要返回去跟豫北找钱了，虽然我想着救急，今后会还给他，但我知道在别人看来，这就是讹他，一点申辩的意义都没有！

然而就是这样肯丢开脸面豁出去，我都逃不开一个命字。我没有联系到豫北，我给他发的短信石沉大海。后来着急间打到公司才知他陪家人出国去了，未必能收到我的短信。我绝望了，而第五宏途在那天夜里来找我。

我不能忘记那个夜晚，天上一直雷电交加却迟迟不下雨，我从远郊的一家贷款公司赶回学校时，看到闪电映亮了七号楼下那部黑车，我打了个深深的寒颤，有一种不祥的预感阴阴朝我包围。

第五不是从车上下来的，是从七号楼的灯光里出来的，他一面打电话一面向我看过来，我站在黑暗里。

看见他时我想起我背包里的刀，是过去打夜工放在包里防身的裁纸刀，但是我很快发现自己没那个勇气。

世上有很多吃了亏打落牙齿往肚里咽的事。只是我吃的亏太重了，他割我一块肉行呢，他怎么可以把我脏了。即使穷即使失恋，我还是那个清贫的自己，可现在我什么都没有了，用多少钱都换不回原来那个清白的自己了……

真脏，身边的一切都脏！下午的场景也跑进脑子里，虽然虚惊一场，可是糟心透了：我站在从那个老头子嘴里吐出的团团烟雾里，浓雾里老头子眯眼说话："你早该一个人来了，之前就不必带那个同学来，本来我这贷款公司，是得有个抵押，不过你这孩子叫人看着心疼啊。"他走上来捉我的脸："看这小脸儿……"

"回来了？"第五已经站在面前："沈菲说你四处找钱，跟五哥说一声不就得了……"

我猛地错身走开。

他仿佛被触怒，头也没回地说："好像你还欠我钱？"

我停住了脚，肩膀瞬间颤抖，有千万种杀人的冲动在胸口泛滥，我听到自己从牙缝里出来的声音："还了！"

"喔。"第五显然料到了，他点头，再点头，大幅度地点头！忽然抬头："谁看见了？"

我猝然涣散，不由得向后退了一步："你干什么？"

第五拔出一支烟，抬头看了看乌云滚滚黑蒙蒙的天，"有些话说得太透就没意思了！"他不急着点烟，只道："你们当初闹着给我打欠条，我也……"

天际"嘎"的一声劈过一道闪电，他的话被淹没了，可我偏偏听得清晰而震耳。我脑子被震昏了，我是给他打过欠条，毕业前跟他借到学费后，特意打了条子让沈非交给他的。

我不由向后退，不敢相信，不敢相信第五如此卑鄙！

又一道闪电炸开，冷光下，第五向我走近，"陪五哥几天，行不行？"

我脑间轰地爆了，看到贷款处的老头也向我走近，"要什么抵押，叔看你比什么抵押都强，这小脸儿……"

我退到墙上，后背死死贴着冷冰冰的墙，路灯光线完全照不到这里，我彻底进到黑夜，可我清清楚楚看到第五眼中闪出狼的绿光。

他自言自语："人间果真有这样一种身体，你碰了它，你一时半会儿放不下，豆……"

我一惊，耳朵里再次声音交错："有你这小脸儿，还用得着回回领那假小子似的女同伴来贷款？叔第一眼就看好你了，就等你一个人来……"

我忽然呼吸受阻、只觉得有一双无形的大手卡在脖子上，无论怎么挣扎，仍旧喘不上气来。

远处灯光下有学生偶尔走过，嘤嘤嗡嗡说笑着走过去，任何人不知道黑暗里的我有多么寒冷多么无助，各人生活在各人的世界里，连最爱最爱的冉豫北也从此与我了无干系，我浑身疲软，几乎坍塌，雨滴终于落下来。

当我的肩软软塌下去时，第五一把拉起我便走，我被他抱到了那辆又高又大的黑车上……

从第五车上下来时天已降了一个多小时的瓢泼大雨，我抱着一堆零散的钱，木然向前走，雨下得很大，我却向男生公寓去，虽然知道我爱的那个人他早已不在那里，但脚却不听使唤朝那里去了，暴雨如注，我的脚在男舍楼下停住，可就在我缓缓抬头的一瞬间，那盏灯灭了，多年守望的那盏灯灭了。

眼睛全黑了，我低下头！不知此生还能不能再抬起……

4

我和沈非走进七号宿舍，上二楼开宿舍门的当儿，听到由三楼下楼的脚步声和喁喁调笑声，一个女声娇嗔：“我当你又瞄上别人忘了我，这久不露面！”

接口的竟是第五宏途，他说：“什么话！我就你一个你又不是不知道……”

沈非摇头耻笑，开门进屋。我把背包放到床上，摘下辫套去浴室洗漱，每次见着第五携香揽秀我就快心，我巴不得他找了别人放了我。

他是一个地地道道的流氓，原说替我还债是假话，那个雨夜完事之后他给了我一部分钱，但远不够偿清摄像机的债。他说目前穷了，并且归罪于我，说上次我咬破他脸脖后被他父亲撞见解释不清，结果一气之下将他禁闭半个月，并掐了经济限制他胡闹。不管此话属实与否，我已经上了贼船，干气没办法。

钱不够，是靳思思借了一部分给我救了急，靳思思是在大三时就扛不住穷去酒吧做事了，后来发展到任何欢场都去。我现在比她也强不到哪里，每次跟第五完事我都跟他要钱，再少再寒碜都会拿，我一点一点攒起来预备还给思思。第五之前讲好为我还清所有亏空，我现在就不客气，强如白白让他糟蹋。我知道这样不好，可在他面前我已经没有廉耻，从那个雨夜上了他车的那一刻就把廉耻丢掉了。他也觉得我省心，又便宜又不用刻意哄。

其实第五给不给钱不重要，叫我忧心的是那张欠条，第五答应半年后销账走人，可是我等不到那个时候。前几天我偷过那个条子，买了安定药品放进饮水机，第五睡死后，我翻遍了房间的所有角落没有找到。

找不到条子我不能放心走人，只能等他发落，今日一天之内看到第五两桩风流案，我总算觉得有了出头之日。

可是我未免是做梦，一周后第五便来电召唤了。我还得忍，背起背包去宾馆。

我知道第五又没钱了，他有钱的时候不会找我。我似乎天生没有财命，过去冉豫北就是例子。

我到宾馆后，第五正在打电话跟人借款，他在电话上叹气，说别看他豪车名衣风光着，实际他库中空虚得简直出不了门，还好酒店是老爸准许过的，他一律签字，抽烟吃饭洗衣全在酒店签字搞定，有吃有喝有住，包括给车加油都是油卡，就是缺现金……这些话我不用听都能背下来。我不止一次遇见他跟人借钱。

第五挂机后莫名问我生辰八字，居然还拿着根笔要记下来，还唤我到沙发上坐。我不明白，抬眼皮看他。他给我解释：自从被我咬伤断了经济后，他是事事不顺，打牌总输钱，还被人骗钱，也不是本命年啊，犯小人了？他得找个风水先生看看，是不是我俩相克……

如今想想，第五身上最显著的特点是无耻，似乎不要脸才是当今社会为人处世的最高境界，才能吃得开混得好。可惜我永远学不会。

他还要说什么，我打断了。我说不用看，我是扫把星，冉豫北跟我好的时候是穷光蛋，跟我分手没多久就成了身价过亿的学生大款，我不是扫把星是什么。

他冷笑，仿佛在说：你还别怂我，别说没钱，你就是旺夫星老子也不找你。

但他嘴上没说出来，他从来爱装，怕说透了不君子。再也许他是遵循脾气大不如脸皮厚的定律，总之他很少发脾气，万事靠脸扛。

他假惺惺，貌似不在意我的恶劣情绪，仍然在讲他的事，其实他何止是近来在上当受骗，自打过去他就是学校女生的财神爷，著名的冤大头。别看他貌似有型有款，常常穿得像出席峰会的国际政要，他只是能装罢了！其实纯属空心大萝卜，不学无术的纨绔子。我是住集体宿舍的，有些传闻即使捂上耳朵也还是要钻进听觉里，前些日子宿舍人说第五迷上了一个女孩，该女孩骗到钱跑路失踪后第五担心女孩是不是被绑架，着急去报警时，才知那位貌似年轻的女孩已将近三十五岁的年纪，且是入行十多年的小姐。

他现在讲的不是这件事，是昨天刚发生的，他和林凡在朋友处打牌，输钱散场后林凡去地下停车场取车，他外边等，一个抱孩子的女人走上来说出门走亲戚被人扒了钱包，回不了家，求他行行好，资助几百块路费，他听了二话没说，把兜里仅剩的几百块钱全部奉送，取车出来的林凡一听缘由，立刻说五哥你上当了，不信你再往前走一个路口，保证还得遇见这么骗钱的，怎知林凡话还没落音，身后就有人蹭了上来，是一老太太，说：走亲戚被人扒了钱包，回不了家，行行好吧……

他絮絮在讲，我没听，我像受过训练似的有条不紊地做着一连串动作：摘辫套、脱衣服、洗浴、上床、平躺、一身就绪地等他！

他顾了说话没看见，后来转脸看见时就气极的样子，说他不想奸尸。

话虽这样说，但事情还是要做的，我听到他解皮带还是怕了，每次我都惧，他太过高大又常常健身，脱了衣服后的那种高与壮，叫你想到古罗马战士，由不得你不怕的。

电话响起时他正挽着浴袍向盥洗室去，看到来电显示后忽然变了色，立刻返身回来。没接电话先扔了一条被子叫我捂住头脸千万别出声，咳嗽也不准！

是他老爸来电，刚刚下飞机，让他马上回家。他一面讲电话一面手忙脚乱地穿衣服，挂了机后就扯起我身上的被子命令我立刻马上火速穿衣走人。我几乎是被踢出宾馆的，走在站台时手里还拿着没来得及穿的外衣。糟糕的是我的小钱包落在了他的房间里，我攒下的所有钱都在那里面。我着急我的钱，匆匆返身要回去时，第五的车子已经箭一样从我身边射过去了。

回到学校后，我仍在担心自己的钱，虽然不多，可那是我好几个月的积攒。我除了学校的工作，周六日在旅游公司做导游，每天夜里还要带家教课，有时候还要接一些报社的校对零活连夜赶。以至于沈菲对外总说我是个铁人，她印象中我仿佛就从来不睡觉。

这样辛苦，进项却不多，每个月给家人寄去生活费后，就所剩无几了。我的债那么多，万一那些钱被穷极的第五用掉，我什么时候能补上自己的亏空啊！忧心忡忡间，沈菲大叫：“豆，快来，这个女人简直跟你像极了！”

我心情不好行动慢，抬眼看时，电视画面已经过去了。沈菲惋惜得直叹气，恨不能把电视画面再拉回来。

我脱衣服上床了，我没告诉她以前的事，高三那时候，就有人指着新闻上的某个女领导说和我像，可我跟那个与我肖似又在电视上出现过的女人无缘，别人指给我看时，我总是慢了半拍，没有亲眼看到她。

沈非直到熄灯睡觉时还在唏嘘：“怎么那么像啊！咳咳，你不会是那女人的私生子吧！”

她忽然认了真，爬起来说：“哎，还别说，你跟她气质也挺像！人人都说你是公主的身子灰姑娘的命，瞧瞧你那气质，哪像农村出来的孩子，连阅女无数的第五宏途都说你是绝品尤物呢。你还记得大一刚入学那会儿吗，第五见了你简直呆住了，你说说你说说，这等气质能没个正经来历吗……”

不知道她是真不明白我和第五的关系还是怕我尴尬装不明白。她提起第五来总是这样口无遮拦，每每惹得我心上刺痛。当然我也知道她是一个心直口快缺心眼的人，每次都无声敷衍过去了。

我没有接口，但也不愿再听到第五宏途这四个字，将耳门闭上了。脑子里却兀自回味起沈非那句私生女的猜想。这种猜测我倒是第一次听到，不禁苦笑，但转而就有些苦涩袭上心头。我并不是忘本之人，我爱我的亲人。但此时心里确实掠过一丝混账的念想：如果我是别人的私生女倒真好了，我就不会跟豫北分开了。

我永远忘不了大三分手时豫北最后说的话。

他痛苦的声音犹然在耳，他说：“别再逼我了！”

当时的我只觉得瞳孔猝然迸裂，什么都看不见了。我不笨，所以他不必向下说我也明白事情的根由了。可他说了。他痛苦地望着我，紧紧地闭着嘴，生死攸关似的管着自己的嘴。最终还是没有管住：“我不能要你，我有父母，亲人，我有责任，……后辈为大……脑筋平庸也可以……”艰难痛苦的最后一句话迸出：“但不能智障！！”

我肠子里“咯嘣”一声，世界静了，周围一切都散了！

从那时起他来校更少了，而他轰轰烈烈地富起来了，我只在报纸网络上可以看到他，我没有再找过他。

后来我才知道，关于我的家状是冉圆圆和安玉努力查到的。我不怪她们，怪只怪造化弄人！

我母亲的智障基因于那段恋情来说是致命的，豫北的父母无法接受。

我的姐弟有不同程度的智障，但我作为家中成员却是少年天才，令我感到很疑惑，曾经我也想过我是不是领养的。我查验过家人的血型，我与母亲的血型是相同的，虽然这也有巧合的可能，但我没有条件也没有道理再去做亲子鉴定，我也没有道理继续怀疑。

豫北与他的家人做过激烈斗争，他说我们将来可以抱养孩子，但是最终被父母的强硬态度震慑住了。我不能怪谁，天下父母哪个不是为了自己的孩子好？

除了命，能怨谁呢？

分手后我是很难过，豫北也很惨！

我至今记得林凡讲给我的那些事！

我们分手的当夜，豫北喝得一塌糊涂，直到凌晨两点才被第五林凡在酒吧服务生的协助下抬上车。然而车子驶上贯通大桥时他跌到了车外，林凡紧急刹车，还是甩出很远。回头看时，豫北已经踉跄扑向夜幕下的大桥栏杆，大桥上顿时传来凄厉的惨叫，“啊——”苍凉惨烈的一声声嗥叫穿透寒冬干冷的宇宙，回荡在深夜空寂的城市里。林凡说那个晚上豫北老了十岁不止，他在昏冷的路灯下顺着桥柱呜咽着慢慢滑下，跌坐在地上瓮声饮泣，饮泣哀鸣渐渐变成号啕大哭。望着黑熊一样蜷缩着的他，一向桀骜不驯的第五都有些动容。

后来担心他坐得久跟桥柱子冻到一块儿！林凡第五上去扯他起来，可拉拽推搡半天也丝毫没离原地，最后第五林凡累得不能管了，一边一个弯着腰手拄大腿气喘如牛，第五气得骂他没出息，可地上的那座‘大山’根本听不到，他的哀鸣声被大风撕扯得四分五裂。

大概半个小时后，嚎哭渐渐停了，短短一阵静默后，豫北出声了，但是没想到的是，他居然唱起歌来，站着的第五林凡惊诧盯过去。

豫北用一种沙哑而低沉的声音缓缓唱起：“五谷子，田苗子，数上高粱高，一十三省的女儿家，数上兰花花好……”

人们常说：男愁唱女愁浪！豫北的声音震住了第五林凡，他们几乎呆了。

不知过了多久，歌声渐渐停息，第五正要上前，豫北自己动了，他慢慢转身，面朝栏杆下那冷风飕飕黑不隆洞的冰河——盘腿而坐，垂头不语，直到黎明……

我之所以恣意地想豫北，是因为昨天上午沈非遇见安玉了，安玉说豫北病了，在一大院住院，我想去看他，可我没有勇气，只好一遍一遍地想他。我担心他，他那么高大壮实，小病小闹也拿不住他啊！他得了什么病，需要住院！

我终究没有管住自己，或者说实在放心不下，踟蹰几日，还是决定去看豫北。

出发前我特意查看了研究生班的课程单，安玉有课。安玉是校本部保送研究生，她既上课我就不至于在医院跟她撞见。

我的钱包还没取回，这几天一直联系不到第五。走时沈非不在宿舍，无处借钱，只好从简。我把身上仅有的十几块钱全花了，只买了七个苹果，红色塑料袋扁扁的，甚是寒酸，在去往医院的公交车上，我隔一阵就把手伸进那红色塑料袋，拨一拨袋里那七个苹果，期望袋子能够略显饱满。然而务弄半天，再提起袋子一看，还是瘪瘪的，我灰了心！

提着七个苹果在医办问到房号，辗转寻到病房门口，里边“哗哗”的笑语声叫我顿住了脚。

脑子里是要立马转身走掉的，脚丫子却赖着不动。站在门口咬了一时嘴唇，心里怦怦乱跳。

我只是探病，没别的心，更不想对分手的事反悔。我在内里反复着这句话，给自己打气。不知门是怎么开的，我就站到了房间里，可豫北的病房是套间，我只站到了外间，里边的谈话声更响了，第五宏途竟然也在，我立刻懵了。

第五说：“在医院住一个月可够你受了，单不说别的，老二要给憋坏了。”

众人大笑，有人笑骂：“什么时候都忘不了老二！”

第五不紧不慢讲起了笑话，说：“有人指着和尚下身问道：‘汝辈出家人，夜间独睡，此物还硬否？’和尚说：‘幸喜一月只硬三次。’人说：‘若如此大好！’和尚说：‘只是一件不妙，一硬就是十日。’”

众人更是一阵大笑，我窘得几乎掉头要逃，这时门却开了，是护士从我身后走过来推开了门，护士警告禁止喧哗，却把我暴露给了里边人。我提着那寒酸的七个苹果立在门口，屋中艳丽新鲜的大花篮大果篮把我的脸窘得通红，我下意识地把七个苹果遮到身后，忽然觉得手足无措。

豫北有一时发怔，不过很快坐起身：“豆，你怎么来了！”

话才出口，他整个人的气场就变了，那是如父亲般的关切．他打着吊针，却几乎要起身来迎，我怕他穿了针，忙蹭过去。

他伸手捉住我的手。

这样，我就孩子似的腆着肚子立在床沿前，一手放在背后遮藏自己的苹果，一手团在他的大手中。只恨自己单薄，不能将那寒酸的苹果像面前的大手握小手一样，遮裹得严严实实。

豫北的身上有一种人眼能看见的温情汩汩流淌出来，他摩挲着我的小手：“坐公交来的？”像长者的语气。

“嗳！”我的声音低到0分贝。

“我没事，是急性支气管炎！输几天液就好了。”他知道我担心。

我略略放了心。他的大手握着我的小手，过去他常说：握着我的手就觉得手心里躺入一朵温软的棉絮。不知他此时是不是这样想的。

豫北觉出忽略了别人，转脸叫林凡给我找椅子坐。

我赶紧摇头，原就计划不多逗留，只了解一下病情就走的。

“我得走了。”我轻轻地说，“没事就好了！”

转身时，我心里想的还是我的苹果，比起屋里硕大的花篮果篮，我那七个苹果实在寒碜。我磨蹭着要把身后的袋子再遮到前边去，可豫北看出了我的心思，说：“给我削个苹果再走吧。”他几乎就是在说：不管我的苹果多寒碜，于他来说都是最好的。我想起他唱的歌：一十三省的女儿家，属上兰花花好……

也许是我们之间暗流涌动的情意太过浓烈，在座的人感觉不回避不行了，皆告辞，林凡冲不识趣还要继续待着的第五扯了一把。众人离去了。

病房唰地静下来，只有我和他，默默对视，欲语却无言。

沉默良久，豫北缓缓低下眼，气息紧紧屏抑，将我的两只手全捉在一个大巴掌中，摩挲着，哑哑地说："好好的！……好好地活。"

我没有声音，我害怕，如果将来有一天他知道我跟第五宏途的事，会怎样看我！

他十分后悔，提起过去逼我改写高考志愿的事。觉得是他改写了我的前途。

那时候我是完全沉迷恋爱了，豫北虽也沉迷，但还是比我克制，高三时他学得很起劲，我却心心事事，他禁不住批评调教我。那一阶段，他仿佛成了我的家长，隔三差五地调教训诫，我不抵触，我知道他是求好心切！

其实对念书考学我还是比较自信的，老师也说了，以我历年来的会考成绩来看，上清华北大应该差不多，我这个'天才'，老师指我争气呢，学校指我争气呢，最关键的是我那个从不敢与人提及的家，需要我出人头地。

所以豫北对我希望之殷切是令我感动的，高三后半年我明显努力了，然而临近毕业时豫北却变了，当时他的成绩是考不了清华北大的，想想四年身处两地，一年见不了两三面，难熬，他说熬不下！

他希望我们往同一所大学去。

我起初不能答应，我爱他，但是放弃清华北大，那是不可能的。

可豫北不放弃，天天找我谈，我越是不答应，他越是一根筋，俩人竟是连面都见不得，见面就拧。我起初说老师失望，实在拗不过还把从不愿提及的家困说给他，我那样的家庭，一旦供出一个拔尖学生，那种期冀愿望是不言而喻的，然而豫北头脑已经热红了，不管这些。他是不达目的不罢休，干脆冷战，不见面，不说话，进来出去都像不看见。决然分手的姿态。我哭哭啼啼去找他，他看都不看一眼直接错身而去。

最终我坚持不了了，但又实在作难，我的主向来自已做，家里给不了我任何参考，父亲四十娶妻生子，我上初中时已老得迷迷糊糊。回家商谈，跟白说一样。可毕竟那么关键的事，我十几岁的年纪做那样的决定心里虚，我渴望有人伸手牵我一下，我就有了方向。

明知没用还是回去和老父亲商量，父亲半天听不清，最后终于听见了，道：“女娃娃家，逮住个就行，考哪儿都行，啥也好……”

我妥协了。

高考结束，我这个天才学子在当地走红：以超出北大分数线 17 分的成绩考入目前的大学，虽然也属国家重点大学。但天才还是成为笑谈。那真是为爱疯狂的年代啊！

想到这些我心中喟叹，当时只觉得爱情大于一切，即使它是万仞深渊，也心甘情愿地向下俯冲。也许当时年纪再大一些就不会做出这种事吧！

不知道，我不知道。年龄这个东西，你活不够一定岁数你就永远活不明白。

从医院出来，我满心纠缠。身上没有钱，我竟然步行回到学校也不知道累。刚进宿舍门，沈非就跟我说，第五让我回电话。

我习惯第五的散漫，往往他说让你马上回电，你过三天再回都不晚，因为他说过就忘了。果然，我打电话给他时，一直无人接听，直到傍晚才返来电话。第五让我到一个叫芭薇的会所，我惦记我的钱，就去了。

第五比我晚到，我站在灯光潋滟霓虹闪烁的会所门口等了一个多小时，才看到他的车子驶过来，他下车后，我没来得及说话就被卷进了会所，里边是一场小型聚会，全是满口京腔的年轻人，光看行头便知：这些人非富即贵。

见第五进门，有个男的笑着说：“回回就你迟到。”

有人打趣：“五像大姑娘似的，打扮好才出门嘛！”

这人说的没错，第五对自己的相貌十分自负，知道是别人瞩目的焦点，所以穿衣从来不能苟且，仿佛穿衣失败就有碍观瞻。

听到打趣第五只是笑，然后招呼我坐。在座的女孩太多了，全部美艳绝伦。看美女，没人快得过第五，虽然他二郎腿翘着坐在沙发上，看似漫不经心地谈笑风生，实则已把在座美女全身的风光都瞄了去。

我也被别人瞄了，一个叫戴缡的男子，一直看着我笑，几乎令他怀里的女子反目。

我被看得心头发毛，借口上洗手间跑掉了。我是一个可有可无的角色，我跑掉后，第五没有找我，直到第三天也没有来电问一声，反倒是我惦记那些钱，三番的给他去电，但是他的机子不是无人接听就是关机。我知道他手头又阔了，暂时不需要我了，可他倒是把钱还给我啊！前些日父亲犯病我又有了亏空，我几乎又要活回过去饿肚子的时候了，虽然不至于挨饿，但我从来不敢吃好的吃细的，我每一分钱都是克扣自己的嘴攒下的。想想过去的生活我就怕，像一只没人管的狗，嘴天天都是土灰的，是饥饿的颜色。我怕那种颜色，我焦急万分，可是第五却蒸发了。

等他终于来电话时，他已经又分文没有了，照他自己的话来说，就是穷得快卖裤子了！我到了宾馆首先就跟他要钱包，他愣了一下，赔笑把我安置在沙发上，颇抱歉地说凑了个急花了，连钱包瓤子也扔的不知道哪里去了。

我一听就傻了，就呆了，就不会动了。可能是我实在没见过什么钱，可能是我实在穷怕了，我的眼圈就红了。第五立刻有些紧张，“哎哎，别哭，五哥保证还你，明儿就还你！”

可我还是没忍住，一把甩开他的手，趴在沙发扶手上哭了。

那天我拒绝上床，我凄凄哀哀走出宾馆时心里凉透了，也看透了，第五宏途他就是欺我小。

我刚刚走过十八岁，差不多只是一个大一学生的年纪。

很小时考上大学，曾经是受人瞩目的天才学子，可如今的我，亏就亏在年纪小上。即使我吃了大亏，第五也知道我不敢则声不敢反抗，他看穿我一个小屁孩儿懂什么呢？我来这座城市时完全是个孩子，睁着黑黑的眼睛攥着豫北衣角出来远门，长那么大没见过一千块钱长什么样；我最阔的时候手上有七百块，那是我见过的最大的钱，那时候我大三，跟豫北已经分手，我同时兼着三份工，有时是五份六份，像陀螺一样奔波着，依然不能救穷，连饮食都是能省则省，第一次被同学拖去会餐后我大吐三日，因为我常常吃素，肚子里服不住太大的油水。我也许这辈子都不能吃香喝辣，我寒薄的胃囊没有那个福分。这样的穷孩子，还不是任他哄，任他骗？

第五宏途看得没错，我有软肋，我习惯妥协。我知道自己是一个没着没落四面没靠的人，不该我忍该谁忍！我现在天天盼的是早日长大些。因为小，我不好找工作，继续考研我又没钱。我只能本本分分辛辛苦苦。而对于第五宏途的蚕食，我也只能在心里诅咒，一点办法没有。

我后来才知道，我的那些钱并不是第五花了，是被郑妮从第五手里没收了，郑妮是沈菲说的那位正宫娘娘。我红色的女式钱包惹她一时醋起，从第五手里恨恨夺走销毁了，第五息事宁人没脾气。在我面前那么无赖的第五，在别人面前也有如此脓包的一面，这就是看人下菜碟吧！

我也不气！我已经习惯不公平！我尽量达观地看待所有遭遇，总之得活。

第五很长时间没有找我，更莫说还钱。我失了那些钱，一下子感到活在这个世上没有了安全感，学校发了工资后，我进了些光碟偶尔去天桥上卖，大学时经过天桥常见到年轻学生打地摊卖小货，我觉得也不是什么丢脸的事。可有一天偶然遇见第五，他吃惊地在我头上走了两圈，然后说："真是你啊！喏，别说你认识我！"尽管这样，他后来还是传唤我去宾馆，他一定是穷极了，就饥不择食。

我的日子过得依旧紧巴巴，摆地摊虽勉强有些收入，但做得提心吊胆，常常被城管吓得魂飞魄散。有一天我刚刚摆好摊位，就听到远处"吱"的一声急刹车，还不及抬头，城管就从天而降了，一群城管队员从桥的东西两端迅速包抄，桥上的摊贩顿时炸了锅，纷纷打包抱头逃窜，我已习惯了这种场面，抱起纸箱夺路而逃，当一个高大的城管队员忽然凶神恶煞般地堵在面前时，我竟矫捷地从他腋下逃走了。逃脱后简直慌不择路啊，我撒开脚丫上气不接下气地奔跑，直到跑下大桥跑到千米之外的金融街后仍惊魂未定。我终于喘息着停下来时，几乎就要累昏过去了。而当时我其实以为自己已经昏死过去了，产生了只有濒临死亡的人才可能有的幻觉：我竟看到了二十年后的我。二十年后的我将近四十岁，皮肤白皙、高贵典雅，被许多人众星捧月般簇拥着，像一个女皇……

是嗒嗒鸣响的警笛警报声将我唤醒了，有警察走上来维持秩序，说首长视察，请大家不要围观。说话间一溜官方车已在警车开道下逶迤停泊，后面一半街道已经迅速戒严。我眨了眨眼，发现自己依然站着，并没有昏过去，当远处那个女人抬起头得体微笑时，我才意识到了，这就是电视上出现过的那个像极了我的女人。

我抱着纸箱怔怔看她，胸脯还在剧烈喘息着，不知道为什么，微笑谈话的她忽然顿了一下，然后照直向我看过来，对视的那一刻，她的表情像遭了雷击！但她很快收回视线，在众人的簇拥下走了。再看见她时，她已经戴上茶色的水晶镜，脚步也有些匆匆。长得像一个如此穷酸的小姑娘让她很丢脸吧！

我便没有心思再看她了。

夜里回到宿舍，第五来了电话，他要我第二天下午去秦风山庄。我不去，他的声音就高了，电话里我听到他身边有跟班的林凡，眼见得他越来越口无遮拦几乎要说床上的事，我立刻脓包了，妥协说明天准到。

曾经看过一部电影，里边有这样一句台词：快乐其实很简单，如果你花不起大钱，没条件泡妞，那你完全可以找一个没见过大钱没多少阅历的小孩，给她圈套叫她入，一旦入了，连哄的工夫都省了，想怎样玩都由你。

我觉得那个角色应该第五来演，会更有效果！

秦风山庄我听过但没去过，那里是集美食娱乐购物为一体的高级酒店，远离喧嚣的闹市区，置身原生态的大自然。是第五家的产业，他在那里可以签字。非常远，开车去得一个多钟头，坐公交倒车要三小时，听沈非说那里是高端消费场所，除了名车豪车连出租车都很少，即便从最近的公交站台往那里赶，没一个小时也到不了。

第二天中午我早早出发，一路倒车换车到了城外，从城边儿再去南郊，通往南郊的公交竟然一天只发三趟，我赶上了最后一趟。

出发时就有些变天，一路上阴云密布，秋雨欲来！在南郊刚下车，雨就哗哗下开了，随身携带的小闹钟指示五点四十。我冒雨张望远处，不见第五的车。他说话从来不作准，常常说好让我去宾馆，结果半道被别的事绊住回不去，丢我在房间门口老等。我料到今天又栽了，雨越下越大，我顶着背包困在空荡荡的站台上。极目远眺，毫无第五的踪影。然而不等又没办法走，据说从这个站台步行到秦风山庄得一个小时，况且我不明方向，不知该从哪边迈脚。

为了乘客上下车安全，南郊站台的位置是内嵌式的。与公路拉开一段距离，所以公路上来往的车看不到站台有人就一掠而过了。再者这里的过路车并不多，大雨天下我连一个问路的人都找不着。

要说‘点儿背’可真是背，左等右等第五不来，大雨中逐渐夹了冰雹下来，恁大个儿的冰疙瘩，小石头一样的坚硬，生猛急骤地砸下来！这是深秋时节啊！竟有冰雹！

小时候跟父亲到田地里见过这么大的冰雹，也是指头肚那么大，打在人脑门儿上“的棱棱”响，冲南瓜砸下去，南瓜立马穿一个洞。玉米叶子甜菜秧子更是不消一分钟就七零八落残败不堪了。我这样被砸下去，怕是比玉米叶子也不如。所幸我成天背包不离身，举在头上抵挡了一阵，终于支持不住，蹲下来把自己蜷成白菜大小，暴雨来前的天气往往闷热不堪，我出来时穿得凉快，这时浑身颤抖牙齿打架。冻木了，冰雹砸在身上都觉不出疼。

后来我才听林凡说，我被大雨冰雹砸成落汤鸡的时候，第五正在舞蹈学院的练功房考察美女。从舞院出来已将近六点，他并没有想起我，倒是稀奇天上落下来的冰雹疙瘩。是林凡讲起郊外庄稼地时，他才一拍大腿想起了我。

他们一路疾驰赶来后，天已黑尽。第五惧暴雨淋身不敢下车，只开窗喊了几声就被呼啦啦灌进车内的大雨逼了回去，开车在站台附近来回转圈找，是躲在山脚的我看到车灯跌跌撞撞过去的，暴雨如注，我爬到车玻璃上时第五吓了一跳，身子向后弹去。是林凡大叫了一声“豆”，才让他反应过来，他赶紧打开门，斥我冒失，霍然伸出一颗水淋淋的圆家伙来吓他。

这样一来，倒像我没理了。

我的脑袋确实可怖，但落汤鸡一样的我什么都反应不过来，连他斥我像午夜画皮都不明白什么意思。我裹挟着瓢泼大雨瑟瑟上车，可他扎起了手：“哎哎，车座！车座湿了！”

我跨到车上的一只脚慌慌缩回，下巴颏松的几乎要掉下来，浑身哆嗦着立在门口等他发话。雨从开着的车门处浇进车内，他一个劲扇手，示意我靠边站别卡住车门，我哆嗦着挪脚让开，车门“啪”地关上了。

我站在雨里直想哭，林凡跳下车来，脱下衬衣往头上一罩，去后备箱取了一卷塑料纸，在第五的指挥下手忙脚乱地将副驾驶座包了个严实，我哆哆嗦嗦坐上去，脊背后、屁股下，凉巴巴的硬塑料咯吱咯吱隐约叫响，和着我牙齿的“哒哒哒”，叫他们尴尬极了。

坐在后面的第五给他自己开脱：“真奇了，今天怎么会有雨，还冰雹？”

没人搭言，林凡衬衣湿透了，穿着背心光膀子开车，冷！把车里暖风开到极限，暖风呜呜地吹出来；副驾座的我紧紧抱着滴答滴答掉水的背包抖！抖！像风中的一片树叶！

回到市区，林凡先回家，第五自己驾车带我回宾馆。

雨停了，汽车性能太好，连一丝儿声响都没有，越发衬出牙齿的打架声：“哒哒哒……”第五可能有些抱歉，没话找话道：“原是想着领你享受享受秦风山庄的超级服务呢，赶上这雨！”

回应他的还是“哒哒哒……”他明显尴尬了，索性不再作声。

领一只落汤鸡在灯火通明的宾馆大厅穿行，难免丢人！在地下停车场泊好车，他把门卡给我，让我先上房间去。

我顾不得体面，迷迷瞪瞪循上房间，一头扎进浴室，打开烫手的热水，抱着冰凉的身体瑟瑟立在浴缸里。

一个又一个喷嚏打得我脑袋发胀眼发晕，第五推开浴室门进来时，我还在抱着肩哆嗦，整个浴室被白雾罩得严严实实，“啊嘁啊嘁”的喷嚏声和“唰唰”水声频响在白茫茫浓雾中。

浴缸水满的快要溢出来了，上面的花洒还在“唰唰唰”往下降水。

第五过来把水关掉，打开吸雾器，掉头出浴室找了件冬天的法兰绒睡衣送进来，“行了，别泡了。我买了餐，先吃点儿！”见我一动不动，他又把睡衣收回，四处是水雾，没搁的地儿。

“擦干净，出来穿吧！”撂下这句话他拿着睡衣出去了。

大概泡了一个多钟头，我颤颤抬脚，裹着一片毛巾出浴室了，第五已经吃过饭，正歪在床上煲电话，见我湿着头发出来，他皱眉了，撂开电话说让我拿块毛巾把头发包起来，怕湿了床枕！

我只好返回浴室去擦头发，身上没那么发抖了，却是浑身肉眼儿跳，跳得我晕晕沉沉。

已经是夜里零点多，饿过了头，饭不想吃，我一个劲儿地想钻到被子里。可惦记那点湿衣服，明早走时没穿的，挣着精神一件件抖开，拿衣架撑开挂到空调上。觉得还能挣扎一会儿，我把背包翻开想拾掇拾掇，里边装了半包水，里边东西湿透了！我一件件取出来，一块钱一块钱展开铺到毛巾上！

爬上我身体时，第五说怎么热烘烘像搂着一块火炭！他很不满意。整个过程我都在打喷嚏，一个又一个喷嚏搞得他十分扫兴，草草作罢，快快地去浴室清洗。

出来后却换了好脸，他是看到了浴室洗脸台上的钱，我在一块干毛巾上晾着淋湿了的钱，最大票面是十元，最小票面是五角，总共三十来块，是我这些天全部的积蓄。第五摇头说：唉，我是个假穷人，你是个真穷人。

似乎还说等家人放开对他的经济制裁后一定会帮我一把的，我没听清，也没精神动，晕晕乎乎睡过去了。

不知过了多久，耳边第五在唤我，他推我的脑袋，“你得洗洗啊，咳，你醒醒，不洗也得起来呀！到里屋去！快点快点！”

我沉沉地掀开眼皮，弱弱地眨了几下，挣扎起身。我还知道自己光着身子，一手捂着双乳，一手颤着摸睡衣。

“行了！行了！我给你穿吧！”第五不耐烦地抓起睡衣给我套。却忽然顿了一下，说：“不好！”他下意识地摸我的脑门儿。

我也知道我烧得厉害，怕四十度不止！第五犯愁了，立刻去找衣服准备去医院，可能是发现我的衣服都湿着，又去衣柜翻他的衣服，给我套上他的大衬衣后才发现下身没衣服可穿！他终于不耐烦，丢开我不管了。

我昏得太厉害，不知道他要送我上医院，只以为他让我腾床，可身上虚软如棉，实在没劲，便就近蜷在沙发上了。

第五后来过来拍我的脸，用手翻我的眼皮，看我死没死。我缩了缩身，睡着了。

我梦见一条毛毯搭到身上来，但我还是冷，有无数虫蚁啮咬我的全身，我在梦中听到自己痛苦的呻吟，梦到豫北宽大的手摸我的额头，我立刻扑到他怀里哭，边哭边咳嗽……当我猛地被抱起来时才惊惧睁眼，这时候天已大亮，我看清抱着我的人是第五时，已经嗡咚跌进了衣柜。是第五把我扔进来的，他压着声叫我噤口，我还在惊惧混沌中时，外面的擂门声传进来。

不必他警告，我也不敢出声了，我攥着身上的大衬衫瑟瑟向角落缩去。第五急急关好衣柜门走了。

我听到一个女孩激动质诘的声音，想是郑妮，沈非说只有郑妮敢这样冒犯他。是第五亲口说的：郑妮是唯一不与他论钱的女孩，却是唯一与他计较感情的女孩。他层出不穷的花事众所周知，做一个真爱他的人难免心酸，可郑妮就是放不下，她的甘于委屈让他心软，也是因为她是真心，他一直对她保留着一点小小的纵容。

“舞院的佟佳是我表妹！”我听到郑妮哀哀的声音，口气里满是恨其不争怒其不兴的心酸。

“那是林凡在追！”他忙开脱，“我昨天陪他去了一下，我又没干什么！来来，别站门口！”

藏在衣柜里的我听到他们进屋，紧张得心都跳出来了，我的高烧还没有完全退下去，干涩的喉间实在忍不住要咳嗽，我紧紧攥着胸口忍着。

外边的人还在质诘解释，我相信我的脸一定憋紫了，再不咳出来，我会窒息。

郑妮愤愤地：“既是林凡，干嘛她一大早打电话来跟我打探什么第五宏途？”

第五噎住了。

我却噎不住了，一声咳嗽忽然迸出。

我傻眼了，我知道闯祸了，我急得要哭，可“唰”地照在脸上的天光把我的眼泪吓回去了，我攥紧了胸口。紧接着听到“啪”的一声，脆生生的，爆响在我的耳朵里。

我眼花脑晕，长这么大第一次挨打，身体却丑陋地装在这样逼仄的衣柜里。我捂着脸，我没哭，但我知道自己的眼泪像一汪水，颤颤的要掉下。

“哎这……”第五显然还没反应过来，“这——是怎么说的！”他赶紧挡在我和郑妮中间，屈身央告，怕我们打起来。

郑妮一把扯开他，“哇”地哭着跑了，我呆呆看着第五，眼泪含在眼眶里，就是不掉下。

第五没去追郑妮，我莫名挨了一巴掌他也歉意，说：“你看你……”他盘算怎么哄我，却又无话好说，最后说：“你看你！迟不咳早不咳！”

他横是不敢说郑妮闹得不像话！

我一定是脑子木了，或者心木了，我从第五包房出来后，居然不难受。过去不是这样的，过去我总是比别人敏感，在豫北跟前尤其小心眼，豫北动辄就惹我心下戚戚。他带我去祖母家探病，刚进屋就看到安玉，她带来那么多鲜花补品，而我两手空空，我就赧然，心里生自己的气，也毫无道理地生豫北的气。可我心里是多明白：豫北疼着我呢。

十五岁的我情商是不是很低我不知道，但心眼儿算活的，那天听到豫北祖母闲谈说馋了田间的莴苣，我心里就记住了。莴苣我认得，回家后我找了些废铁片自制挖莴苣的工具，那时候是清明，刚萌芽的嫩莴苣挖起来费时，我早上五点就起床往田野赶，一直挖到黄昏，带的干粮和水全尽了才披着星星回家。第二天搭车去看豫北祖母，车上没有座儿，我两手轮换着提那些莴苣不肯把它放在脚下，盛莴苣的纸袋很新，我不舍得弄脏。

到了四合院，豫北祖母晨练还没回来，我把莴苣倒在井台上一苗一苗的择，我不记得后来放下手中活儿去做什么了，就那么一小会儿，回来时就看见豫北把井台上的莴苣丢进了垃圾桶，他不认识莴苣，也没有想到是我带来的，只当是乱草。我没来得及喊，莴苣已进了垃圾桶。当时我脸红极了，怕豫北内疚我也没说，是后来祖母回来看见地上残留的几苗，才问起哪里来的莴苣。豫北恍然明白，紧接着就内疚得不得了，心疼地看着我，样子比我都委屈难过。

我提着空空的手袋回家时，他还十分的不过意，甚至有些沮丧，反复说：“豆，对不起。”他一直送我到车上，目送车子消失才回去。

我不知道的是，他回去就把垃圾桶的莴苣捡了出来。第二天中午带我去祖母家吃饭时，我看到了绿叶白茎、洗得干干净净的莴苣，他整整择了一夜，才把杂草择尽泥土洗净……

那时候，他一星儿都怕伤着我，一星儿都不愿我难过。

可他不知道，现在的我被生活伤麻木了，针扎在我身上，我也不晓得痛了。

5

我糊里糊涂地活着，仿佛越来越没心没肺没计较了，看开了，总得活！我只能一步一步继续往前走，前面难道步步是火坑？我觉得不至于。

我到底在电视上看到了那位像极我的女人，新闻里正在播报干部公示，她是位常务副省长，履历显示其祖籍竟是我的故乡，去年才提拔来此地上任，可即将要调走了。不是提拔，是平调。沈非说新任职的省份比不了这里吧，调得蹊跷。

多年后当我知道她的平调是因为我，是一种逃避。我竟没有丝毫怨愤，我觉得那都是命，我的身份从出生那刻起就丢失了，而我自己却蒙在鼓里。后来的失而复得于我来说只能是戏弄，因它太晚了。

冬天来了。沈非从宣教办的窗口望向研究生院的那幢小白楼，说安玉休学了，我没作声。我知道她有话掖着，她最近总是暗暗看我的脸色，我不是不知道。

她肚子里有话是藏不过三天的，她定了定，仿佛犹豫不决，终于道："冉豫北接走的，据说是怀孕了！"

我手中的文件几乎脱落，苦苦稳住了，可我是怎样离开办公室的就记不得了。

我走在早冬的寒风里，鼻子酸酸的，以为是受冷了！

我要去酒店找第五，这是我第一次主动去找他。

我的脚十分沉，像此时的脑子一样沉。

秋天遗留下来的黄叶旋着冷风跑。枯朽凄凉！世上的一切都这样凄然！

怀孕了！

不说安玉，而是我自己，我怀孕了。

我死死攥着手，在别人看来我是从来不爱哭。而我知道，哭也无用，况且又是欲哭无泪，比如现在。

到了酒店，第五第一句话就是：“五哥这两天穷疯了！”

我没有像平时那样冷冷扭开头，我直直看着他，一动不动地看着他，看畜类一样看着他。

第五带笑不笑道：“怎么了？”

见我不说话，他说：“头里接完你电话我就翻遍了全身，只有三四百块了，你全拿去吧！”他以为我来宾馆是来寻钱。

我听到自己平平的声音：“我怀孕了！”。

第五一下子直了眼。转而他脸色严峻，如临大敌。在地上走了两遍才说：“我，我的？”

“畜生的！”我死死咬着牙。

第五噎住了。

愣愣看我一会，然后不敢看了，我知道我的眼角血红，而且迸射着恶毒的仇恨！

他转开脸叹了口气，说真是揽麻烦上身了。

他拔出一根烟，含在嘴上又拿下来：“怎么会！”

“问你呀！”我的声音令人骇然。面前这个男人，他从来都是赤裸裸地发泄，非把我的命要了，才足以对得起他的嫖资。

我仇恨的眼睛把他盯毛了，虽然他不敢看我的眼睛，但他冷笑了，“我？”他两手一摊，指头上夹着没点火的烟：“我没经验，没人拿这来敲诈过我……”

话音未落，一只手“嗖”地冲他抓过去，居然连我自己也不知道，那么急速的手是我自己的。我闪电一样在他脸上挠了一把，紧接着要去撕抓，被他及时摁住了！

“你，你不想活了你！”他还有些没反应过来，实在不知道这事儿是怎么来的，我的手那么快，他脸上已经蠕蠕渗出鲜鲜的液体。

“不想活了你！”他脑子还是不甚清楚，才会重复吼出这句话。

我咬着唇瞪着他！瞪得两眼通红，几要迸出血星儿来！虽然我的手控制在他手里，虽然我站到他下巴颏底下连老鼠的劲儿都没有，虽然从横里他够两个我宽、从竖里他够两个我长，但如果他打我，我就和他拼了！

他没打我，他显然没法对一个小他六七岁的女孩动手，他一撇手放开了我，可能是怕我再次攻击，他摸着受伤的脸转身去找纸巾了。

拿纸巾拭着血回来后，他烦躁地坐到了沙发上："行了，你说吧，怎么弄？"

我还立在原地发抖，颤抖着将彩超报告从背包掏出来摔给他！不是我非要来找他，我已经到郊外小医院试过，彩超报告结果是胚胎过大，没有家人或致孕男方签字不予堕胎。

他将彩超报告抓手上扫了一眼："这什么呀？谁能看懂？什么意思你说吧！"他给我扔回来！

听到我让他陪同去医院，他彻底没风度了，他骂娘了！他说他老爸的眼线说不定什么时候就布满周边，他堂而皇之陪一个女的上医院堕胎？他连珠炮似的发射了，第一次爆了粗口："我给你钱还不行？叫我跟你去，这不折磨爷爷吗你！"气不过还又补充一句，"我他妈又不是你男人！"

我眉心'别'的一跳，冷笑切齿："你若是我男人，我不堕了，我直接去死！"

我将那一张报告纸摔到他脸上："有这个彩超结果没人给我做，你不去可以！我只好找你那养了畜生的老子跟我去！"我气极了，可恨找不出更难听的言语咒他。

第五泄气了，扯出一支烟狠狠抽起来！

我咬着牙立在地上！窗外暮色笼来，房间里越来越暗。

第五知道是没得通融了，狠狠摁灭烟头，一个字一个字咬牙道："我——再——不——沾——你！"

"当"的抛下打火机，"什么时候去！"

"明天！"

"得多少钱？"他居然问钱！

我苦笑着摇头，他问钱，他在问钱！我盯着茶几上一包几百元的香烟，噔着牙道：“三百！”

他长吁一口气，“那钱不是问题了。”他顿了下，仿佛忽然想起他还要签字还要露面！“啊呀”了一声！重重向沙发靠下去了！

第二天出发时，第五不开车，到路边打车。

我不明白他的心思，以为他怕找不着路，身体有恙的人，脾气是说大也大，说小也小，我想自己还是忍着为是，把肚子里的事对付过去要紧，乖乖地跟在他身后等出租车。

司机见他年轻阔气，又领着我这样一个手按肚眉紧蹙的小姑娘去郊外医院，张口就要一百八，说跑郊外是从来不会打表计费的。

我没想到第五被这价钱卡住了，他平日的奢侈我不是不知道，可他今天被一百八吓住了。

已经坐在车座上的我后来又下来了，因为第五不满意价钱。车走后他把钱夹翻出来给我看，只有三四百，他说万一到医院钱不够，那就难看了。

我没想到他真拿三四百块钱陪我去堕胎，他可以借几个呀，我忽然胃里犯呕，没精力跟他计较，转到柳树坑俯身干呕。

后来我们乘了公交，正是上班高峰期，车上拥挤不堪，没见过这种场合的第五倒显得温文尔雅，人人都比他矮一头，他立在那里像门神，那些给女朋友抢座的男士叫他看不惯，说年纪轻轻的占个座位却叫老弱妇孺站着不像话！

我双手抱着吊环与一幅彬彬君子模样的第五面对面挤在一起，我不晓得举臂的动作是怀孕一项禁忌，容易引起宫腔收缩。腹内胃内异常难受，没吃早饭空空如也的胃中有馕物在争先恐后地向喉咙处冲，我紧抿着嘴强忍，几乎要窒息。

有一阵我忍到了极限，一定把脸都憋青了，第五吓得往远处撤身，似乎认定我紧抿的嘴里有东西，唯恐它忽然喷涌而出。

倒最后一趟车时，我从车上飞奔而下，蹲在路边大吐特吐，第五他远远站在马路对面，我知道他看着我恶心。我呕吐呕出鼻涕眼泪来的模样让他害臊！他尽量让来往行人看出他与我不相干！

吐够了，我们继续前行，我心里忽然意识到第五为什么没开车，他从过去就特别迷信，说坐月子女人，尤其带血症的女人不能进别人屋、坐别人车，带霉运！

到了医院，我已经吐得有点虚脱，步态蹒跚，第五与我一前一后走，中间隔着几个抱着大肚的村妇。进到科室检查时，第五动作很快地找地方坐下了。我与大夫对坐着，音细如蚊地回答大夫的一句句问询，全是女人的事，关于身体的，关于生殖系统的，还有什么卵子受精、子宫扩张，乳房充盈之类的敏感字眼，我抬不起头来。

“肚里的孩子太大了，刮宫怕有危险，谁陪你来的？”大夫额头上簇起一道道褶子、抬眼不抬头地从眼镜上方看我。

我局促不知所措，扭头拿眼睛找第五，才发现他就紧挨我的脊背坐着。

他不情愿地站起来，一米八几的个头，穿着又隆重，科室里全是女人，众人全得仰头看他，

“呦啧啧，怪不得？”老大夫扭头让身边助手看彩超报告，“胚胎头径 3.9，我就说呢，这孩子怎么能这么大！”

逃，我想逃！羞死了！

最终还是硬着头皮把程序做到了。

年轻护士指了指产房位置叫我们到那边等。我乖乖地去长条椅上坐着，第五立在走廊尽头的窗口前，双手插在裤兜里，看得出十分烦躁。周遭传来即将临产女人的嚎叫声，声音断断续续，令人滋生一种更加灰败的情绪。我不敢抬头，对面墙壁上是育儿知识宣传画，画中有个大大的婴儿图，胖乎乎的宝宝，伸着一双藕节般的小胳膊，乐呵呵看着所有人。

我也不敢看对面遮着白布帘的小屋子，护士说刮宫手术就在那里做。那么小，不像屋子，像只白纸箱，而我要把自己放进里边。

终于等到戴大白口罩的手术医师姗姗而来，我手足无措地站起来，胆怯地将手术单递上去，医生接了单子不言语，径直进到小白屋，把我丢在门口不知

进退。也许是急昏了头，我恓惶的眼睛竟无措地投向第五，仿佛他能给我壮壮胆。

可是第五瞥了我一眼，事不关己地把头掉回去了。

“哎！怎么不进来？”见没人跟进去，医师撩起布帘，撞上门口立着的我。

我怯怯移进去。

我一见那窄窄的白床就全身发抖了，我不知道如何躺上去的，医师的声音在头顶响，铁质器械的磕碰声在下身的私处响，我觉得自己像鱼一样被甩上了案板。

“会有点疼，啊！不过得忍着，你配合，咱们就来得快，啊！把腿打开！来！”

“不哼哼了，不哼哼了啊，这还动也没动呢不是，哎对，再打开一些，再打开一些，嗳——好勒——好，坚持一会儿……”

后来我听到自己的一声闷哼，不过很快消失了，耳边充斥着医师循循善诱的声音与临产妇的嗷叫，远处还有新生儿的脆哭，我隐忍的呻吟被这些混合音覆盖了。

不知过了多久，我什么都听不到了，也没有感觉到血从下体奔腾而出，我只感到自己飘了起来，身体像海绵，虚蓬蓬的，当我听到医师紧张惊惧的叫声时，我就知道出事了，可是我一点不怕，我甚至贪恋那种飘飘向上的虚浮感，觉得它将带我去的，一定是个好地方，我再不会忧愁再不会没有尊严地讨生活，我将忘记我叫柳豆，也将忘记我十八岁……

第二卷

一

1

第五心神不安地拔出一根烟抽上，有护士过来叫他掐掉。

只好闷闷立着，耳边充斥着医师循循善诱的声音、待产妇的呻吟、临产妇的嗷叫，远处还有新生儿的脆哭，他觉得自己快疯了。

不知过了多久，隔壁产妇的嗷叫偃息了下去，传来一声呱呱响亮的奶音。身穿白大褂捂着白口罩的医生护士从隔壁纷纷走出来。

放着柳豆的白布帘小屋却没动静了。第五想起看时间，抬腕一看，竟然一个上午都过去了，已经十二点。方才发现腿有些困了，刚要活动活动，身后传来嘁嘁簇簇的脚步声，很繁密，转头一看，一群白大褂正快步涌到柳豆的小白屋。

不好！第五下意识地一怔，人群奔过去后他挤不进去，里边嘈嘈杂乱的声音几乎叫他心跳到地下，一众人把软成一摊泥的柳豆抬出来，到监护室重新检查处理，远远跑来两位护士拖着一人高的氧气瓶匆匆撞开第五，护士进去后，他被电子门禁挡在外面。

他握着手机困兽一样在楼道来回走，万一出事，老爷子老爸敲断腿是小，那可是一条人命呐！他想起刚刚被抬出来的柳豆那巴掌大的白脸就心紧，不明白事情怎么就弄到这般田地。

半晌，大夫们出来了，他立刻迎上去，未待张口，有护士喊他进监护室。

进去后一位老大夫正俯身安抚一摊软面般的柳豆，关切地说：“先别走，孩子，观察观察再动身！”

待医生护士们走光，第五上前看她，她的嘴唇比被子都白，气若游丝地喘息着，全身虚汗，像刚从母体娩出的湿漉漉的羊羔。

可是受活罪了！第五心叹，不由掠过一丝恻隐。可两个小时后，他的恻隐就无踪了，开始着急。柳豆一动不动地躺着，什么时候才能离开这鬼地方！俩人没计划住院，而且也住不起院，他不时想到自己钱夹里的钱。再过一小时，他简直看着柳豆可憎了，躺在那里死尸一样连累人。

他的脸色一阵比一阵阴沉，柳豆觉出他的嫌弃，几次含着眼泪试着起床都起不来，直到傍晚六点多，她才觉出身上活泛了些，再试着起床下地，仿佛也能对付着走了。

第五马上去结算，返回病房时他身上只剩五六十块钱了，想住院也没有可能。

见柳豆也像没事了，他就急着要赶回市区，说趁天还不太黑。

大夫左叮咛右嘱咐，各种注意事项不厌其烦地叮嘱第五，叫他烦极了，他见柳豆止了血，人也站起来了，坚持坚持赶快回吧，还磨什么磨啊！他就是这样，之前担心得要命，现在见没事了，就烦了。但到底不习惯人前失态，耐着性子听下去，甚至接医嘱单时也没有忘记双手去接。使得他们刚转身就有医生嘀咕：这男的家教倒也仿佛不坏！

告别医生出得医院后，第五看看冷风里弱小的柳豆，连自己下巴都不到，简直就一孩子，这叫什么事儿啊！忽然心上别扭，就在这一整天医院的一进一出之间，他忽然觉得两人无限生分，才发现他们的关系多么畸形。他告诫自己再不能犯这种低级错误，怀孕，他承担不起这种责任！

今天的担惊受怕叫他十分不受用，他得赶紧把她打发掉。

他们往最近的公交站台走。柳豆比不了早上来时精神了，整个人蔫儿了，蔫儿到地缝里了，蔫儿到可以把她忽略成一片薄纸了！

她摁着小腹抿着唇一步一步地挪，第五在前面腿长步大，走一阵回过头等一阵，几次等得不耐烦了，干脆停下来抽烟，无奈地叹气。

后来好容易蹭到公交站台，又要等公交，夜色完全降临，街上起了路灯，寒风刮得路上废纸废塑料袋在夜空中起旋儿，身边的人们边等车边哈手跺脚。

站台上，柳豆奄奄一息地抬眼皮看第五，他一手抽烟，一手叮叮叮地摁着手机，手机的屏光照到他脸上，深皱眉苦抿嘴好不耐烦，柳豆想打车，可张了张嘴没说出声音来，最后还是无可奈何地垂下眼，似乎今天才第一次领略到第五的抠门小气。

腹痛难忍，她顾不得冰凉，窝着肚子坐到站台的铁凳上。

第五的腿在她脸前，他收了手机，对着她的头顶提示说："医生说不能着凉！"

她顾不得吭气，埋着头死力摁着小腹，钻心地痛。

在后来许久之后，第五不止一次地想起这个寒冷的傍晚、想起蜷缩在站台上的柳豆，他才明白：明明是可以给她搭件褂子明明是可以给她说些体贴话——让年轻的错、懵懂的错稍稍减一些的。可现在他看着她越来越蜷缩着身子，发出微不可闻的哀鸣，在大庭广众之下，是他这个穿着美国风衣男子的不协调附庸，他不管了，去站到等车的人群里顶着风张望远处的公交。

他并不懂那种事，以为好了就好了，就完事儿了，只是受点疼痛，他接下来要做的就是赶紧把她弄进市里，按医生说的，给她吃喝上一顿汤水流质性饭食。打发回校。他几时经过这种麻烦！

车迟迟不来，他回头看柳豆，属实是着疼了，她摁着小腹浑身发抖。

这次上车得给她找个座位，第五心想。

好不容易等来一趟公交，却是黑压压的满载而来。他刚拉起柳豆，车门就"嘎登"关上了，可恨兜里的钱不够打车，立在站台上第五觉得丑死了，有生以来头一次这么不自在。其实二十多年里，公交他至多没坐过三次，小时候哭闹着要坐"长汽车"，妈妈哄不住，临出门给他捂了厚厚大口罩，说车上人多细菌杂，不要乱摸不要乱动，嘱咐好半天才让警卫背着他去坐。而现在人高马大一览众山小的他，竟挤在人群里巴巴地等公交，能不丑吗？

周围一大群没挤上车的人嚷嚷着骂娘，众人无奈，继续等。柳豆已"饥不择食”，紧紧攥着第五的后衣襟做依赖，第五风衣被拽得溜肩了，回头看她，她冻得打颤，牙哒哒哒地磕碰着，颤颤地仰起脸，一双大眼睛露出第五从未见过的软怯与讨好。

那双眼，波光蠕蠕、驯鹿一样，向他颤抖地大张着！他忽然就震住了。在他面前，她什么时候这么柔软过？

想来她真是着怕了，也痛极了！第五心中蠕蠕升起一团软，不能再看她，轻轻转过脸，微叹一口气，来时借也应该借几个钱啊！

柳豆在他身后颤抖着，想跟他说话，想打车。刚刚她看到那拥挤的公交车，黑压压的一片，她怕了，怕下体再来一次大出血！再者她实在忍不下身体的冷，也实在撑不住腹中的痛了！她的小手缓缓抬起，怯怯地触了触第五的后背。

第五转过身：“嗯？”

柳豆水瞳颤颤，几乎叫他不忍对视。

他听到柳豆蚊蝇般细小的声音：“打个车吧！”她颤颤说：“我有九十七块钱。”

她在他脸前哆哆嗦嗦展开紧攥着的小手，手心一卷钱！带着冷汗的一小卷钱。

他向她手心一瞥，仅一眼，“噌”地掉转头，像被针扎中一样急速，紧接着又“噌”地回过身，张开大手把她展着钱卷的小手团住，揽她钻出人群。

第五让司机先到辰园小区，到了辰园小区他进去了几分钟，林凡不在家，他空手而出，没想到自己今天真得花女人钱了。实在丢脸。

听到出租司机说打表走了97块钱，原来早上的出租司机蒙人。柳豆捂着肚子将一卷钱递上去。正好97，她手中那一卷钱，数都不用数，正好97。

又是97！跟冉豫北分手时，她也是浑身仅剩97块钱，她失去了冉豫北，带着97块钱开始茫然无望的生活！冉豫北知道她窘迫，但他当时是什么态度？转身离开！从此陌路！绝不心软！

忽然觉得男人没意思！忽然觉得自己傻！也不知过去为何丝毫没觉得委屈！只记得他的"好"！

此时她回头看已经发现自己傻，许久后她再回头，就发现许多事，如果她稍稍赖皮一些，就躲过去了。

而此时她继续向前走，断不会有更糟的事情了，她想！

第五领她去饭店吃饭，她心里不想去，但身子动了，她弱得很，必须得进点食物了，她还得顾命。

第五身上那五六十块钱只能到小饭店。

饭店隔壁有小卖店，他进去买了一斤金丝猴奶糖。

"给，大夫不是叫多补糖吗？"他脸上印着昨天被她挠破的疤，眼里已恢复了平日的少心没肺。

她看一眼那糖，没有接，虚弱地说："不是这种糖，是那种可以化水里喝的红糖。"

他返身进去问，买了一袋红糖出来，那糖又硬又干，瓷瓷一疙瘩，他从没喝过这种糖。还是小时候见过，那时候带他的阿姨用这种糖泡红枣，据说可以补血！

他把红糖和金丝猴奶糖塞到柳豆包里。

嘈杂的小饭馆里，服务员端着冒热气的菜乱哄哄穿梭，窗玻璃捂着白雾，饭店不大，人却很多，第五穿着名贵，与这儿的氛围很不协调，说实话，他也真是从不到这种邋遢小店用餐。

他拿起筷子指戳着让柳豆下箸，自己却对油腻腻的饭菜下不去手。

尽管如此他还是一个劲催柳豆吃，自己都觉得仿佛是怂恿别人替自己干坏事似的。

柳豆不想吃，倒不是因为饭菜做得邋遢，她是渴，一整天没喝倒一口水，此时又冷又渴，只想喝碗热面汤。但是吃饭人多服务员太忙，半天叫不来，最后是第五自己去端了一碗面汤回来，不知为什么碗那么大，像只洗脸盆，而且是粗瓷笨碗。她双手捧过，也顾不得它是碗是盆，咕嘟咕嘟地喝掉，喝得过急，最后把大瓷盆扣到了脸上。

坐对面的第五忽然定住了，柳豆把大面盆从脸上拿下去时恍惚了一下，因为碰上了第五的眼睛。他定定的，仿佛有什么东西震到了他，柳豆第一次发现他也有眼神柔软的时候。他要说什么，但最终叹了口气什么也没说……

面汤的热度像电流一样在体内蜿蜒渗透，她说不上是稍稍舒服了，还是灌得急更难受了。她气若游丝地以手抚额，虚弱不堪。

2

“今年的雪这么早？我还觉得是在晚秋啊！”沈非拉开宿舍窗户伸手接了一朵雪花。

柳豆抬头，细小的雪花零星飞舞，或是因为今冬第一天来到人间，雪花们飞得着急忙慌！她定定地凝望着，下雪了，是冬天来了，冬天一来春节就快到了。小时候，总盼望过春节，家里总要添几样好吃好看的东西，最重要的是，觉得自己又长大一岁，很开心自己越来越像大人了，再大一些就可以打工挣钱养活自己了！可从什么时候起，自己就真的从一个小女孩长成大女孩了，眨眼间，谈恋爱、失恋、堕胎，喜的伤的就全经历了……

她苦惯了，或者说，恶劣的生活环境让她的情感和神经都变得粗砺而麻木了，不论受到何种打击都得让自己学着接受，继续朝前走，继续生活。堕胎躺在宿舍已经半个月了，她没法不惦记自己的生计，但究竟身体不济，还是必须给自己放假，跟旅行社和学校宣教科都请了假，不奔波不干活身体却还是虚软，好在沈非十分照顾她，见她不精神，替她拿轻扛重，尽量帮衬。

她哪里知道，她的苍白萎靡早叫沈非生了疑窦，内衣床单洗得那么勤，还打吊针，又没什么感冒症状，沈非笃定她是堕胎了。问是问不得的，只是比平日更多一些关照。

这日沈非又是双手开弓提了两暖壶热水回来，用肘顶开宿舍门，其他人都出去了，只有柳豆坐在床上仔细梳头，连梳头的动作都比平日慢了。

见沈非打水回来，她撑起精神言谢，“又帮我打水了，我自己来！”

“捎带嘛！我这大个儿提两壶水算什么！”沈非把壶搁下，“洗衣服一定要添热水哈，我妈说咱们女孩子家，不来例假时也要忌寒，寒气进了身子，容易落病。”

柳豆含着唇，眼目光光地看着她，内里就有些疑心沈非猜到了什么。

沈非仿佛看穿了她的心思，也不再向下说了，刚转身却忽然想起什么来，一拍脑门连忙去打开她那台笔记本电脑。是老得快要掉牙的二手货，开机就得十多分钟，等待开机的当儿她说：“刚刚苏琪来电说，她接到 KJ 的面试通知了，八成儿咱们的简历也投中了！”

沈非的话简直是福音，电子邮箱里果真有面试通知。柳豆一喜，按过去的打工经验来说，难以过关的是自己的履历与年纪，这些一旦通过，就与完全录用无异了，她最不惧面试，生活早让她的言谈气质活到年龄前面去了，决不会因面试不合格被刷下来的。她几乎笃定自己明天就是白领了，再不必像小孩子一样艰难讨生活了。内心欣慰时，身上也没那么疲软了，马上打电话给靳思思，要借一身体面衣服去应聘。挂了电话才发现沈非已经到隔壁宿舍去淘衣服，写字台上的电脑还开着，冉豫北三个字忽然跳入眼帘。她不由自主地把鼠标移到那三个字上点开网页。是视频网页，风朗俊逸的冉豫北出现在画面里，他照旧是衣冠楚楚英俊夺目，在过去，稳健谦和力争上游是属于他本人的标志性气度。而现在却似乎又添加了些许成熟男人的冷峻，已然是一位经天纬地的社会精英了。

豫北的公司收购了一度十分辉煌的省级利税大户洛泰集团，引发社会关注并产生颇多微词，镜头中记者正快步紧随冉豫北追问：“米其林收购海轮胎、‘蒂森克虏伯’收购‘威海天润’，他们都有长久的背景与厚重的资力，目前舆论对贵公司收购洛泰集团有诸多猜想，认为雄厚的经济实力是一方面，而其他隐性力量不能不惹人猜想，是否有政府官员的隐性介入已经成为舆论焦点……”

大步向前的冉豫北说：“不必拿我跟国际财团做比较，我自知不是一个层次！”后者紧追不舍，快嘴如簧：“你在收购洛泰的同时又注资兴建纯公益

‘智障学校’，初衷是什么？众口认为是作秀，并非是对智障弱势人群的悲悯情怀使然……”冉豫北忽然驻足，目光很深，看着对方，却最终没有分辩，转身上车了。

柳豆心跳了一下，定了好半天，才默默关了视频窗口。

也许应该感动的，然而很淡。自从那日掠过男人没意思的一念后，她就总是戚戚然，最近躺在床上也多次想到冉豫北，觉得冉豫北当时稍稍伸手扶她一把，自己就不至于一步一步走到这等田地。然而这样想着又觉得心胸狭隘，把过去的好、把过去的情分也抹煞了，不应该，没道理。转而心底又刺痛：情分到底算什么呢？多年后，成为人父的豫北还会记得那些所谓的情分吗？半月前沈非说的话仍在心头：安玉怀孕了……

她的心狠狠被扎了一下，丝毫不比刚听到这个消息时轻微。盯着色彩斑斓的电脑桌面她直觉得眼晕胸闷，无力呼吸。然而就像是有一种无形的东西在迫不及待地使坏，她的眼睛忽然看见一个日期，她永远不会忘记这个日期，那一天，她给豫北发短信借钱未果，晚上看到第五的黑车停在七号楼下，也就是那个风雨交加的夜晚，她被第五抱上了车……她仿佛意识到了什么，心里难以接受，但手却伸向了鼠标，点开那个视频，豫北意气风发的表情出现了，新闻视频记录了那天他的准确行踪，并非陪家人出国，而是在家乡的省会城市参加青年创业表彰大会。那么她发给他的借钱短信是收到了的，而他故意不睬不回复、去国外的妄言也是他授意前台说的。

嘭！鼠标落地了！

原来一切都是假的，所谓悲悯情怀，所谓不离不弃……

在同一时间不同地点，安玉正在为怀孕一说兀自苦笑，电话中的死党玛丽刚才说：“你这场阑尾炎害的，竟有人传你怀孕了呢！”

她嗔：“扯！”但也不大计较。她不是不知道这种传言，最近一直有人来电询问，她懒得澄清。

“怎么样？恢复得差不多了吧？”玛丽关切。

“是的，告诉大家别为我担心！我好多了，这不，正在花店买花呢。”她一面说着一面端详怀中的百合。玛丽在电话另一端嘱她注意保养，然后谈起学校近来发生的琐事，又谈起导师分派的课题。因为离校已经半月有余，此时听到这些十分亲切，听着玛丽的喋喋不休连花都忘记了选。花店门口响起风铃清脆的声音时才抬了抬眼，不想就此愣住了。一位黑衣女人由门口进来。来者非常贵气，身边的陪同亦风度不俗。安玉发愣不为别的，是这位女士露在黑色墨镜外的半张脸十分眼熟，却又想不起在哪里见过。对方没有向她这边看过来，只一意选花，选的均是纯白色花束，加之一袭黑衣，便知是要去墓地。然而她柔和白皙的侧脸更令安玉诧异，实在太熟悉了……

她努力在记忆中搜寻，一点收获都没有，直到对方摘下墨镜轻按眉心时，她才猝然吃惊！几乎倒退了一步，手中花束“啪”地掉地。

冉圆圆接到安玉电话时，正躺在卧房看书，因为重伤风，她在家休息三天了，此时讲电话的声音还带着浓重的鼻音。两人互相问了问病情后，不知不觉就说起了柳豆。安玉说：“圆圆，我最近一直在想，当初我们是不是不应该把柳豆的事情讲出来？她也不容易，十几岁的女孩……”

冉圆圆放下手中的书，叹：“不是我没有怜悯心，但怜悯是要分情况的，在家庭损益与怜悯弱者的天平上选择前者，我想这绝不算是自私。”

“可是豫北他很难过，我看得出，从那段感情中走出来他不容易！”

冉圆圆无奈地轻叹了一声：“该！”她说：“作为一个男人，不可能事事通达，总有需要忍痛取舍的时候。而他已经算是很幸运，起码事业上他是惊人地顺风顺水。至于感情的苦，是他过分自负的结果，他活该去受！他鼓动柳豆放弃北大随他走，他觉得自己顶天立地，不需要所爱的人出人头地，只他一人就能大包大揽，他愿意保护她爱护她这没错，可他为什么就不为我们这个家想想？为什么不为子孙后代想想？是，柳豆是读书天才，但隔代遗传的几率有多大，他难道不明白？”

“圆圆，”安玉忽然说，“如果柳豆是抱养的呢？”

“她生活过的地方，没有一个人说她是抱养的，我哥调查过很久，她和她母亲的血型一致……”说到这里冉圆圆忽然想到这些都是安玉早知道的，声音一顿，觉出不对劲：“小玉，怎么了？”

安玉一怔，过了很久才说话，声音十分轻微：“没什么！”

拨电话前她本是下了决心，要把下午的偶遇讲出来，但拿起电话却说不出口，她的良心一直在与自己的感情对峙，但最终感情压过了良心，她不能失去豫北，她与他青梅竹马，她爱了他那么多年，放弃文科读理科是因为他，高考填报志愿参考他。她眼睁睁地看着他被那个清贫的女孩抢走，眼睁睁看着他们卿卿我我，眼睁睁看着他失恋后一度瘦得不成人形！她不是不痛，也不是痛得不轻，到现在，她实在没有办法说服自己将到手的感情轻易放弃。

错过！造化弄人的错过！冉豫北错过了这次知情权，他们的人生，他、柳豆、第五宏途的人生，将从此走向另一条轨道。

而此时的他，怎么能知道！他的一次错过，便让三个人的人生拐了弯。

任谁，都无从知道！

怨只怨，造化弄人！

柳豆此时也在拨电话，她是忽然想起自己身份证的，上次在医院第五拿她的身份证开药后没有归还，而后天面试必须出示身份证件。她焦急万分，第五的电话向来难打，不是关机便是无人接听，今日也不例外，反复拨了三四次都不通，后来实在无奈，就硬着头皮拨到了林凡机子上。

电话接通后听到类似保龄球或健身馆里的声音，林凡叫了声“豆，是你啊”，听她找第五，说：“五哥正在打球，你稍等，我打发人进去叫他。”

说到这里身边有人说话了，是非常纯正的京腔：“上次在酒吧露了一下脸的那个豆？”

林凡笑了一声，说：“阿缡你这记性！”

柳豆立刻想到上次在会所不断拿眼睛看她的戴缡，心里很反感，好在不是面对面，她也不当事，握着话筒耐心等第五接电话，话筒里林凡正在喊什么人，不过周遭的谈话声也甚是清晰，有人在打趣：“雪诗又该打翻醋坛子了！这么多美女来捧场，阿缡还嫌不够拉风，一心惦记什么豆，昨天就念叨来着？”

又有人插口：“哎，阿缡，不就只打过一个照面吗，你这玩起一见钟情了啊！小姑娘到底有多俊呐？”

众人笑间，仿佛是戴缡感叹了一句：“你们还别说，那真叫个惊鸿一瞥！”

柳豆气得想挂电话，恰林凡的声音回来了，“豆，你还在吗，五哥正在热头上呢，他拿下这一局给你回过去！”

柳豆立刻挂机了。第五回过电话来时已经是两小时之后，他的口气明显有些歉意，自打堕胎后，已经半个月了，他一次没去看过柳豆，其实起初很是惦念来着，怎知后来遇上有人约着玩儿，就搁开了。对于他来说一切恻隐疼惜都是三分钟，转头遇着乐子就忘了。倒是开头几天去过两次电话，后来也无踪了。

现在听着豆的声音他倒真觉得有点亲切，那“病”好了吧？想起那天她那小鹿一样孤苦无依的眼睛、那托在手心颤抖的一卷钱……是他所不曾经历过的一类人，是他所不曾见识过的一种女孩！

他还真有点想她了！

柳豆与第五通完电话后，下床去找出雪地靴放在床脚。旁边的沈非见状就斜吊了眼睛，虽然没听到第五跟柳豆打电话说什么，但沈非有种预感：今天晚上她要出去。

尽管想到了，可傍晚柳豆穿起雪地靴真要出门时，沈非还是火了：“你去见烂五？”

柳豆一怔，还不及出声，就听到怒斥：“你不要命了！”

柳豆惊住！知道了，沈非全知道了，这些天自己一切的掩饰全是徒劳，沈非她全知道了。

一双惶恐的眼越来越暗！她缓缓地、缓缓地，低下了头！

沈非也觉出自己失态，但她是为她好啊！静默一时，终究不忍，叹了口气走上去，轻轻摩挲着豆的肩，难过地叹息：“都怪我！”她心里说：怪我当初劝你跟他借钱，一步步走到这田地。

柳豆低着的头一动不动，双肩那么单薄，微微颤动着，像蝴蝶受了伤的薄翼。“吧嗒！”两包清泪跌到雪地靴淡粉色的鞋面上。她已经受了罪，她能忍，但她还想留点面子给自己，叫别人知道她这么小就堕胎，多糟心！

她没有擦泪，木木转身，拖着脚，出去了。沈非替她难受，究竟不好再言重，跟上去嘱她早早回来。

她没有言声，也没有料到，这一走竟是整整半月。

二

1

柳豆乘坐的计程车刚在芭薇会所泊下，就看到第五和一群醉醺醺的男男女女从门厅涌出来。第五已醉得满嘴胡言，说好让她来取身份证，此时却人事不通地把她揽到怀里要亲嘴，她的斥责挣扎全不管用，酒勇之下第五的手劲比平日都大，一把便将她塞到了一辆‘探险者’房车里。见她扳着车门急欲跳车，醉醺醺的第五竟还懂得哄她，含含糊糊地说身份证在家里，到家里取。瞬间车门紧锁，被他抱住像一堵墙压在了身上，一丝一毫挣脱不开。而第五很快成了一摊泥，没十分钟就睡死过去了，她总算从他铁钳一样的胳膊下挪出来。四处一看，林凡不在车上，除了驾车者所有人都醉得东倒西歪，她连跳车都没可能，驾车者也有几分醉意，见她一个劲地鼓捣门锁，口齿不清地说："妹妹，可别跳车哈，哥开的一百迈开外呢。五不放话，哥可不敢叫你走……"她急得要哭，但四下再没人理她，车行了一个多小时居然还在向前走，而且速度疾骤！外面黑蒙蒙的看不出路线，她心下忡忡的。隐隐地，耳中听到一种令人猝然脸红的声音，男人的喘息女人的呻吟，她有些不能相信地竖起耳，后面声音越来越清晰地传进耳膜。她头皮"煞"地发麻，嘴越张越大，猛地扣住自己的双耳，死死地扣住，捂得严严实实，不敢让一丝声音漏进耳内。

她无法相信世间竟有如此放浪的群体，在人马广众之下，他们公然苟合！

车里黑黢黢的，她本就在堕胎体虚之时，易遭邪侵，受了这点惊便一时双眼发花，贸然感到车内鬼影幢幢，脑袋混沌虚幻，她摇摇头，过了好一时才清醒过来。

翌日第五睁开眼时，天已大亮，对上柳豆红红的眼睛时，他愣了愣，仿佛在说干嘛这么看着我？再看柳豆银牙碎咬的狠劲就越糊涂了，躲开她的眼看两边，一边是耿涛和赵依依，远处戴缡罗美……

他怔住了！明白过来。如果没搞错，他们已出了原省，昨天计划好的，吃过饭唱完歌连夜奔“雪林度假村”。怎料竟糊里糊涂把柳豆也卷来了，都是酒精害的！失悔失悔！

可是人已被卷出来了，失悔有什么用？柳豆愤愤看着他，他赔了个笑脸，没奏效，没辙，起身走开了。

车上的人渐次醒来，不一会儿，车内又吃又喝，又叫又闹。柳豆一个人坐在原位望窗外，任何人过来叫她用餐她都不动，红着眼睛抹眼泪。

戴缡各拣几样吃食给她端过来，亲热地招呼：“小豆，哭什么？来来，吃点。”

柳豆把脸向窗子别过去，她不吃，她吃不下，更拒绝吃这些人的东西。窗外陌生的景象早已叫她一刻不能掩饰心中的愤怒。这群放浪的人们要将她带到哪里？抛开明日的面试不论，昨晚车内的声音此刻仍然扰攘在脑际，她不能与这些人为伍，她不能再有污点。

房车终于缓缓停下，已是薄暮时分，郁愤的柳豆最后一个下车，周围没有高楼甚至没有公路，周遭景致原始到叫人不辨今夕何夕。暮色中，此处白雪皑皑天宽地大，只有星星点点的蒙古包，影影绰绰镶嵌于银装素裹的梦幻世界中。

她不晓得这里是一处冬游景点，眼前一幢幢蒙古包帐篷便是一处娱乐住宿的度假村。

若非与这些人同行，真不能说这眼前的景致不美，不但美而且脱俗，清新空灵。然而美往往被人糟蹋，她内心在绝望地哀鸣。

人马整顿好后，第五绕开别人领柳豆到一座独立帐篷内。这里设施齐全，竟不输都市大宾馆，当第五催她去洗澡时，她惊了，看鬼似的看向第五，自己堕胎才多久！面前这个人难道就一点人性都没有吗！！

她的眼睛怒火喷发，第五却没看见，他正忙着脱衣换衣。柳豆惨然地苦笑了，这种膏粱子弟糟蹋起人来都不带良心的！到了他手里还指望有好吗？她认命了！生死由命地进到浴间，从浴间出来，已经换了睡衣的第五无意间看到她大腿内侧隐隐的血迹，停住了。

“怎么还有血，医生不是说止住了吗？”

柳豆痛苦地咬牙闭了眼，遇上这样的无知与愚昧还能说哪样！他若非要做，就做吧，已经是破罐子破摔，干脆坏在他手上算了！

第五不明所以，呆立一时，忽然伸手在她脑袋上匀了一把：“怎么不早说！”说着掉头去穿衣了。

她倒有些愣，不相信第五会饶她一劫，直到被第五揽入隔壁帐篷后才将悬着的一颗心惴惴放下来。

人声鼎沸的帐篷里，正是又一轮狂喝滥醉在进行。戴缡操着纯熟的粤语对着大屏幕，声情并茂唱着一首烈歌，气势颇有一种雄性的张力，歌声与原唱不分上下。

宋思奇跟耿涛感叹：“阿缡是学过还是怎么的？唱得这么对味儿！”

耿涛抽烟眯眼，笑着哼了一声，答非所问地说：“这家伙让第五领来的那妞勾起劲儿来了！”

宋思奇亦笑，认同耿涛的说法，眼向旮旯处的柳豆看去，由衷道：“这小姑娘！有点味道！”

光线最暗的一隅，柳豆一个人安静地坐着，第五跟赵依依喁喁调笑，早顾不得她了。

戴缡唱完歌一屁股坐在她身边，她不由得侧了侧身。

“豆，豆豆，这名字好听！”戴缡慢条斯理地抽着烟，在烟雾中略眯眼看她。简直就是第二个第五宏途，她难掩嫌厌地往一边挪了挪，不要看他的嘴脸！在她心里，这里每一个男的都是第五宏途的复制，无不是一幅色迷迷垂涎欲滴的嘴脸。

帐篷中行酒猜令，唱叫笑骂直到夜深，柳豆昏昏欲睡，听到其中有人议论明天如何如何向深山行进，她缩紧了心，莫非这些人明天还要滞留？当醉酒的第五踉跄往帐篷外走时，她赶紧起身去跟，她得问问他什么时候放她回校，自己明天万万不能随他们入山。

她脚慢了一步，戴缡却先她跨出帐篷，戴缡醉醺醺地赶上第五，完全没有发现后面尾随的身影。两个人走到远处一排白雪覆盖的灌木丛，并排站在那里“放水”，听到唰唰声柳豆急忙扭头，贴在帐篷边上动弹不得。

并排站立的两个人醉言醉语，听着听着，柳豆猛然弹起手捂住了嘴。后来柳豆很久都忘不了那令她头皮乍麻的话。戴缡醉醺醺地说：“五啊，资源、资源共享，今晚，叫我用用柳豆。”。

“嘁！别给我胡来啊，她病着呢，你别碰她！”

“你还晓得怜香惜玉了，我偏就待见那小姑娘！”

第五不知是喝晕了还是懒得应声，他没说话。

贴在暗处的柳豆却叫他的沉默揪紧了心，当他们返身往回走时，柳豆没有听到第五再说话，她脚底发软，捂着嘴屏着气，不断地摇头、不断地倒退，木木地挪回帐篷，回到原先的角落，瑟缩坐下。

第五和戴缡回来了，她不抬头，眼睛却紧盯着他们踉跄的腿，牙关紧咬：人体大动脉，人体致命点，脑子在搜索。一旦戴缡来了，她只能这样自卫，别无选择！

而此时，第五之于她，却是最安全的人，起码他说：她病着呢，你别碰她！这句话她记住了。他还算有点人性！

她宁愿脏在一个人手中，不能再背第二个脏包袱，她听到耳边其他男女放荡的声音，这是一个集体放荡的群体，她看出了这群人的乱，暧昧混沌，根本分不清谁是谁的准情人，如戴缡所说，他们也许真的是在资源共享。

在这空旷人稀的深山老林，如果今晚她被戴缡脏了，明天也许就是耿涛，后天又是宋思奇，再后天就是……

她禁不住浑身发抖，将自己的身体死劲地往回缩。

夜里很晚才散场，虽然第五醉得意识全无，柳豆还是紧紧跟着他，走哪跟哪。切齿仇敌此时竟是救命稻草，她只能紧紧跟着他。只要紧跟着他，谁能在他眼皮下糟蹋她？

然而第五和赵依依拥缠着进了一个帐篷，他们互相撕扯衣服时，她慌张地退了出来，站在帐篷口不知所措。

里面传来第五满嘴大舌头的醉话："胸怎么这么小……白也不白，白，哪天叫你，你们，看看柳，柳豆，那那，那才叫女人！"

缩在帐篷口的柳豆"嗖"地窜起一身鸡皮疙瘩，羞愤难当之下，她咬着下唇往远处挪退，站在听不到声音的地方。鼻子要冻化了，她长这么大从没到过这么冷的地方没经过这么冷的天气，冷到直叫人无可奈何，冷到直叫人想哭！

她哈着手跺着脚守在第五帐篷外，抬头看星星，才发现，这里是没有星星的，这里连天空都是没有星星的！

她和豫北的生活中从来有星星有月亮有太阳，难道她真的已经离豫北那么远了吗，豫北真的对她那么决绝无情吗，她的命真的那么坏吗，难道……

忽然她被拦腰抱起，"啊——"几乎第一时间便意识到将要发生什么事情，她用尽全身力气捶打着，蹬踢着，声嘶力竭地尖叫。"你放开我，你放开我，流氓！你，我要杀了你……"然而她的声音在这皑皑白雪的旷野中有如小蜂的细鸣，不及传入人的耳朵便消失了。

2

子夜时分，天地静籁，醉得不省人事的第五被一桶夹杂着冰碴的水劈头浇醒，受了连累的赵依依"嗖"地从梦中弹起。看到床前满脸是血的人时，"啊"的直声尖叫起来。

是耿涛！

耿涛扔掉水桶，扯起水淋淋的第五大叫，"快，要出人命啦！"

第五没醒过酒来，见耿涛拿水泼他，就要醉骂，却兜头又来了一桶冰水。耿涛焦急道：“小爷，还不快下床，再迟就出人命啦！”

第五赶到戴缡帐篷时，几个没多喝酒已经清醒的女孩正在扎煞着手脚徒劳地劝架，胆子大一点的罗美还蹭到戴缡跟前作势要拉他，被戴缡一肘甩到三米开外的柱子上。

戴缡叫嚣着，气急败坏地象练沙袋一般拳打脚踢着一动不动蜷成肉团的人。他的跆拳道是从小练就的，又加上暴怒之下力大无比，第五耿涛费尽九牛二虎之力才把他架开。这时宋思奇和另外两个男的也被女孩们的水泼醒，他们跑进来把戴缡接过去架走。戴缡的叫嚣声渐渐远去后，第五才缓了口气，浑身冷得浸骨，还得看看被打人的死活，弄不好已经没命了，看看地上那团血肉模糊死尸一样的身体，他牙齿打架地问道：“怎么回事儿？”

没人吱声，他又问：“那谁呀？”

女生们不敢看地上淌着的血人，缩缩颤颤地说：“你，你领来的柳豆！”

第五头皮煞地麻了一下，差点跌倒。傻了好一时才扑到柳豆跟前。

他从面目全非的脸上找到鼻尖，手却哆嗦得试不上去。安顿好戴缡赶来看伤者的耿涛一把推开他，在鼻孔试一下，“妈呀，还活着。”转头又对胆子稍大些的罗美吼：“别愣那儿了，快看哪儿需要止血！”

女生们这才醒过神儿来，颤颤巍巍挪身过来。

众人蹲在地上仔细地检查，搭不上手的金雪诗问耿涛这是怎么回事，耿涛说大概是戴缡要她，她不让，咬了戴缡。看着柳豆血肉模糊的小身体，耿涛有些同情地说：“其实我听到声音过来时她还能说话，她已经求饶了，还自己主动解扣子，可戴缡杀红了眼，晚上高度酒又灌得多，把我都差点打晕！”

第五艰难地起身，他很难接受，瓷瓷地往后退，一直退到围毡上。柳豆的左手，血肉模糊的那团肉，那还是个手吗？那就是一团烂肉啊！

众人一直检查到天亮，因为柳豆昏迷不醒，不能直立行走，无法确定肢体是否受伤，皮肉外伤倒也罢，关键骨骼受伤叫人担心。

最后骨伤确定了一处：她的左手无名指断了，最上面的那一截关节已脱鞘，只剩软绵绵的肉套。

耿涛从地上找到那截白骨森森的关节，女孩们全呕起来。

手边没有任何药械，有人说应该马上送她到医院。回头找第五时，第五早已奔出帐篷，向度假村管理处跑去。管理处值班人员说这里的医护室形同虚设，医生很少到岗。而最近的县城离这里需要三四个小时的车程，昨晚没有暴雪预警却忽然来了三小时的‘风雪流’。高速封路了，根本无法通行。

第五心急如焚，说冲也要冲过高速！撞开门向停车场跑去，并不长的一段路他连摔了三跤。白天的光线才叫人看清了，地面上的莹白，根本不是积雪而是纯冰，雪面覆冰形成冰壳，凸凹不平足有三寸厚的冰壳，清白相间，人眼看不见还能瞎闯，只要看见它，便下不得脚。

跌跌撞撞到了停车场，他傻了眼，这里停放的为数不多的几辆车面目难辨，昨晚三小时的‘风雪流’已将它们全部用冰浇铸，坚冰将车轱辘与地面牢牢焊接，眼前完全是一辆辆冰雕！

他大直了眼，双臂渐渐塌了下去，心中升起一种有生以来从未有过的无助与绝望。

返回帐篷后，柳豆还在昏迷。她的衣服跟身体已经冻结在一起，耿涛建议给她脱掉衣服以免和伤口粘在一起。

折腾一夜未睡的人们扛不住了，无医无药，即使留在伤者身边也无计可施，有如一具血肉尸体的柳豆让女孩们连连作呕，根本没有胆子守她。最后只留第五在帐篷中一层一层剥着血衣。

身上到处是伤，他像剥鸡蛋皮一样小心翼翼地抠剥着与皮肉粘连的衣服，每剥开一处就绽开一片血口，血水蠕蠕渗出来，他及时拿衣服上的冰碴按上去止血。

当他终于剥光衣服时，整个身体糊了血迹，惨不忍睹，他心房震颤，连手都抬不起了。他从来没有这样虚弱过，因为，从来没有这样心惊过。

揪着心给柳豆全身裹了塑料纸放进被窝里，再也不敢去看一眼。

他觉得，她要死了。

他双眼痴直地望着那团花的大红棉被，一步一步倒退，那么小的小姑娘，那么好的小姑娘……

他只觉得自己要遭报应了！

3

戴缡在睡梦中被第五一拳打醒，再一拳上去就晕死了过去，闻声惊醒的耿涛、宋思奇及时扑过去，奋力抱住发疯踢打的第五：“不能再打了，再打就是两条人命啦！”

耿涛、宋思奇头脸上顿时落满密匝匝的拳头，第五不管不顾地发泄，终于气喘吁吁，踉跄出门。他喘着气看了一阵天，天灰沉得快要照人塌下来。脚照着管理处走去。

管理处工作人员仍在不停歇地打电话给各个医院联系，想着救护车能否从封路的高速上通过，然而均遭各家医院拒绝。牧区一旦遭遇‘风雪流’，道路瞬时冰封是常见的事，随便困在哪段路上，都是进退不得，谁也不敢来冒险。

最后工作人员只好建议撬开医务室取些药出来，带伤者到大厨老婆那里略做包扎，大厨老婆会些接骨正骨的土方法。

帐篷里，昏迷的柳豆脑中闪现着支离破碎的场景：戴缡捧着他那流血不止的脖子大吼，“妈的你丫咬我？”他扑上来打她、扯她的衣服，他冒血的喉结不停滚动：“老子打死你，打死你个烂货再叫人奸尸，你丫再装纯，老子叫他们全上你一遍，轮了你这烂货……”

她昏迷的脑中一片白光，白光笼罩中，戴缡、耿涛、宋思奇还有不知名的男生一个接一个冲撞在她剧痛的下身，肆虐在她精光的身体上，他们抓破了她的胸、她的大腿，血在流，他们个个在狰狞淫笑。她死劲地呼救，拼命地厮打，却发不出声音支不动绵软的手脚……

身边终于静了下来，冉豫北终于来了，寒冷的帐篷里摆满冉豫北奶奶的君子兰，她也忽然穿齐整了，十五岁时的衣服，齐齐整整，冉豫北埋下头吻她，手伸进她结实的双乳，她被抓得很疼，但更疼的事情猝不及防地来了，他毫无预演地撞破了她的稚嫩，撕心裂肺的疼，冰凉的血顺着大腿蜿蜒而下。他沉醉地呻吟着，她仰面承受，顶部却是帐篷的天窗，天阴阴的，没有星星，场景很快又变了，分明又是睡在自己宿舍的床上，冉豫北在她身上摸索着喘息着，恣意冲撞着，她终于愤怒地抓起枕边的那把剪刀，狠狠刨过去……

第五再次回到帐篷时听到柳豆痛苦的呻吟，他一个箭步扑上去，“豆豆，豆！”

他紧张地呼叫着，柳豆丝毫听不到，仍然闭着眼，紧皱眉，痛苦不堪地摇头呻吟，像是正在与人殊死搏命。冉豫北、第五、戴缡、耿涛……所有男人，分明就在她眼前，她举着的剪刀就是扎不中他们，她尖叫着却比哑巴还无奈……

“豆，豆豆。”第五扳紧她的肩膀试图将她摇醒，手中的冰凉让他惊觉她浑身裸露在外，被子窝在墙角，他走时包裹好的塑料纸在身侧，柳豆布满血红冰渣的裸体暴露着。不忍再将冻硬的塑料纸裹上她的身体，第五向帐篷外急奔出去，在另一个帐篷中，罗美、赵依依的行李箱被他‘扑通’倒在地上。当他抱着一堆衣服返回时，柳豆已醒过来，两眼痴痴地看着顶篷。

另一个帐篷的女孩们，被刚才冲进来抢劫一样的第五惊醒，睁开眼时，第五已抱着衣服箭一样射出去了，女孩们纷纷起床披衣跑到伤者帐篷。柳豆已穿齐衣服，一脸血污中闪着两只黑黑的大眼睛，怯怯的，一眨不眨地往第五身后躲……

罗美一跨进门便急叫：“快，快让她下床，下床走走，有没有骨伤。”

柳豆浑身一激灵，蹭地攥住第五的衣服，整个人死劲往他身后藏，黑眼睛警惕地瞪着来人！

罗美一愣，“糟了！”下意识地叫出口，还是及时打住，没有把后面的话说出口，以她接触过心理学的经验看，柳豆神经受惊了，即使骨骼没有大毛病，躯体正常，她也有病了，神经方面的病。

怯怯缩缩的柳豆，一个劲往第五背后缩，像一个寻求母亲庇护的小兽仔，那哆嗦的身子，那惊惧的眼睛。

“还是，还是叫她下地走走，观察观察，好放心些。”罗美紧张到有些结巴了。

第五像哄孩子一样抱柳豆下床，“不怕，豆，走走，走几步。”

豆不肯，她手拽着他，腿勾着他，生怕被甩下。

“可能没事！”罗美说话了，“她能勾住你，腿上应该就是正常的，不愿走就别走了吧，给她吃点什么吧，热乎些的。”

这时其他男生也醒了，来看这边情况，罗美说：“看样子没事，这种冷冽的气温倒是利于血液凝固，否则她那手指……”

耿涛跟她使眼色，怕她说得严重，把第五激起来，又是一场打架。戴缡刚才醒过来，昨晚酒后失德已记起，后悔不已，他受发酒疯的害不是一次两次了，还是忌不了酒。如果这次真惹下人命，他的家教、第五的家教足以把他们雪藏。

众人都劝戴缡暂时不要到这边帐篷给第五添堵。毕竟第五带出来的女孩，出了事他推不开责任。戴缡催耿涛赶快过来看柳豆，有事没事及时回来告他，只要不出人命就好，断胳膊瘸腿他给她一辈子够用的生活费，他娶她也可以，只要别死！

看到柳豆醒过来。耿涛稍稍放下心，打算过戴缡那边说一声，以免他心急！这时管理处的一位工作人员穿着整羊皮缝制的羊皮袄羊皮裤，头戴羊皮帽，胡子眉毛挂满冰珠来到他们的帐篷，看了看受伤的柳豆，她两眼黑黑怯怯，一个劲往第五身后藏，从那警惕劲儿看是不会有致命伤的。

“你们来的不是时候啊，”工作人员磕着大烟袋说，“依我在这地方住了五十多年的经验来看，最近一定要有大的‘风雪流’天气，这里虽然并非外蒙境内，但由于毗邻，气候完全接近牧区，对于牧区来说，‘风雪流’天气仅次于雪崩，交通受堵是一定的，你们进不了深山不要紧，关键回家成问题！”

“那多长时间路能通啊！”有人担忧地问道。

“不好说，即便有部队上的人沿路除冰，恐怕也得半月。”

“趁大的风雪流还没来，咱们赶快走吧！”女孩们被这人的话吓住了。

“不是已经封路了吗？”耿涛说着看向那人。

“高速封了，不过三岔口那边有路，救护队往往从那里进山救人！”工作员说着却又摆摆手，“那没准儿的事，路碑没路碑，你们走生路，着急就困下了，还是耐心等高速合适！”

一夜惊魂叫人人扫了兴，都恹恹的，这群年轻人一致决定走三岔口回家。众人齐齐开动，不间断地把房车用火烤热水浇，整整折腾了一天，直到傍晚时冰壳才脱落，房车开始松动。极少经历人生意外的这群年轻人，对度假村中人们的极力劝阻充耳不闻，暮色降临时房车出发了。这次戴缡不声不响地到前面开车，车里其他人也皆各心照不宣地少言寡语，气氛十分沉闷。

痴呆惊怯的柳豆攥着第五衣襟，头藏在第五腋下，眼睛大张着。脑子被那可怕的场景蹂躏着：戴缡、耿涛、宋思奇、冉豫北，他们，撕抓着、狞笑着……

房车艰难行驶了三个小时后，实在不辨方向走不下去了。几个男的不得不下车到外面看路。女孩们也着急得坐立不宁。

第五和柳豆是最后下的车，去寻路的人一个都没回来，周围听不到丝毫声音，手机完全没有信号。

第五纳闷地向一条拐弯路走去，然而走了十几分钟就后悔了，不但前面没有了大路，而且返回的路也三绕两绕绕不回去。

这才明白，刚刚寻路的人全迷路了。

他有些不敢走下去了，担心浑身是伤的柳豆，再走下去她的体力吃不消。停了停才发现，不走，更是死路一条。他们必须找到房车的地方。

在没有人的地方，柳豆不拽他衣服、不紧紧蹭着他，没有人的地方她忽然就有了安全感。

穿着度假村送给他们防寒的军绿棉大衣，两个人一前一后盲目地走着，寻找着，天上没有月亮，微弱的光线来自脚下的冰雪。从前半夜走到后半夜。从第二天走到第三天。走得筋疲力尽、心灰意冷。寒冷无孔不入，钻透他们的棉衣内衣，钻到他们的脚心，自下而上冲入浑身骨隙中，刀刻锥剜一样凌虐着他们的身体。

在一处悬坡处摔了第八百个跤后，第五坐在地上彻底失望了，他叹着寒气搓着脸，再也不肯起来了。

风雪流就是在这个时候忽然到来的。

狂风顷刻间推动积雪形成暴风雪，向四面八方所向披靡地呼啸冲撞。柳豆像纸片一样被飞雪卷起又“啪”地拍到地下，刚刚爬起，又“啪”地拍下。

山顶的雪盖被呼啸狂躁的风力连片揭起，仿佛凶神恶煞的天神揭起一层摩天楼顶来撒气。第五惊傻了，从未见过如此排山倒海的暴风雪，狂风带来的巨大雪团铺天盖地四分五裂，伴随着天崩地裂的巨响冲过来，令人心惊肉跳、毛骨悚然。

当柳豆尖叫着再一次被暴雪击倒在地时，第五才清醒过来，跃身欲起，哪里还能起来，他的左腿就在刚刚的几秒时间内便被冰雪埋到一尺深。

后半夜零下 20 多度的气温，接触到一丝人体体温的冰雪迅速与人凝铸成冰，第五的左腿被冰层牢牢绑住，他徒劳地蹬了半天，纹丝不动。

风雪流的狂暴远远超出了他们的想象，它带来的暴雪不单单是常规的雪块，简直就是坚冰，是凝固顽硬的冰，它砸在人身上，有铁石一类硬器的力道。

第五的左腿铸进冰层动弹不了，情急之下他双手开弓用十指去刨。刨了半天无济于事，指头刨出了血，左腿麻木得已经没有一丝知觉。

他大声地冲爬在雪地上的柳豆喊：“快起来，找靠墙坚硬的地方站着！”

柳豆被击倒后爬不起来，倒在地上呻吟着，第五知道，一旦来一团暴雪压住她，不消两分钟就会凝固掏不出人了。

柳豆强撑着爬起，棉大衣被地上的坚冰扯走了几片皮，露出白花花的棉絮来，在飓风中丝丝絮絮地飘飞。

她蹒跚踉跄地贴到山壁前，有坚冰靠山墙的地方此时相对安全，但太滑站立不稳，她咬着牙心惊胆战地竭力让自己保持竖立。

惊心动魄的风雪流持续了大概一个小时，天地静下来时，双手开弓刨冰救自己左腿的第五仰头看天，风声没了，暴雪止了，老天！他心里无限悲凉地大叫！仿佛说：这个时候止了风雪流，他们也许还有活命的可能。

“你过来！”第五向通身洁白的柳豆大声喊，他一边喊一边从口袋里摸打火机。

柳豆并没有动，天蒙蒙亮了，白色雪人一样的她眼观八方，急急张望。

第五看出她已急于逃命，正在辨别方向，他有些怕了！蝼蚁尚知惜命，生死面前无英雄。他不能让柳豆走，她走了，他是死路一条，而且她一个小姑娘更是死路一条。

知道什么能制住她，生死面前人被逼出智慧来，第五说你去吧不用管我，遇到戴缡他们，跟他们一起走，他们不会走远，一定就在附近……

柳豆立刻不张望了！也不动弹了，低头拈着棉衣上的破棉絮苦苦思索，权衡一时，挪脚向雪人一样的第五移过去。

离第五六七米的一段距离，她紧小心慢小心还是摔了两大跤。

“给，”第五把打火机递给她，“你烤，我来刨！”

柳豆双手捧着打火机哆嗦烤着，第五的手杯水车薪、一指甲一指甲地抠。

烤了一阵，柳豆犹疑了一下，放下打火机，翻开自己那只永不离身的背包，掏出一把硕大的、黑色的、剪柄上还裹着羊毛毡的生铁大剪刀。

她看了眼那剪刀，把它递给第五。

她生平第一次偷东西，度假村的老女人为她包扎手指时，她偷了女人的这把大剪刀。第五被这庞大笨实的剪刀愣了一下，想起他和柳豆包扎完伤口出那女人帐篷时里边的声音：“剪刀呐？刚才还在这儿呢，哎，剪刀！”

柳豆预备用它防身的，它却在此时救了第五的急，第五冲腿边的冰刨下去。直刨到手麻胳膊木抓不牢剪刀才停下。整整一夜，他刨一时，柳豆刨一时。天大亮后，他的左腿终于出来了，但是不能吃力，他拖着左腿跟柳豆开始了漫无目的的寻找。走了大概五六个钟头，也许是午后了，眼睛里还是白茫茫一片雪山。

两人都怀疑是不是一直在绕着圈走，走来走去没走出原地呢？

两个一高一矮白雪罩身的人盲目地朝前走！柳豆又掏出那把大剪刀，每走过一处就在树上，在坚冰上划三道，后来改刻成一个‘豆’字。

刻这样的记号是为了避免重复路途，再者如果有救护队，可以沿这记号找到他们。

再后来又刻成‘第五’两个字，只有他们那样的家人才会第一时间发现孩子失踪，也只有他们那样的家人有能力第一时间想尽各种办法寻找孩子。而她，失踪三年，家人也未必知觉！

第五赞同她刻记号的做法，只要有一线生机就当抓住！她娇小的手刻起来费劲，到后来就换成第五来刻。

走来走去天地依然一片苍白。此刻就悲凉地发现：天地竟然那么那么大，苍生竟然如此如此小……

失望越来越重，但他们不能停止寻找，求生的欲望越来越强烈！

他们咬牙拼命地寻找。两个人都虚弱到了极致，累是一方面，关键是饿。他们五顿饭水米未打牙，体力消耗又这么大！肚子里的咕咕声此起彼伏。

柳豆从背包里摸索着，掏出两颗金丝猴奶糖在手心里攥着。是堕胎那天第五买给她的奶糖，她向来抠门儿，连小吃也卡制着自己，那些奶糖还没有吃完，背包里还有一些。不打算给第五吃，但想到第五不活，她也没希望活着出去，她还是颤颤递了一颗过去。

第五愣了一下，心里不想要，不好意思要，但自己的大手却自作主张要下了。

他们寻找着，走一阵刻一个名字，补充一颗奶糖的能量。当沉重的夜色铺天盖地降落时，森冷惊心的恐惧又袭上心头，惊恐几乎将他们压迫得喘不上气来。他们颤抖着摸索在黑夜里，心中害怕着风雪流再次到来，有风缓缓腾起时，心几乎就要从口中“嗡咚”掉出来。风速由缓渐急，击打着两人左晃右摆，他们不知不觉搀扶在一起，寻找着可以避风的地方。

第五心中哀哀大叫，爸爸的眼线隔三差五地跟他，为何关键时候就不盯住他啊！他终于发现，他离不了自己的父亲，虽然自己已经二十有五的年纪，但自己就是父亲所说的永远长不大的孩子！

这场骤风终于没有再引来风雪流。天色渐渐露出微光时，躲在山坳里的他们眼睛略露精光，相互搀扶着再次循路前行。

一路留下记号，一路天地苍茫。

黎明、早晨、中午、逐渐过去。他们蹒跚坚持着。

当暮色快要降临时，柳豆眼前忽然出现一抹稀薄的烟雾，她的心顿时嗵嗵跳起！

就像久经黑暗的人忽然看到了一丝曙光，心按捺不住地腾起来。她撇开第五，撒开脚丫向前跑去，屁股一撅一撅，大衣的棉絮翻飞着。

“啪！”她狠狠摔了一跤，爬起，继续跑！

“啪！”又一跤！

再爬起时，看见了一缕袅袅青烟。

4

两个人顿时精神抖擞，激动地向青烟的方向走。

腿是永远没有眼睛快的，走到冒炊烟的屋子跟前，用了大概两个多小时，天已黑尽。

他俩站在屋外敲门，门口挂着一块铁皮招牌，就着雪光看到上边写着某某林业交换站。

屋里人没问来人是谁就开了门，一个五大三粗穿戴臃肿的男人黑黢黢地立在面前：“快进，快进！叫昨天的风雪流困到山里的吧。”口气像早已等着他们来似的。

屋里比屋外更暗，只靠灶膛里燃着的柴火照明，他俩正纳闷这人怎么像是早知他们会来似的。待坐下来才明白了，那人姓王，第五称他王大哥，他说不好，他喜欢别人叫他老王。

其实老王也已经被困八九天了，因为最近这边已经来过三次暴雪！

“我就知道这回准又有人能走到我这儿来，我在这林场十五年了，这种天气这种事经了六次，只是这次根本没预警就来了‘风雪流’，不过还好，只要你们有运气能摸到我这里来，就能撑住一时，只要我没事你们就没事，咱们能熬到救山队赶来，就能活着出去。”

老王热情爽朗，第五悬了一天一夜的心放了下来。而柳豆自进这门起就又开始犯怯了，她紧紧往第五身后缩。傍晚看到炊烟撒脚跑开时，第五以为她的神经忽然正常了，不想见了生人就又犯了！

老王从墙角抱了一捆柴火，塞进土灶里，一会儿屋子里便升起一股米香。

老王边搅锅边用他那方言浓重的口音说：“咱们啊，得计划着吃粮，这次没预警，没存下粮，救山队什么时候能来估不到，咱们得防患后头！”

饭盛过来，原来是稀粥，屋里黑，他两端在手中看不见颜色，但喝得满口喷香。第五觉得从没喝过这么香的粥，想喝第二碗时，已经没了，老王递给他俩一人一个馒头。

睡觉时老王安排第五柳豆上二楼，说那里有两只长桌子，可以凑合当床用。

没看出这屋子还有二楼，屋里屋外都没看出来。他们摸黑随在老王后边上楼，在一楼吃饭聊天坐了一阵的第五，这时抬腿上楼梯却发现自己的左腿纯粹不能动了，稍一行动便钻心疼痛。已经够麻烦老王了，他于是没吱声，咬牙忍着痛老半天才蹭到楼上。

老王已经把端上来的柴盆点燃，权当暖炉子用！坚持走上楼的第五，腿脚更加剧痛难忍，一时支持不住，整个人“砰”地跌到矮木桌上。

老王吓一跳！慌忙过去看，第五额头上已经冒出豆大冷汗，老王将火盆往近拉了拉，“怎么？是不是身上有伤？”

第五疼得说不出话，躲在他后面的柳豆声细如蚊地代他说话：“他的左腿陷进雪里困住一夜。”。

话音一落，老王哎呀一声！“不好，明天下不去楼了！”

老王说：“铸进冰里六七个小时，又走了一天，要么不歇缓，歇下就再动弹不了。”

对着两个年轻人他不便说得太严重，但心里已认定，人困在这里不能及时医治，那腿怕是要出问题。

可第五其实早有预料，忍痛含糊着说了句话："这腿，恐怕坏掉了！"

旁边两个人陡地一惊！

柳豆往后挪了挪。心中恨恨地想：或许是报应。

老王安慰第五："快不要这样说，不会有事。"

说罢掉头对柳豆说："姑娘你随我下楼再抱些柴火吧！"

柳豆竟仿佛吃了一惊，不动弹。忍着疼痛的第五知道她为什么不动弹，此时真想替她下去，连老王这样的人她都防，实在头疼！

老王下去又上来，抱着两卷薄薄的被子。见柳豆还立着不下楼，放下被子，从火盆处取过两块木炭，教她如何摩擦取火，柳豆犹豫了一下，抱着她的背包走过去。

"唉，一直没暴雪预警，啥物件都没备下，火柴没了！将就着用这土法子吧！夜里你们需要用火，就拿这擦出火花引燃碎柴，再拿碎柴引燃木条。不管怎样千万不能让病人吃冷水，凉气入肚，外面的腿就得化脓。"

老王说罢又对柳豆说："一会儿你下去再抱些柴上来！"

第五的打火机在救腿时已用完了。听到老王的话，两人不免又为遥遥无期的救山队的到来而忧虑。

柳豆终于还是下楼了，下去时她把手摸进怀里的背包，抓住冰凉的大黑剪刀，颤颤哆嗦着下楼梯。

老王其实有话跟她说，见她下楼急忙说："姑娘，你可好好搭照你那伙伴儿，我这儿存粮实在不多，营养是没条件给他跟上，但尽量你我少吃给他多吃，别让胃火勾出其他地方的火症，再就是千万不能摔！起床就寝你招架着他点，他那腿！"老王压低声，"怕是得坏掉！"

柳豆吧眨眼，她不怕他坏掉！她不怕第五坏掉！她盼着他坏掉！

老王说："只是别连累了命！咱们熬吧，救山队早来一天，他就有救，要不然坏上腰间，命就难说！"

柳豆愣了一下，不能死！第五不能死！死是不能的！她一个人在这荒山野岭……

想到这荒山野岭，她看了眼黑黢黢的老王，戴缡、耿涛、宋思奇等人狰狞淫笑的场景就冲入脑际。她一愣，忽然怯怯地低下头去，没吱声没点头，抱着柴火上楼去了。

二楼的条桌，一东一西，一只窄，一只稍宽些，说宽也只是比较而言，睡第五一个人也够呛！

柳豆推那桌试图将它挨上墙，这样即使掉地，也只从一边掉。可推了许久丝毫不动，一边的第五疼得只顾倒吸冷气，指望不上。她蹲下去扳桌腿，这才发现，两桌子下边的铁腿子全铸进水泥地里，是两只固定桌子。

没办法了！把包包放下，去将门闩好，把门环插销左检查右检查，睡前又检查了一遍！实在不能放心！她怕老王，而这门是她的胆。

把门拴好！一往床上躺，才发现自己有多么累多么疼！

身上的伤锥心般刺痛！戴缡、耿涛、宋思奇……那恐惧的场景又扑面而来。

她在单薄的被子里颤抖起来，颤抖的心瞬间窜进无数毒蛇恶蝎。

第五沉闷的一声呻吟传来时，她猛地扭头，盯着黑暗中第五的方向，如果……她咬着牙。如果楼下的老王是个女人，对面的人，第五，便是死！她要让他死无对证。

她听到自己咯咯响的牙齿！

她噙着眼泪回转头来，在黑暗中紧盯着屋顶，那么恶心的事情，那么沉醉的喘息和呻吟，她的下巴颤抖了，眼泪顺鬓角滑落……

她嫌厌自己的身体，那么脏，那么龌龊的事情，那么脏、那么脏……

此时的她回头看过去的自己，看到的是那么懵懂无知的孩子，但她再也不要这样，再也不要在二十岁、三十岁回头看时，仍然感到悔恨、无知、懵懂……

她要活着出去，她那天在帐篷中清醒过来的第一时间，脑中就是报复二字，她要活着出去。

夜，真黑！这里的夜真黑！

5

第五果真下不了楼了，他的左腿完全不能弯曲，直直的，即使不那么疼了，却也动弹不得，他持续发着低烧，虚弱得连说话都费劲.

柳豆抱着她的背包楼上楼下捧柴送饭。遍体鳞伤的疼痛无不写在她坚忍的动作和体态上。因为存粮有限，被困三人每天只吃一顿饭，天天都是玉米粒稀粥和馒头。第五饿得头晕眼花，柳豆每次抱着背包捧着瓷碗上楼梯，无声无息小心翼翼迈上第一级冰梯时，他就能知道饭要来了。他在心里数着数儿，1、2、3……等她进门。

柳豆把稀粥放到他手里，再从背包取出两个馒头，这样做是为了节省下楼的次数，惧老王是一方面，另一方面是楼梯实在太滑太难走，她虽不惧疼，跌几跤不怕，但她心疼饭食，唯恐那寥寥米粒的稀饭摔落。

从一楼到二楼的水泥楼梯，通身覆着青黑锃亮的冰壳，厚度足有两寸，结结实实是一条冰梯。三天来柳豆摔倒无数次，骨头嘎噌嘎噌地叫，她竟无动于衷，经过大疼大痛的人，对“疼”有了耐受力！

小小的她，感觉自己已经历了人间稀有的大风大浪，她的余生，只剩下回收，把亏掉的拽回来！

她是横了心要讨回公道来。

他们驻留的第三天又来了暴风雪。窗玻璃被厚厚的霜花和冰层蒙得严严实实，站到门口看屋外，能见度不到一米。紧挨屋前的树上垂悬着又粗又长的冰挂，树木不堪重负地弯着腰，几欲匍匐倒地。暴风雪的这一天，饭迟迟不来，第五饥肠辘辘，等得十分焦躁恼恨，他恨柳豆天天在下边吃好吃罢，才给他送上来。但是恨罢又觉得惭愧，肯伺候就不错了，他知道柳豆心里有多恨他，几乎每天他都要撞到柳豆黑黑的盯着他的眼睛，那眼睛是把刀，是寒刃，是要插进他肚子里的带钩的刀！

他如此想时，楼下人也正在作难，所有备下的柴火全用完了，老王只好将一只凳子劈了生火，稀粥只做了个半熟夹生。柳豆小小心心将稀饭端上楼，捧给第五，她的眼睛扫上第五的腿，第五的左腿肿得超过右腿两倍。

她向他腰部扫了一眼，刚才老王说一旦肿到腰处就骇人了，会死！

想到死，柳豆害怕，可她看不出第五肿到哪里。

第五风卷残云地喝掉稀粥，根本没觉出熟或者生。柳豆把两个馒头递给他。他咬上馒头，馒头没蒸透，冷，从里到外的冷，他心里便又想着她柳豆每次在下边吃罢饭才给他吃。

知道伺候自己叫她心烦得很，他得鼓励她，自然不能说出山以后要给她多少钱。

虽然她曾经是个念书的天才，但她毕竟还是个孩子，脑子单纯得厉害，心上又害了不轻不重的精神病，他知道对柳豆什么最管用！

他说："老王昨天上来说你长得好看。"

其实柳豆现在还好看什么，头脸上的伤模糊一片，肿胀如鼓，七分鬼三分人。

第五又说：老王困在山里有二十多天了吧！多久没见老婆孩子了？

就这两句，行了，够了，不说了。

柳豆坐在对面的小条桌上眼睛"嗖"地张了一下，又落下去，像一片羽毛一样悠悠悠地落下去，小手撕着棉衣上的烂棉絮。

第五知道起了作用，点到为止，不说了。他大口吃起馒头来，馒头干得几乎噎住喉咙。

柳豆闻到他手上的馒头味儿，咽着唾沫抬眼，看着他手上的馍，她细小的喉结咕噜咕噜咽唾沫，黑亮的眼睛从那馍上挪不开。

第五被她盯得不好意思吃了，每天一碗稀粥两个馍只够垫个胃底子，他们的肚子从来是刚放下碗就又开始咕噜噜叫。他小口啃着手中的馒头，叫柳豆帮忙化碗水往开支她，柳豆从那馍上一截一截拿开眼睛，咽着唾沫去水桶边。

温度过低，这屋放不住水，桶里缸里全是冰，要喝要洗全得化了才能用。

柳豆把眼睛又看了看第五手上的馍，拿了碗下楼去。

她在楼下用一点余火星子化了块冰。老王说多温一温，说第五持续低烧，胃里再吃进冷水，冰火相撞，必损无疑！

化好水，捧到楼上给第五，他喝完水，柳豆给了他两块糖，比前两天多一颗。

多出的这一颗，让第五觉着是自己给她的“鼓励”管用了，她怕他第五宏途完蛋，他完蛋不要紧，但她怕老王，所以她不能让他第五宏途完蛋。

好人老王不招她不惹她，她怕老王！她真是有病了，想到这，第五又生出愧疚，活出去一定会补偿她的。

他们俩对坐嚼着金丝猴奶糖，第五忽然有些脸红，这奶糖是那天堕胎他买给她补血的，他却娘们儿似的吃上了！

真丢人啊！

下午，老王上楼来，给第五拿来一根半人高的木棍，可以拄着它不离屋活动活动。老王刚上来，柳豆就下楼去了，因为刚刚第五说老王看她长得好看，她就嫌他。

老王看了看第五的腿，粗得跟水桶似的，立刻忧心忡忡，“你看你那么好的身手，这腿要今后不利索，靠啥吃饭？行武之人。这年头可不好改行！”

“改行？改什么行？”第五莫名其妙。

“你不是武术教练吗？腿不利索咋办？”

第五更糊涂了：“我怎么是武术教练？我……”

“你不是武术教练？风雪流那晚你不是左腿冻结在冰里还空手打死一只雪狼哩？姑娘说……”

前天吃饭时，老王问柳豆工作年龄籍贯，柳豆貌似随意地说了第五的“工作”！第五已经忍不住笑了，这个柳豆，居然还想到了唬人，诈唬这么一个对她根本没邪心的老实人。

“没事，大哥，我三辈子不工作也吃不垮我老爸的钱！”他看了看老王憨厚实诚的黑脸，心里的感激上来了，由衷地说：“只要能出去，我……”

老王知道他要说什么，连忙挥手：“哎！别说见外话，别说是你们，就是坏人来了也没道理不搭他一把，命比天大啊！”

第五感慨地点了点头：“不知救护队哪天能来？”他下意识地转头向窗

户望，玻璃窗被霜花冰层捂得严严实实，根本看不到外面，不过昨天听柳豆说，老王已把红布条拴遍了屋檐大树，一旦救护人来了，老远就能看到信号。

“柴火没有了，救山队再不来的话，唉！”老王叹口气，“咱每人每天只一个馒头一碗粥，还是吃空粮了……”

第五愣了一下，“我每天吃的两馒头啊！”

“哟！”老王张眼看他，嘴里咂吧着，“姑娘可真，哎呀好孩子呀！那就是她把她的馒头给你吃了！”

老王咬着根烟丝，“我就说哩，她每天都把馍拿到楼上吃……！唉，她也有伤，三天了，光喝稀粥也不行啊……”

老王看着覆满冰花的玻璃窗叹气：“唉，存粮只有三个馒头一把米了，只够明天一天了！撑吧，咱往下撑吧，天不灭咱，咱就死不了，天要灭咱，那也没办法……”

第五呆呆的，听不到老王的话了，一丝儿声响都没听到，耳中只有一句话的余音：她把她的馒头让给你吃了……

6

也就是这天下午的时候，第五精神一阵不如一阵，饥饿诱发胃火，胃火惹出高烧，疼痛蠕蠕袭上全身。

接连几日的低烧演变成高烧，并且来势汹汹，烧得他疲软无力！到傍晚时，他耷在床上一动不能动了，寒冷和疼痛叫他发出濒临死亡的呻吟和哀鸣。

浑身骨骼中像窜着无数细小的虫子，啮咬他、啃嚼他。他烫得像一块火炭，却冷得簌簌颤抖，这种状态吓得柳豆脚软腿软。她已经看到今夜的某一时刻，第五的呻吟声忽然停止，他像死狗一样直直硬硬地展在那个条桌上，她立刻与鬼为邻……

她一秒都睡不着，扎着耳朵听那边的呻吟与哀鸣，唯恐这些声音戛然而止，她今天看老王实在不顺眼了，黑黑的大嘴就像痰钵。第五一死，她可怎么办？

也许是凌晨两三点的时候，柳豆浮浮地迷糊过去了，耳边第五的呻吟声变成戴缡、耿涛和许多男人的狞笑声。

她又举着剪刀开始筋疲力尽的对峙了，可是她仍然是那样无助地高举剪刀扎不到人，冉豫北舒服沉醉地喘息着，她终于恨极，张大口拼尽全力咬上去……

“咯噔”！她的腿在焦急的浮梦中蹬了一下，她清醒过来，蒙蒙张开眼，痴痴睁在黑暗中，一时不能从梦境中完全挣脱出来。

“水，水，……”黑暗里的声音。

她两眼瞪着黑暗，徘徊在梦境与现实的路上，听不到耳边的声音。

“水……”

戴缡，耿涛，宋，他们撕扯着她……她的脑子仍在与恶人斗争。

“水，豆豆，豆。”

听到自己的名字她才猛地一怔，梦境消失，向声音的方向讷讷转头。

“水……”第五在黑暗中焦渴喃喃。

柳豆在黑暗里看着他的方向，痴呆起身。在黑暗里摸到水桶，冰层太厚，她扳不动冰块，又摸回自己的床铺，摸到背包，摸出剪刀。

用剪刀砸下几块碎冰，她用手摸索着挖出来，捧向第五。

“冰火相撞，必损无疑！”老王的话响在耳边。

一根柴火都没了，连楼下都没了，她捧着冰，立在喃喃呻唤的第五跟前犯难，怎样将冰送进他嘴里？

“水，水，豆……”

她缓缓蹲下，摸到最小的一块冰。手背寻到第五滚烫的嘴唇时，她的手“噌”地弹开。

第五的唇干裂灼烫如火碳，“冰火相撞，必损无疑！”手中浸骨的冰块，两三厘米的厚度，他……

救护队遥遥无期，他也许难逃一死，但手中的冰块会加速他死亡的步伐，也许明天清晨他就没了，就死了！

第五死没关系，可是。

可是她怕老王！

她发誓世上再也不会有任何一个人能脏到她了！她若再被男人脏了，她就是死了变成鬼，也是个脏鬼了。

她瑟瑟地重新站起，下意识地向黑暗的四周张望，试图寻到一个可以化水的办法。事实上，在今天下午的时候，就已经连一楼都找不出一星儿柴火了。

她看了看黑漆漆的四周，毫无办法地咬上了嘴唇！转脸再回到手中模糊的冰上。

“水，水……”第五的声音沙哑微弱，奄奄一息。

第五的呻吟声让她犯难的咬上了嘴唇！忽然，她“噌”地一惊，仿佛被什么念头吓了一跳，她猝然退了一步！

是的，她是被吓了一跳，被自己想到的办法吓了一跳！

不！

她禁止自己这样想！

心房忡忡地捧着冰块立在黑暗里，挪不动脚杆，仿佛那念头吓怕了她的脚，连她自己都使唤不动自己的脚了。

第五呻吟了一声，忽然没有声音了，一点声音都没了。

柳豆心里咯噔一声，他死了！

她的心“噌”地跳上喉间！

她拉起脚慢慢挪向第五，离第五仅一步之遥，她却挪了一分钟！终于站在第五身前，她开始微微发抖，紧咬唇竭力稳住自己，让自己镇静。

她听到第五还有微弱的声息！他不能死，他不能现在就死掉！渐渐地，她低下了头，刚刚那吓坏自己的‘办法’再闯进脑际，她咬了咬牙，又咬了咬牙！最后，她颤抖地将一块冰含到了自己的口里。

“嘎嘣嘎嘣！”脆生生的声音！冰块在她嘴里破碎。

上颚、舌苔、牙关顿时森麻，冰凌逐渐融化，在嘴里含一时，她克制着身体的颤抖缓缓蹲下去。

用嘴去寻找第五。

温温的水，像一道道潺潺小溪，从她软软的唇瓣，蠕蠕注进那滚烫干涸的口腔。

高烧呻吟的第五怔住了，一秒窒息、两秒窒息……紧接着，他滚烫的唇颤抖了……

“豆——”第五心中一声震破脑层的长鸣，那长鸣，生生的，穿透心脏，冲破肺腑！

黑暗中，两串清泪，从第五眼中渗出，无声的，滑向鬓角……

第二天早上，第五拄着老王的木棍站起来了，柳豆睁开眼时，他站在当地看她。她闭了闭眼，揉揉眼再看，第五他确实站起来了。柳豆不相信地坐起身，看他的腿，看他的腰，看他睁得黑黑的眼睛。

他还能站起来？他怎么能站起来？昨晚她以为他要死了，坏人就是这样命大！

“我梦见我爸爸了，他正在救我……救，救我们，”

第五像傻子一样说话了，每一个字都带出一团白雾，说话声音和着肚里的咕噜声。

他急切地说：“他们的车已停在不远处的公路上，直升飞机盘旋在这个窗口，他们用电钻把这冰玻璃钻开……”

“你是不是烧坏脑子了，你睡你的，你干嘛起来？”白他一眼，柳豆开始隔着袜子挠脚。拼命挠，脚冻了，天天早晨疯痒。

第五不说话了，眼睛泛红地看着她‘嚓嚓’挠脚的肿手，那手虽小，肿得比熊掌都厚。

他心缩了！揪心！

他怎么会烧坏脑子呢？他清醒得很，昨夜那源源清水流进他口中时，父亲的话清晰出现：“年轻，负了债却不自知！”

7

这一天的稀粥比往日还要稀，老王往嘴里两三口灌完半碗粥，便抓起斧头到屋外砍树去了。他们不得不放倒一棵树来取暖了，否则不待饿死就要冻死了。

老王虽嘴上不说，但柳豆看得出来，他开始绝望了，等不来救护队，连老王都绝望了，她和第五该怎么办。

柳豆端着碗屏气走上楼梯。第五习惯性地开始在心里数数：1、2、3……

“啪！”“啊！”楼梯传来摔破碗和柳豆的一声低叫。

不好，摔倒了！第五心里大叫。

他赶紧抓过手边的木棍，着急忙慌地往门口去，他的左腿没有办法下楼梯，只能干着急没办法地停在门口，柳豆爬在覆着黑冰的楼梯上，破天荒地放声大哭。

“你，你没事吧！”第五心酸地道。

小小的豆爬在破碗片上死了娘似的哭。

第五下不去，不知怎样劝她，嗫嚅出口：“洒就洒了吧，别摔坏身子！”

柳豆“呼”地抬起沾满泪的三花脸，疯了似的捡起一片片破碗片，使出劲向他掷来，哭腔嘶声地喊：“滚，滚回去你！”

好像他是叫她摔破碗的罪魁祸首，她竭力将破碗片向他掷去，恨不能一碗片砸死他。

第五手足无措地退回门内，破碗片在门柱上“嘣嘣”作响。

柳豆嘤嘤地哭声像孩子一样喘促，伤心得不得了。渐渐的，哭声微弱了，却好一阵听不到她起身的动静。

第五不放心地探头出去。

装在军大衣里如一截柴火一样细小的柳豆，鼻子一簇一簇地抽噎着，红肿的小手捏着碎瓷片，轻轻地刮起黑冰上那寥寥无几的米粒，小心又小心地，送进她张得大大的嘴里。

一眼，就一眼，第五触电一般把头收回，木棍“当”地掉地，他身体靠在墙上，死死闭上眼睛。

有生以来第一次心碎欲裂、心碎欲裂！

柳豆终于刮净米粒，从楼梯爬起，喉间还不时打着气嗝子，上楼来了。她肿胀的脸蛋自上而下两道泪痕，而且脏，更像个孩子。今天已经没有馒头能给第五了，唯一的稀粥也摔了。她把背包翻得底朝天，只剩三颗糖，给他。

第五看着桌腿说：“不想吃了，甜得牙疼！”

他甚至来一顿大餐也咽不下。肚子咕噜叫唤，他却觉得胸堵，吃不下东西，心里伤透了，钻心钻肺地伤心！好像柳豆伤害了他，她给他糖伤害了他，她给他俩馒头而不是一个馒头伤害了他。

“做人做成了动物！”这是爸爸的话。爸爸和柳豆一起伤害了他！

自己还有没有机会再做回一个人？求求老天，让我活下去吧！

他比任何时候都想活！想活着，想还债，想活得像个人……

没得饭吃，柳豆没好气地叫他把那糖吃掉，他难以下咽地吃了两颗，剩一颗给她。

奶香分外尖，钻着人的鼻子，柳豆咽着口水去水桶里砸冰，两三厘米厚的冰凌片子，她‘嘎嘣嘎嘣’地咬下来，进了嘴里又咔嚓咔嚓地嚼。她发现有些东西性质一样形态不一样时，便是两种作用，冰化作液体为水时，是解渴的，但它是固体冰时，能解饿，她把它想做沈非常吃的那种雪饼，旺旺雪饼，咔嚓咔嚓……

一下午她蹲在水桶前砸冰。第五劝她不动，眼睁睁看她“咯嘣咯嘣”地咬下去，心都碎了。

她受伤的左手中午在楼梯上摔跤后，伤口裂开，血流不止。但她似乎对这种事情漠然得很，在帐篷中的那个晚上伤成那样没要了命，现在指头流这么点血，懒得理。

老王劝她把包扎的纱布干脆扯掉，万一感染，会引起高烧，高烧又会加剧感染，恶性循环，后果严重。

她不以为然。更听不得老王的关心，老王说她好看的话她记得很牢。

她只是把纱布往紧绑了绑，用冰块敷在纱布上凝血。

血渐渐止住了，可身上却一阵阵疲软下去，骨肉泛酸眼皮发沉，叫她不由得想摸到被窝里去。

她终于离开了水桶。

她爬上条桌，钻进片儿薄的被子里，睡下去就再不醒来了。

从傍晚开始昏睡，夜晚过去，第二日早晨过去，直到第二天中午，她还是不睁眼。

第五吓得两眼发黑，以为她醒不来了，一直看着她盯着她，攥着她的小手。她有时皱着眉哼唧着与梦魇对峙，有时死睡沉沉。怎么推、怎么唤，都醒不来。

到下午的时候，她醒了，饿醒了，睁眼便看见第五焦急的双眼，她意识不清地弱弱吧嗒着眼，慢慢回归在清醒的路上。

终于完全清醒了，她蠕了蠕身体，知道今天已经断粮了，可她不死心，还想下去看看锅灶，会不会留下一丁点米粒？她软软起身。

“不要起来！”第五说，“现在不动，也算办法。不消耗体力，能多撑一时。”

她愣了一下，嗡咚一声睡下。并不是因为第五的话，是她发现了可怕的事情，她刚刚起身的这一瞬间，下身湿淋淋一股液体。

“血！？”她心叫。

任何地方流血她都不怕，唯独那里！

第五看着她越来越惊恐的眼睛轻声安慰，“你睡噎住了，好好躺躺，什么都别想，好好躺躺！”

她耳聋似的茫茫然看他，然后茫茫然转向天花板，大瞪眼。渐渐的，底下的蠕动停止了，绷在一处的神经仍然松不开。

第五伸手要去拭她的额头烫不烫。

她冷冷地别开头，“走开！”

比起他的无赖来，他的关切叫她浑身起鸡皮疙瘩。

“走开！”她咬了嘴唇紧皱了眉。

第五顿了顿，拄着木棍往后退了退！最后他无可奈何地回到自己的“床铺”。

两个人直愣愣地睡在各自的条桌上，除了肚子里此起彼伏的咕噜声，屋子里没有任何声音。

光线一寸一寸暗下去，直至彻底进到黑夜。

大概是过了零点，子夜时分，两个人仍睁着眼。残忍的饥饿叫他们一秒不能入睡。

柳豆焦急着双重的事情，她睁着眼，一眨不敢眨，仿佛这样大睁着眼睛，就可以看住下面，不让它出血。然而担心的事情还是来了，下面开始又一轮蠕动。

她攥着被子，一动不动。紧张地等待它的停息。

下边的隐隐蠕动没有停止，她的头开始眩晕，眩晕。

又一股温热淌出时，她绝望了！夜黑黑沉沉，不久，她听到自己的声音，声线幽幽：“一只狼来到小溪边，看见小羊在那儿喝水。”

她的忽然出声，叫第五微微一颤，转脸向她所处的那片黑暗望过去。

不知为什么，他害怕柳豆再往下说。害怕她继续说狼和羊。

然而柳豆要说了，她抑住头晕的恐惧，条理清晰地开始了她的“声讨”。血来了，她对自己绝望了，即使是死她也想讨个公道。

她莫名其妙地讲开了故事，她讲得完完整整，生怕有遗漏！

“狼想吃小羊，说：‘你把我喝的水弄脏了！你安的什么心’？”

“小羊吃了一惊，温和地说：‘我怎么会把您喝的水弄脏呢？您站在上游，水是从您那儿流到我这儿来的，不是从我这儿流到您那儿去的。’狼气冲冲地说：‘就算这样吧，你总是个坏家伙！我听说，去年你在背地里说我的坏话！’可怜的小羊喊道：‘狼先生，那是不可能的，去年我还没有出生呀！’狼不想再争辩了，龇着牙，逼近小羊，大声嚷道：‘你这小坏蛋！说我坏话的不是你就是你爸爸，要么就是你爷爷，反正都一样。’说着往小羊身上扑去。”……

经历了前前后后这许多事，临到痛痛快快挨了一顿打、临到这生关死劫之时，她才明白了，自己根本就没有道理因一万块钱被第五要挟钳制。

自己当时只要警惕一些、泼皮一些，一切就都能躲过去！

对的，自己就是缺了那“泼皮”二字。

可这世间事啊，它是多么经不起回头看！回头一看，满目疮痍，更有悔之无及！更有青涩年华的无知！她轻信冉豫北放弃清华北大，走进那座陌生的城市遇到狼一样的第五宏途。而冉豫北抛弃她时又像狼一样狠心，可恨自己无知，竟然从来不晓得怨恨，可是现在，她悔得肠子都青了。

她的声音像锣音徐徐静下去，屋子里一阵死寂！

对面的第五死死闭上了眼，拳头攥成两坨石头……是他，给了十八岁的柳豆一段狼吃羊的经历，是他！

“第五宏途，”黑暗中突兀的一声，锤落铜锣鸣，声音扩散在深夜的冷气里。

第五一震！

“我今天有一种预感，”柳豆的声音缓慢嘶哑，但却异常清晰，“我要死了，”她说，“你死不了反倒我要死了。”

她的声音缓缓向第五逼来：“既然这样，我不等了，我想要个明白。”

第五猝然紧张，眼盯着黑暗屏住了气，似乎柳豆再说出来的话是能震动天塌地陷的话，他一截一截拧过脖子，盯着她的地方，柳豆的气息对着他，他们在黑暗中对视。

柳豆一字一顿，用牙齿发声：“我晕过去以后，你们，几个人？”

第五倒吸一口冷气。

他听懂了这句话，柳豆这么莫名的一句话，他毫不迟疑地听懂了。

他在黑夜里惊得浑身僵硬，一句话说不上来。虽然他知道那是决没发生过的事，他还是僵硬了。柳豆的声音柳豆的切齿，无疑，她心里确定有这样的事情，就在戴缡将她打昏之后，发生了她臆想的那种事，那叫做“轮奸”的事情！叫她再也看不得男人的事情！

第五大张着眼睛愣在黑暗中，眼前出现柳豆这些天来，眼底时时掠过的无限阴霾！

"都上了！"柳豆咬牙切齿的声音在黑暗中再次响起，"都上了，对不对？"

"不！"第五突遭雷劈一般霍然起身。他的声音破碎，刚出口便四分五裂跌烂在黑夜里。

"戴缡、耿涛、宋思奇，另外两个叫什么？"柳豆的声音越来越大，"你告诉我！"

"不，豆……"

"不要这样叫我！"她呵斥，柳豆一字一字道，"我做鬼都不会放过你们的！"

第五只觉得肠子咯嘣一声断了。

"啊——"柳豆啊的一声扯烂了冰凉的空气，凄怆地大哭起来，"我，招谁惹谁了我，我招谁惹谁了？我？"

第五握紧了拳，握得手指发麻："豆，豆……"

他老半天才仿佛想起来解释，他急煎煎地说："我欠你的我会还你，所有的事我会还你公道，但这种事绝对没有，我……"

"你怎么还？怎么还我？"柳豆猝然停止怆哭，字字如刀地咬牙出声："你把他们全阉掉，把他们的脏东西全阉掉！"

第五弹坐起来，心跳到喉间。这种误会比他想象的更可怕！他只以为戴缡把她打得太惨了，吓岔了她的神经；只以为他过去对豆的轻慢与无赖，叫她要记恨，从不曾想到这种事上，百口难辩！

柳豆在黑暗中喃喃自语："你要给我公道？你要给我公道……"声音微弱，仿佛在琢磨第五这句话的意义与真伪。

忽然，她的声音转向他，仿佛冷静了许多："你！……给我公道？"

第五哽着喉，在黑暗中难受地点头："会的！"

柳豆静了！片刻之后，她用牙齿发出声音："那，你若能活下，你——把——他——们，阉掉！"

她知道，自己是活不了了。

"不。"她的口气像是在说遗言，第五痛不欲生地大叫起来，"你不会死……"

“你做不到我做鬼都会来找你！”柳豆凄厉地打断他，切齿道，“一切起源都是你！良心债，也是债！”

“不！我要活下去，你也要活下去！”第五再不能听她死，对，她说得对，良心债也是债，他不能不还债就死去，更不能让债无处可还。

他有生以来从未经历过如此焚心的剧痛，是心痛，是心在痛，他从来没有心痛过，从来没有。他曾经是个不能受感动的人，一感动就乱许诺，心血来潮，之后不了了之。可现在他说不出那些今后如何如何的话来，说不出他将对她如何如何好，一句都说不出。他只求她不能死，千万不能死，好像她自己可以决定自己的生死，他苦苦地哀求：“豆，你不能死！”

黑暗中传来柳豆凉凉的一串苦笑，紧接着是一阵微弱的喘息，柳豆在下身渐渐停缓蠕动时晕厥地说不出话来。

“豆！”第五紧张地盯着豆那黑暗的方向。

“豆，豆豆，豆！”

她没有声音，她还是没有声音。

第五“啪”地扑下床，几乎是爬到了对面条桌边，他爬上条桌抱住气若游丝的柳豆。

“豆！”他发疯地摇晃着，“豆！”

“你……”柳豆终于发出微弱的声音，发出蚊虫般细小的声线：“给我公道……我做鬼，鬼……能看见！”

“别说了，豆，你挺一挺。”第五嘶声叫着，“我爸一定会来的！救山队一定会来的！豆……”

可是他怀中的小身体越来越软，逐渐下陷，逐渐下陷！她小猫一样的身体细小得可怜，比他记忆中瘦小多了，稀薄的体温瑟缩爬上他的两只大巴掌。

“豆！”第五乍然一声，大滴泪水落下来。

豆的胳臂微微动了，在身体与灵魂的下陷中，她艰难地抬起胳膊，她紧攥着的右手努力触到第五的嘴，将手心攥着的一点点东西，用最后一丝微弱的力量摁进第五嘴里，是昨天中午那粒没舍得吃的奶糖！

最后一粒奶糖！

甜丝丝的糖击碎了第五整个五脏六腑，泪水泛滥。他抱住怀中的人颤抖着，他喘不上气来，他窒息了。他死死箍着这个小身体，一动不动，生怕稍一松手，这个花朵一样的小姑娘便陷到另一个世界；生怕稍一松手，她就变得冰凉僵硬。

……

黎明的微光慢慢呈现，第五痛苦的身心觉察不到任何外界的变化与声响。

当四个身穿飞行衣的男人撞开门冲到屋中时，他还在用脸颊摩挲着柳豆肿胀的脑袋。有人从他怀中抢走柳豆，他大叫着张皇欲扑，身体却被凌空托起冲向门外。腿脚远不及保镖们利索的第五的父亲，手按心口满脸张皇地急奔上楼，失去了中年人的矜持。在楼梯处看见架在众人胳膊上哇哇大叫的儿子时，终于手抚墙壁，高仰面，紧闭眼，久久不能喘上气来，后面跑上来的助理老郑急忙倒出一把药递上去，第五父缓过来，垂下头喘息着，一个劲摆手，老郑将药收回去。

第五在空中踢腾着大叫着，必须先救豆豆，他不能让她死。

“我没事，她不能拖了，她一分钟都不能拖了，你们放开我……”

他被塞上直升机时，仍然奋力往舱外挣，直到在空中看到柳豆被抱上另一架直升机方才痛怆跌坐下来。

第五当天被送往美国。

在医院飞奔的救护床上，他才抿到腮边的金丝猴奶糖，那颗糖，还没化完。

三

1

冉圆圆驾驶着雪白的奥迪 Q7 行驶在微雪中，副驾座的安玉含笑打量她，很寻常的驾驶动作，却甚是姿仪万方，不由笑道："你学历史可惜了。"话只说了一半，另一半在心里：冉圆圆若是学艺术，保管成大腕儿。冉家父母好相貌，下边的孩子更是人中龙凤，她想起刚从冉宅出来时，豫北为她们关上车门，嘱咐路上慢走，地上的厚雪映得他脸白极了，眉眼清晰极了，轮廓深邃极了，真真的英俊不可方物啊！而且那么帅的人，性格又是那么出色，他是那种你一旦跟他交往起来便觉得他很舒服的人，稳重平和、妥帖可靠，虽不是十分殷勤，却总能在你需要的时候出现在身边。

想到这里安玉笑了，没头没脑地说："玛丽订婚了！"她已经到了看见别人订婚就联想到自己的年纪了。

"这么快，不是交往才半年！"冉圆圆倒也惊喜。

"是啊……"话到这里却被车载电台打住了——"你真的忘得了你的初恋情人吗？"这个声音令她一顿。一首几乎没有前奏的歌曲，打头的是几句对白，突兀出现，随之而来的是感伤凄迷的歌调，声声入耳：

"如果这是最后的结局为何我还忘不了你。"

"难道我就这样过我的一生，我的吻注定吻不到最爱的人。"

"我不能我怎么会愿意承认，你是我爱错了的人。"

"从未想过爱一个人，需要那么残忍才证明爱得深。"

“……”。

安玉脸色黯了，气氛急转直下，冉圆圆知道她有触动，抬手关掉电台。

豫北被这首歌震过一次，是跟柳豆刚分手的时候吧，也是很突兀地听到这首歌，原本正在说着话的他，忽然就沉默了，拿出烟默默抽起来。而那一次，她和冉圆圆也在场。

车内有几秒钟的静默，冉圆圆找话题往下说，安玉没有接口，只眼目迷离地望着窗外纷纷扬扬的大雪，父亲的话跳出脑际：小玉啊，不是爸爸打击你，豫北的心思不在你身上，他对你的关心只是修养问题，不是感情问题。

她明白，她怎么不明白呢。但她左右不了自己那顽固的痴心。对于冉豫北，她已不是简单的爱，而是顶礼膜拜。他俊朗脱俗的相貌、他温良持重的性格，没有一桩不是紧紧抓着她的心。如一个嗜毒者，她沉溺太深，已经无力脱毒。

与黑衣女人在花店的偶遇被她完全封存了，是的，那个女人分明就是柳豆！是一个将近四十岁的柳豆！天下有相貌相同的人不算奇事，但神奇的第六感却在当时就告诉她那个女人与柳豆之间有故事。

事情过去很久了，这个思绪也折磨了她很久！她不能将事情告诉任何人，她刚刚得到挚爱的人，她决不能失去他！

可是转念却是一片凄凉。她是得到了他，然感情却是更加空洞，如今的她对此体会越来越深了。

没有听到冉圆圆在说什么，她只听到自己喃喃自语的声音：“我是不是太贪心了？”

冉圆圆停止了说话，向她看过来，又担心雪天路滑，转回头去。安玉喃喃出声了：“对于豫北，我过去什么都不在乎什么都不计较，可现在两个人真正在一起了，却总是想一些刺心的事，像患了强迫症一样无休止地让自己回味揣摩过去的事，以至于发现自己对这份感情非常地不满足，发现自己没有一天是快乐的。”

冉圆圆无声，将右手从方向盘移到她手背上，聊做安慰。

而安玉的声音像一个卧病在床的病人一样轻弱，她讲起过去的片段：“记不得是哪个夏天，我在校园碰到豫北，寒暄间，他的目光却直直投向远处一位女孩，确切地说是投在女孩漂亮的白裙上，我当时诧异，从未见过他注目过柳豆以外的女孩，更莫说那样其貌不扬的白裙女子，过几日才明白了：柳豆有了一条一模一样的崭新的白裙。还有大学时，我在豫北的传媒公司配音，遇上加班夜里回校，只要七号宿舍没熄灯，不论多晚豫北都要上楼去看他的豆。'豆，'他总这样唤那人，唤的那么温柔赤诚，任何女孩听了都会羡忌……"

她轻轻叹了一声："最羡慕那样的女孩子，虽然清贫，但是有人爱，有人在看见好裙子时立刻想给她也买一件；在大雪的深夜将热烘烘的烤红薯或炒栗子殷殷地送到她手心里；甚至在校运会上蹲下身去帮她系紧运动鞋的鞋带……"安玉的声音由虚弱变为伤感，渐渐说不出话来。

"会过去的。"冉圆圆叹息着，"男人啊，迷进去一个样，走出来又是一个样，若是顾念感情，分手时他不会那样决绝。"

安玉苦笑，"错了，圆圆，他的绝情是出于无奈，只是想用最刻薄的办法掐断柳豆的念想，若非那么绝情绝义，柳豆就忘不了他，无法开始新的生活。"

她想到了刚才那句歌词：从未想过爱一个人，需要那么残忍才证明爱的深！大三时豫北果断地与她确立了恋爱关系，而他过去的低调内敛也忽然消失，变得挥金如土，服饰首饰奢侈品大肆购买，把她装扮成与校园格格不入的贵妇。人们都说豫北是千金一掷为红颜，而只有她自己知道他是受刺激了，他看破了！他只想将那样虚假的恋情公然展示，让柳豆死心、让柳豆遗忘！

而他自己，却把他的"豆"一层层包裹，搁置在心里最深的地方。不是要遗忘，而是要永存。

"我哥什么时候送你回校？"冉圆圆打破沉默。

安玉失神无语，过很久才发出低沉的声音："我暂时不打算去。"她欲言又止，终于还是说了出来："柳豆失踪了。"

冉圆圆一怔，几乎来了个急刹车，"是怎么回事？遇上坏人了？"

"不清楚。"安玉深深叹息，冉圆圆从她的叹息声里听出双重矛盾：她也同情柳豆，但是又怕豫北出手帮忙后会节外生枝。所以选择暂时不归校，避免豫北听到此事。

冉圆圆明白这种考虑不无道理，亦无话可说，但是想到了前些时候的一个雪夜，大概两点多了，她起夜下床时，听到走廊有急匆匆的脚步声。开门看到豫北的背影，他的步态急剧而焦虑，仿佛发生了天大的事。不等她唤出口，他的人已经消失，车库里很快传来汽车启动的声音。然而车子驶出一段路后，却忽然"哧"地急刹车，车子静止不动了。她追了上去，豫北双手死死攥着方向盘，脑袋重重抵在上面，看上去痛苦不堪。她急忙上车，反复询问出了什么事，但豫北一动不动，他根本不知道身边多了一个人，他当时的样子是从来没有过的风度扫地，就像父亲当年出事时的仓皇无措。等他终于抬起头时，他竟颤抖地说出了心中的恐惧，他梦见柳豆浑身是血，他说："我联系不上她，我不知道该去哪里找到她，我一直觉得没有真正失去过她，可是今天我觉得我把她丢了，她恨我，她恨不得杀了我。"他断断续续地说与柳豆的分手是他心里的一片重伤，他非常痛苦。虽父母为大，不能不尽孝，但这种选择简直毁了他……

照以往来说，坚毅如他，怎么会对妹妹说这些话呢？他早已习惯独自吞咽苦楚独自舔舐伤口。然而他就是说了，清清楚楚地说了。因为他根本不知道身边坐着的是谁，甚至不知道身边是否真坐着一个人，看得出他的大脑混沌、精神错乱，简直是发生了梦游。

事实上冉圆圆一直是把那天的事当梦游的，因为豫北自那夜之后没有任何特别的举动，他依然是那个不瘟不火从容敬业的男人，他按时去父亲那里探监，按时陪祖母做颈椎刮痧，跟安玉的关系也照旧细水长流。每日面色清朗、言谈融融，正常得不能再正常，仿佛那个夜晚的事根本没有发生过。

但是她万没有想到，一个荒唐的念想已经在自己哥哥的心中萌芽滋长了。

2

冉豫北听到柳豆失踪的消息已是十天之后，那天他在国外陪父亲做肝脏手术，接到沈非电话后他眼前一黑，如果没有之前的梦境还好，想到那血淋淋的梦境他简直心惊，不知人还活着不活着。怎奈父亲重病手术无人照料，直等到圆圆数日之后赶来才抽身回国。

心颤脚软的他简直不知自己是怎样赶回国内的，而这时柳豆也回到了学校。见到头青脸肿瘦成一根柴的豆，他一把将她塞到怀里，“跟我回家！”再一个字都说不上来，一个字都想不起来。他只知道自己侥幸，豆还活着。他再不要放她去受罪。他要收留她，给她一个家。免她辛苦，免她累，免她受罪受人辱。

那场血淋淋的梦境催生了这种念头，而豆的失踪更坚定了他的决心。他不能娶她但他要养她！他仿佛最近才意识到：没人肯接受有智障基因的老婆，豆是无路可走的。

而柳豆很快领会到他的心声，冷冷从他怀中挣出来，看也不看他一眼径直走了。

其实这天是柳豆失踪归来的第一天，也是她走进校门的第一刻。她是从很远很远的地方回来的，也是从死神手里挣出来的。带着一身伤疤与刺痛，背着仅有一把剪刀一卷卫生纸的背包，手里捏着一张过期的火车票，两眼空洞地走进光鲜烂漫的校园，像乞丐走入皇宫，踏错了门。然后劈面遇到冉豫北说要收留她，要包养她。甚觉讽刺！

回到宿舍她把多日未用的床单扫了扫，把自己仔细洗了洗，然后把雪地靴整整齐齐放到床脚，把身上的破衣烂衫折好叠好放在床头，把口袋里仅存的十几块钱数了数，最后才攥着被角睡着了。这些琐细她不明白自己怎样还想得起来，明明心丧如死，明明体痛如割，还惦记着齐整惦记着钱！

冉豫北一直在旁边看着她，但是她没觉到，后来好多天都茫茫然如若身临无人之境。她也不知道跟沈菲怎样解释自己失踪之事的，大概也没有解释吧。她混混沌沌的，什么都不真实。也不敢相信自己还能睁开眼睛，还能看到这个明亮的世界。

获救的那天早晨她被就近送到锡林郭勒盟第一医院，她睁开眼的第一刻，听到零星的蒙语，那从未听到过的语音，让她以为这种语言是来自天堂或者地狱，她以为自己已经进入另一个世界。

而现在，一天又一天过去了，虽然她的心觉得有些不真实，但她的脚已经在校园里重复着往日的行色匆匆。

事情是那么的难以置信，她最后一夜被困山林时下体的出血，竟并不是真正的出血，只是她本人在神智错乱之时的错觉，而她的晕厥是因心理极端紧张与过度饥饿，支撑到极限而引发的。

那一场晕厥却治好了她见男人就怕的精神隐疾。她似乎在晕厥中梳理了自己的神经：她不应该怕男人，她只是嫌厌，嫌厌那些糟蹋了她的男人。

嫌厌与恨！

直到现在她依然摆脱不了帐篷中的那个梦境。

她依然苦苦猜度着，她晕过去之后到底发生了什么？她无法抑制自己的痛苦臆想。

在旁人看来，失踪几日的她回到学校依然如往常一样平静，没有人知道她那段惊心动魄的经历，她的温良与沉默使舍友全不作多想，如果不是她脸脖上的伤疤，连沈非都感觉她似乎仅仅是回了趟家，或者出外旅行了一趟。

然而事实绝非如此，绝非如此。沈非稍稍观察，便觉出气氛的荒凉，她发现：柳豆平静的表面其实是极力按捺的结果，她平静的表象下是一颗纷乱憔悴且无可寄托的心。

她打工的时间少了，而她早起晚睡的习惯以及校内校外的穿梭还是不变。

回来十几天的时间她床铺附近贴满了宗教教义与圣像，圣母玛利亚与如来佛祖并排张贴，金刚经与古兰经摘义贴在一起，般若波罗蜜多心经言律上面又赫赫然大书“道可道非常道”。

而沈非不知道的是，她每天都穿梭于教堂、佛堂、清真寺，看小沙弥恭敬拜香、听修女们虔诚诵经，虽然两眼空洞，听不懂，悟不通。但她死劲往自己耳朵里填，以覆盖眼前脑中那群面目狰狞男人，覆盖那刺耳的尖叫淫笑。

死劲填！……死劲填

但是每次都是失败！她填不进去，脑中眼前仍是狞笑泛滥。

究竟哪里能有一位神，他能救我？他能救我？这个声音没有一天不在她心头哀鸣。

终于恢复神志是父亲来电的那一天，姐姐跑了。姐姐柳麦的疯跑，打她记事不知有多少次，某次回来竟在数月后生下了孩子，她小学的学费，就是卖了那个孩子解决的，这些污糟糟的记忆数不胜数，想起来窝心得想死，山林里的遭遇也就淡化了些许。生活还得继续，钱还得挣！她又认认真真地投递简历寻找家教，城南城北地奔波寻觅。冉豫北走时留下的钱和金卡她原封不动退回去了，冉豫北已不是她精神世界里的安慰，而是她心口上的一道疤。她不堪回首的遭遇完全可以挽救于冉豫北的一伸手间，可他没有伸手，他躲着她。现在来，又算什么呢？

沈菲做了白领，虽然目前还借住校工宿舍，但已经辞了宣传科的工作，两人的工作量剩她一人来干，加之外面见缝插针地打工，脑子不清醒是应付不来的，所以现实逼着她冷静下来、振作起来。她根本连舔伤都没有时间。

平安夜冉豫北再次从老家来了，在宣传科并不宽敞的办公室里，她竟感到了从未有过的嫌憎，冉豫北那熟悉的、清洁的、令她浑身毛孔拒斥的味道将她覆盖，再多待一分钟她都会窒息。并且她害怕冉豫北的某只手像过去一样放到她的肩上或背上，或捉住她的手，或揽上她的肩，即使一根头发丝被他触到她也会尖叫起来的。她想起了什么？她想起了“技巧”二字，那肮脏的所谓床上技巧。脏，脏死了，在那种男女之事上，自己并不快乐，常常疼痛，可为什么像头牲畜一样驯顺地忍着，让他发出惬意的喘息，让他恣意地发泄蹂躏？蹂躏，这个词在脑子跳出时，她自己一惊，几乎掉出泪来。可她忍回去了。

她压根儿不觉得冉豫北有什么情分，至好也是对卑下者的怜悯，甚至怜悯都不是，只是肉欲。不管她是天才或智障，她的身体是实惠的，第五不止一次说她的身体好！冉豫北也回来找这个好身体了。他们说她的曲线像芭比娃娃洋娃娃，这些话此时回想起来令人切齿地卑鄙可憎。

她不要看到他，不要闻到他身上熟悉的香水味、烟草味、男人味。

她其实知道自己该歇斯底里一回，逮着他现在低姿态的当口，像梦中举着剪刀那样不管不顾地发泄一通。

但此刻是在现实中，不在梦中。现实中的她从来不擅使用歇斯底里这种解压工具，她使用不来！即使抱一种打击报复的心态她也做不来！无论内心如何疯狂，面上豁不出去！

她生在那样的家庭，没有人能给她一些文明教养的指导，但正因为这一点，她自己苦苦约束自己，从走出家门求学的第一天起，她就用第三只眼睛严严看管自己，不要失态、不要疯癫、不要粗俗！

习惯的力量是强大的，即使是此时此刻这样的情绪激动，她仍然被惯性压住了。那屡屡出现在梦中的，痛快又淋漓的"歇斯底里"啊，它退缩又退缩，像个怕生的小孩，任凭大人死拉硬拽，它还是倔强地躲在身后不出来……

她拗不过它的倔强，只好放弃，只能平静！

冉豫北给她解释，她不愿听，她不要什么解释不解释，有什么用呢？苦也苦过了，疼也疼过了，解释出花天花地来又有什么意义？

她要的是他不要再来扰她！可他不可能不来找她，他的气息说明了一切：他又横了心了！他从来自信得过分，所以来也是他，走也是他！要她做情妇也理直气壮！

她不能再让冉豫北继续给自己添堵。来去权衡，选择了漠然，漠然中夹杂客气，客气到君子之交淡如水，漠然到你我陌路无瓜葛。

要真实，不要刻意！

她能做到真实，因为她不爱甚至也不恨，是的，其实连恨都不是，她只觉得恶心！恨不能把过去那些腌臜的床帏之事从心口剜去！

"我晚上代课，先走了！"这个声音连她自己都吃惊，其实她应该对这个人不理不睬，看都不该看他一眼的。

但她的心不愿那样！那样的话，过去亏掉的就不了了之了，她怎么肯？

是的，她不甘！一场劫难让她清醒了，也让她心刁了！她平和地跟冉豫北道别，从容地出门而去了。走出办公大楼，迎面来了一股夹着雪粒的寒风，她抬起手等了好一阵，那风才悠悠停下。

就这么一会儿，她心上忽然觉得没劲儿了。

自己不想让过去亏掉的不了了之，可怎样才能扳回些来？

自己有什么本事，拿什么去扳回来？

难道再跟冉豫北撒娇使气调笑黏腻？

不了！又不扳了！

自己根本就是打落牙齿往肚里咽的命！

回到宿舍沈菲问她："冉豫北一大早来了三趟，找着你了吧？"

"别理他！"她口气难免是嫌厌的。

沈菲甚为快心，"嗨，你别说，你要点脾气，我赞成，你过去就是太惯着他了，分手时才一分钱不给你，把你净身撵出来。想想过去，成天儿颠颠儿地洗衣刷鞋把他伺候着，亏死你了……哎，对了！我在网上看到一篇文章，说什么呀？说大学女生就是男朋友的免费保姆免费洗衣机免费那个……可真是，尤其你，瞎要强！！"

"叫我看啊，"经常来宿舍借宿的靳思思叹息着说，"啥也别去后悔，抛开命定不说，人总有个成长的过程，说到底谁都不比谁聪明。我今年22，虚长豆好几岁，还不是心罪身罪受了个遍！命！全是命！"

柳豆没有接口，她根本就没听到心里去，不知为什么她满脑子都是第五宏途，她对第五的等候竟从来没有像如今一样焦急。回校已经很久了，她一直问不到第五的消息，知道他必是正在进行腿部治疗，但也不能毫无音讯啊！他从此不露面的话，她就找不着戴缡、耿涛，找不着冤头债主了！如果第五从此蒸发，她就是做鬼都不会放过他的。

美国，马里兰州巴尔的摩市，闻名世界的约翰 · 霍普金斯医院，第五宏途拖着一条病腿伫立病房窗前。

他郁郁无光的双目，散乱地落在窗外中央广场上，阳光是好的，让临窗的人觉得略略刺眼。

广场上，有笑容满面的中年护士搀扶着病人做康复训练，身穿病号服的患者展臂张腿跃跃欲试，却叫人看着消沉无力。

其实一切都是消沉的，第五心里沉沉叹息，涩涩地合上眼。闭目一时，又逐渐张开，灰茫的目光落在广场弯曲起伏的过道上。

过道上，一只绒绒小狗半蹲半蹴、体毛竖立哆嗦，痛苦不堪。

第五疲惫地眨了一下眼，郁郁地望过去，因是二楼特护，他的位置将窗外看得清晰，小狗的左后脚被过路车伤到了，挪不了身，哆哆嗦嗦地困在一摊血迹上，忽然一阵远驰而来的鸣笛乍响，它骤然惊骇，拖起战栗的毛，身子向路边惊恐挣扎。

瑟瑟一团毛一寸一寸向前挪移，好一时挪到路边，拉出一道长长的血迹，再也动弹不了，终于蜷下来哀哀张望。那双眼！第五看到了那双眼，忽然一震！心尖生疼。

那小小东西的眼睛：黑的、怯怯的、哀哀的、乞怜的……

他仿佛想到它眼眶处隐隐闪现的蠕蠕波液，那是疼极泛出的不自知的泪液，像豆那永远流不出来的眼泪……

第五死死闭上眼睛，潮湿的液体悄然涌上眼眶，他转头对墙，极力睁大眼睛，使劲深呼吸，眼中的液体逼回去了……半晌，他拖着腿瑟抖地去摁铃，待护士进来他去指那受伤小狗让护士帮忙时，已有一位银发老太太将它抱起……

他指着窗外的手迟迟没有放下来，望着银发老太太胳膊上的狗，他自言自语："我要回家！我要回家……"

第五向父亲恳请回家，已不是一次两次，来美很久了，天天要回家。他心情沉郁，精神低迷，对治疗十分不利！迎合的事情第五父尽量在做：特护房的护士全部由开始的外籍换为华裔，房间摆设布置完全东方风格……

然而第五全部视而不见，他只想回家。在美的亲戚天天来探视，他仅勉强应酬几句，便自顾自地快快望窗。

众人都看出了：一向少心没肺的他，在这场劫数中受震了。

他时不时的茫然呆怔验实了他内心的震荡，如此时，护士已经走了，他依然一动未动凝视窗外，广场上的老太太和狗也早已从视线中消失，他灰暗的目光呆呆地落在阳光下那道血迹上。

他抑郁的神情显示的不是外伤的痛苦，是精神上的沉疴。

半晌，有护士进来输液，他木木躺回床上，不知痛痒地看着针尖戳入自己的血管，鲜红的血液返上塑料管又撤回，他觉不出融入自己手臂的液体之冰凉，只愣愣地盯着。

护士走时将手机递上来，应第五要求，也经过第五父的同意，终于为他的手机开通了国际漫游。疲软萎靡的第五眼睛微微明了一下，接过手机忘记道谢，支起身子便拨号。

电话通了，一句寒暄顾不得，直接道："有没有见豆？"

"哎，是五哥啊。"沈菲倒有些奇怪，第五至少一个月不曾谋面了吧。

"问你见没见豆？"第五心急火燎。父亲的助理郑叔说柳豆没事，他不信，为他的腿伤郑叔安慰他也不一定。

"什么叫见不见啊，我们住一个宿舍，能不见吗！"

"她在学校？"第五的手指抠紧了电话。

"那还能去哪儿！"沈菲话刚落音，第五那边就出现了忙音。

第五的电话早已打到了林凡那里，林凡听到第五的声音，简直惊坏了，"五哥你哪去了？一个多月不露面！"

从雪山度假村到现在已经一个多月过去了，林凡不知第五和柳豆被困雪山之事。

第五跟他没有废话，只嘱咐他给柳豆送些钱去。

吩咐妥当挂了电话，第五仍然惴惴难安，他慢慢躺下，心里焦灼：豆身上的伤怎么样了？她的疤散得净吗？她冻肿的手脚怎么样了？他天天在焦虑，恨不能抬脚一步跨回去！

忽然，柳豆脱鞘的无名指"噌"地跳进脑子来，血肉模糊的肉套软软地耷拉着。

他的心惨然大跳，几乎迸出口外！

他换不上气来了，心口剧痛，闭眼攥拳，许久不能平静。

3

这年的圣诞节是飘雪的天气，柳豆将一张张餐巾纸用剪刀裁开，一分为二，再各自折叠，她近来在学校附近的餐馆兼职，剪餐巾纸和给醋掺水是老板为节约，交代她每天必做的任务，为了节省时间，餐巾纸都是带回宿舍来剪的。

此时宿舍里还有借宿的靳思思，靳思思边照着镜子化妆边喋喋嘲笑最近套她的一个老板："抠的啊，哎哟，吃罢饭结账，手唬着账单那个瞅啊，检查了一遍又一遍！"

思思是心里有垃圾总爱倒出来，柳豆是她的好听众，多听少问，更不评论。

"最不要脸的是总想着空手套白狼，我呸……"

柳豆听惯了思思的叨叨，对外面的风月场也就是思思口述的那种认知，今天张三明天王五总之是乱，似乎仅仅是为了各取所需。

每周五来学校接人的豪车最多，往往遇到，车上那灼灼的眼光，都叫柳豆脸红别扭，更有直接的，会把头探出来拿眼睛跟她，那眼睛马上要说话似的，窘得她低头履着墙根紧走。现在想想，当初便是随思思走了风尘路，也强如被第五糟踢掉的好。

"以为刚刚毕业的学生妹好糊弄呢，哼，叫他试试！"思思踩上三寸高跟鞋。

"总这么着怎么行！"柳豆把剪刀放下，腾出手掏出一沓招聘启事扔给她，"找个正经工作才是。"

"嗨！"思思怕不过柳豆劝她找正经工作，正要说什么，沈非"咣"地破门而入，二话不说扑到床上大哭，

"哎！"

"哎，怎么了？"柳豆和思思忙过去摇她，"怎么了这是！"

"不像人啊，呜……"沈非男朋友跟她摊了牌，他已经跟别人好上了。

"嗯——叫你们再认真，男人哪有个好东西，"思思不以为然地摆摆手，"那老早的事儿啦，就你才知道！"

柳豆手抚着沈非肩膀不知怎么安慰，对思思摇头叫她别往下说了。

沈非号啕不止，思思皱眉："瞧你这架势，人说娇喘饮泣呢，看你号的，这能留住个人？"思思是习惯了在取悦男人方面的好为人师，而且沈非又个男

孩性子，怎么说都伤不了。

“不行！”沈非一骨碌跳起，“我得找他去。”说着便冲门而去。

思思追门上喊：“泪揉成花脸猫了，你出去干嘛呀，你，洗把脸呀你……”

人早消失了，思思嗤之：“豆，我告诉你吧：再好的男人，到最后比不过铁打铁的几个好姐妹！不信你瞧着！”话罢挽起坤包扬长而去了，留下豆独自愣怔，想思思此话太精辟了。

“豆豆，”思思在楼下喊她，是把钥匙落在床上了，劳她从窗户扔下去。

她没扔，拿起钥匙背起背包也出门了。雪下得不大，但还是叫她不由想到雪山遇险的事，心情就闷。思思与她并肩前行，絮絮说着什么，她全没听到，倒是后面的喊声听到了，二人驻足回头。

是林凡，老远跑上来，冲柳豆脑袋勺一把：“怎么三天了到处逮不着你！”

柳豆别开脑袋：“什么事？”林凡的哥们式动作叫她不舒服。

“哎！”林凡撵思思，“苗妹，你前头去吧，我跟豆子说几句话！”

“什么话呀？还把我支开……”思思嘴上不满，但她天生爱识趣，腿朝前走了！

林凡从衣兜掏出一个信封，塞进柳豆背包里。

“哎，干嘛……”柳豆莫名其妙。

“拿着！零花钱！”林凡按住她背包，“五哥让我给你的。”

柳豆张着毛毛虫一样的大睫毛，有些意外！

林凡聪明地说：“豆放心，哥啥都不知道，啥都没看见！”他一脸促狭的笑。

柳豆脸蛋腾起了红，咬着唇低下头去。

"收好啊，别丢！"

柳豆咬着唇，看住自己的脚尖，“第五在哪？”

“美国。”林凡说，“他受了点伤！治疗呢。”

听口气林凡仿佛并不知道山林遇险之事，她攥着衣角不吭声儿了！

柳豆收下了第五的钱，收他多少钱都是应该的，他第五欠下了！她恨恨地想，跟上钱这东西她惹上第五，进而受了这种种罪，但第五把她糟践得也太狠了，她十几岁的精神与身体，被糟践得面目全非！什么能弥合她这种损缺？什么都弥合不了！她把这些钱给家里寄了几个，其余支配得七零八落，过去在钱上头的那份仔细，忽然就没了。大出血地买了许多衣服，忽然看透似的，狠穿狠戴起来，吃嘴上也不卡扣自己了，山林十日把她饿怕了。经了那十日能活下来，真该惜命又惜命了，活一天就要吃好穿好，活人的罪她受够了。多少个夜里她盘了又盘，把所经的事从头至尾地盘，现在的她算是捋清了，活明白了。

她要让第五还债，那一桩桩债她都记在那里，只等最后清算。第五再要赖讹她，她将比他更无赖！她已无所畏惧了，她逼着自己变得泼皮。

是在逼着自己胆大些、泼皮些，可她整个心仍然是瑟瑟颤抖的，那梦、那些人……

那些人怎么就能过得心安呢！她心中天天响着这样咬牙切齿的声音。从山林回来后的这些日子她一直在等。等一个救她的神，等一个为她解开疑窦的人，这个人就是第五。他也是个鬼，是他这个鬼把一大群魔鬼引到了她身边。现在没有他，她找不到戴缡，找不到耿涛……她永远摆脱不了那个肮脏的梦境！

事实究竟是什么？她必须明白。她覆盖在平静表面下的内心一直在等……

冉豫北踏上清真寺紫檀色的木牌楼时脚不由得发沉。不知为何，这种宗教气氛浓重的地方叫他心情十分凄凉。

脚向敕修殿迈去，他黑色高大的身影缓缓穿过省心楼、连三门、凤凰亭……穆斯林的祈祷声越来越清晰，一直步到礼拜偏殿前。偏殿正院紫光溶溶，薄雾氤氲。殿外石阶上，柳豆抱膝坐在这氤氲薄雾中，沐着冬日暖阳。她先是看着身旁清幽发亮的阶石发呆，发觉冉豫北来，她缓缓起身。这些日子冉豫北一直恳请与她谈谈，他的频频叨扰终究要有个了结，今日约了在这里见面。

冉豫北看看豆的衣服，簇新妩媚，时尚耀眼。与这寺庙格格不入，可她自己显然不在乎。她看的是圣经，入的却是清真寺？冉豫北一时感到心情复杂。

“路上不熟，来晚了！”其实他并没迟到，他是从来没有迟到习惯的，是豆早！

豆看他一眼算搭言，在穆斯林的祈祷声中她说：“什么事？你说！”语气友善。

冉豫北有点让绕身的宗教气氛束缚了，加上柳豆客气友善的语气，让他几乎想不起所为何来。

他看着柳豆，不语。

大殿闪闪发光的琉璃瓦屋脊将光线反射到豆的脸上！星星点点，就像幻境中的假人。他终于像拨开一团浓雾一样，拨开了清真寺混淆人思绪的气氛。

“豆，”他语调深沉、眼眸深邃，“我们还在一起，再不能出现任何变数了，好不好……”

柳豆及时摇头，把他的话打住了，像个成熟女子一样平静地说：“别说这，说正经的吧！”这句话有些做作了，她自己脸红了一下。

成熟扮起来是很难的，她稚气深重的大人腔还是让冉豫北放松下来，他会弥补自己对豆的亏欠的！而豆此时的态度，他也相信是一种克制！他相信豆爱他。

见冉豫北盯着自己出神，柳豆漠然出声，她的语言比过去干脆多了，一丝活泛缝隙都不留！坚定地告诉冉豫北自己绝无复合之意！莫说做他的情人，即使是明媒正娶的妻子也无兴趣。最后她说：“都过去了，以后不用再找我。”

冉豫北恳切地看着她：“好多事，我真的非常后悔……”

豆知道他指的是哪些事，她不要听了，不要听了，马上打断：“不相干了！”她再不往冉豫北脸上看了，不要碰到他的眼睛。她常常会有报复的念头，又常常自己对自己劝解：也许世间人本不该轻言报复、本该认命，认那命里的劫数定数。这样劝着，她也能平静上一时。可转眼间那腌臜污浊的场面就撞进脑中，叫她坐立难安，心如刀刮！然而若说报复，她又哪来能耐，她早已悲哀地感觉到自己的渺小，自己根本没有能力报复任何一个人，她报复，最终只会飞蛾扑火。她早已不得不承认自己的弱了，她除了心中诅咒，心中强大呼喊，没有一点点实际能力。

她狠狠地皱了皱鼻子，清真寺的清洁凸显了冉豫北身上的气息，这种气息又要把她带入臆想中，立于神圣的大殿外，她脑中蓦然充斥了不洁的画面。那喧嚣的打骂声、那沉醉的喘息声……

她的脑子“别”的一声，不由后退了一步，忽然什么都不想谈了，凭什么让自己听他的废话，自己又犯傻了，干嘛把他约到这里。“你走吧，我要在里边呆到傍晚。”

“我等你！”冉豫北的口气像过去一样沉着。

柳豆看了他一眼，眼目如钩。

冉豫北此时的大而化之，还有他自己对自己的既往不咎令她感到狰狞。他温柔的神色是那么的可憎！

她盯着他：“用一下你的手机！”

冉豫北愣一下，掏出手机递给她。看着手机在豆手中叮叮作响，他不由笑纹浮现。他的手机豆很会操作，过去每次逮住他的手机，首先是检查有没有跟其他女孩你来我往，其次就是研究手机功能！

柳豆从手机通讯录找出安玉的号码，摁短信过去：“速到化觉巷清真寺！”

难道我就不能任性！虽然觉得这样做很不上讲究，甚至有些恶俗，但她恶狠狠地做了！

她摁了关机键，递给冉豫北，“不要开机，这种地方不尊重！”

冉豫北他爱等就等！柳豆一句话没有，自顾入了偏殿！

……

冉豫北在一株古槐下坐下来，干净清洁的院子，在这个冬天的下午显得有些萧条，殿中传出的祈祷声在他听来是反反复复，千转百回。

他微微叹息，没头没脑地想到自己的身家上面。他的暴发在许多人看来都是不可思议的，掘到第一桶金时，他还是个学生！而到现在也不过短短几年的时间，油价煤价房价大涨，他的身价也大涨了，他几乎每天都在暴发。真真应了那句话：人有三年旺，神鬼不敢挡！

父亲曾嘱他遇顺境处之淡然，遇逆境处之泰然。但在创业的道路上他几乎就没遇到过逆境，他的时运太巧太奇，神鬼难阻！然而事业上顺风顺水的自己，在与柳豆的感情上却一直在做错事，总错！

曾经用绝情绝义去斩断柳豆的念想，用琵琶别抱去助推柳豆忘记过去忘记他，现在想来是多么欠审慎！豆是不需要他那些绝情手段的，她很乖、很自觉！他不要她，她默默走开，没来找过他，也不刻意接近他。她只是远远地张着黑黑的大眼睛，在他不注意的时候望上他一眼。

那种眼神，让人没法不心疼。

他习惯性地摸出一支烟，想要点上，又意识到这里不合适！盯着长指上的烟发呆！

“清真寺不许抽烟吧？”

他愣一下，抬头，安玉站在眼前！

安玉温婉地笑着，“怎么想起约我到这儿来？还把手机关上！”

冬日的太阳十分柔和，冉豫北却觉得有点晃眼，他从石凳上缓缓起身，什么话都没说，转脸双目沉重地望向礼拜偏殿。

夕阳西下，殿内停止祈祷！

4

第五在美国待了将近两月，快要过春节了，终于回国，暂时还是住在医院，仅在医院范围内走动，其他地方不能去。

一传十，十传百，第五住院的消息很快传出去，于是他的特护病房天天人来人往，起初还有些热头儿的第五，不消几日就倦了。

乱哄哄地，人们一个接一个来看他，只让他越来越寂寥。

千人万马抵不了一个人！他自然等不到那个人。

探病的人太多，第五烦了，搁几日就托护工去安排，来探病的人需要通报才可进去。许多人被挡了回去。

这天，冉豫北来看他。

“谱够大啊！探视还需通报申请！”冉豫北进门便揶揄。

第五笑笑，用五指向后耙着松软浓密的头发：“人太多了，烦！”

冉豫北让一支烟给他：“早就要来看你的，拖到今天，瞎忙！”

第五接过烟一笑，随意问一句：“刚从老家来？”话一出口，心里就骂自己心怀鬼胎。

“不，有几天了。”

这最不是他想听的答案。就怕他离柳豆近，勾起旧情。

“明天回家，回前来看看你！”冉豫北走到落地窗，向外望了望：“条件不错！”忽然转身，“对了，怎么伤着的？”

“摔了一下！”第五抽着烟含糊说了一声。

“没事吧？”冉豫北星眉朗目玉树临风地立在那里。

不能不承认，冉豫北这从头到脚的风度，叫第五眼睛疼，过去不大注意，今天分外扎眼！

“没事，二十几天就出院！”

他现在其实根本不适合见冉豫北，他心里酸、妒、涩，众味杂陈！可俩人还是寒暄了大半个时辰，中间有人进来通报说外面来人探视，统统推掉了。

来探视的郑妮通报了三次还不走，第四次叫人进来通报时，第五烦了，“得得得，进来吧！”

冉豫北也看看表起身，“我得走了，中午约了豆豆吃饭！”

第五“噌”地抬头！

此时郑妮进来，冉豫北与郑妮颔首招呼，没有看到第五猝然凄惨的脸……

冉豫北刚出门，第五刷地掀掉被子，闭紧眼！

郑妮被他惊了一跳，“怎么了？——”

第五抬起一只手，不用说，是叫她闭口！

她不吱声了！乖乖地坐到沙发扶手上，看第五起身瘸子一样走到阳台！

他在阳台足足站了一个小时，不声不响！直到护士进来打吊针才转过身来，神情十分黯淡，几乎是惨淡！

完了，柳豆被冉豫北又弄回去了！

他接受不了，他心里虚弱地反复着四个字：接受不了，接受不了！

护士出去后，第五一直盯着高处的液体瓶发呆！那表情，好像病房里除了液体瓶和他之外，没有任何人或物。

郑妮守在床边，陪他静默了半天，终于柔声说："今晚我留下吧！"

第五不动，过一会方才反应到郑妮的声音，他缓缓转过脸来，脑筋跟不上似的看她半天，动了动嘴唇："留下做什么？"

郑妮红了脸，他忽然就反应过来。然而也没有什么话可回应，只将郑妮放在他胸口上的手缓缓拿开。

耳边郑妮柔声道："你在医院不是前前后后已经住了两个月了！"

是啊，两个月了，他把那种事忘了，他把许多事忘了，也忘了许多人。

他只记得认识柳豆这四年多的时间里，她留给他的一幕又一幕！而且比过去记得更深刻！深得是要永远压在他心上了。压得严严实实！

他的沉默令郑妮窒息，静默许久，郑妮缓缓起身，"我走了！"

第五没有掉过头来，没有应声，茫然望着窗户！

郑妮怔怔地看他，终于等不到一言半句，她幽怨落寞地离去了。

5

冉豫北从第五病房出来直接去了饭店，他坐在 Mehidon 国际鲍府临窗的位子上，耐心地等柳豆，其实并不喜欢来这种地方，俗气！

但他想带他的豆到最贵顶奢侈的地方，过去太亏她了，即使俗，他也选这里。

其实他和柳豆至今毫无进展，现在距清真寺那次见面已经将近半个月。

清真寺之后柳豆一直避免与他见面。

柳豆早出晚归十分忙碌，他以为她是在躲他！

过去小小的误会都能让她赌气十多天不理他，何况这次！

他不急，他有耐心！

前些时他把手上事处理了，最近一心一意对待自己和豆的事，或许找她太多了，她答应今天一起吃饭。

还好，他后天必须回家，今天不跟她坐坐，走了也心浮着。

这次回家免不了要头疼，母亲的电话催了不止一次两次，要他尽快回去，因为安玉回家了，从清真寺那次分开的第二天就回家了，并且卧病不起！

那天，他和安玉怎样离开清真寺的呢？他几乎有些记不清。

他只记得在嘤嘤祈祷声停止后，柳豆夹在一群穆斯林中从偏殿出来，她幽深的黑眼睛远远凝视着立于古槐下的他和安玉，身体随人群向外移。

她艳烈妩曼的身体随着流水一样的人潮波动，幽灵一样朦胧飘缈，是那水上的一团火，一团幽火！他当时产生了忽然中蛊般地蒙昧混沌！一种蛊惑身心的东西瞬间挟制了他，他魂灵脱窍一样定定望着她被人潮卷走，眼睁睁看她被不真实的人群裹挟而去，却动不了脚去追她，张不开口去喊她，

他就那样木木地转着颈项，双目失神地跟着一团幽火般的豆，直至人潮伴着氤氲薄雾从月台的拐弯处消失，礼拜偏殿的院子里瞬间寂静。只余他和安玉立在薄雾中。

很久很久，他的灵魂回不到身上。他呆呆地立着，没有回头、没有转颈，背对着惊诧茫然的安玉，喃喃道："我不能，再连累你的感情，我……"他呓语一样出声："爱她！"……

他在鲍府临窗的位置坐着，眼望窗外，柳豆的身影还没有出现。

母亲的殷殷期望和安玉的惴惴痴心怎样安抚，他还没有想好。但不论怎样的困难，他都会克服的。他拿过手边炫黑色的纸袋，纸袋中是精致的方盒，打开上面的金黄丝带，盒子开启——一只水红色小巧的手机，时下最流行的女款手机。

他打开翻盖又合上，握在手心里，触感润凉，大巴掌将它捉在手上捂得严严实实，他的唇线渐渐向上弯了，眼中笑意溶溶，手机像豆的小手，小小的，团进他手巴掌里就不见了！

"不好意思，来迟了！"

她还是这么客气？

他抬头，只一瞬，他的笑容便凝结在脸上！

穿着朴素学生呢风衣的柳豆盈然而立，右手牵着浓妆艳抹的靳思思，身后是一群穿旗袍的女孩，几乎是成群结队地来赴宴，真不知她临时怎样弄到这么多人！原来今天宣传科组织学生出去剪彩，活动刚刚结束，柳豆全领来了。但她没有向冉豫北介绍这些情况，兀自落座了，仿佛来就是为着一个“吃”！

冉豫北顿了顿，好在他是向来老成！面不改色地起身，还算大方有雅量：“坐吧，请坐！”

靳思思红眼皮绿嘴唇黄头发、衣服刁艳刺目、不伦不类，就差手上再擎颗烟，她首先紧挨着冉豫北坐下了。看上去他俩倒像是一对儿。在这一桌几万金钞的国际奢豪鲍府，西装革履绅士多礼的冉豫北领着一位妖艳风尘女宴请一桌盛装而来的学生妹。

显得他俗不可耐、显得他特假！

特假！

一入座，柳豆和靳思思喋喋不休地聊开了，虽然声音很低，但眼目端端，生怕漏听半个字的专注劲儿。

学校要撵她们这些借宿的旧学生，沈非昨天换了擦脸霜，万达广场的打折促销活动，那个偶尔到她们宿舍蹭床睡的傻小姐，那个天天打通宿舍电话却不吱声的变态狂……

俩人一句紧着一句侃，仿佛多年未见的故友偶遇了，说不完的话，全然无视东道主的存在。

但冉豫北没有被孤立，他是学校的知名人士，无人不知的大款学长，女生们七嘴八舌地问长问短，争相提问。要务繁忙的冉豫北连请柳豆吃饭都是从冗杂行程中硬挤出时间来的，哪有时间跟这些小姑娘套近乎，他终于不再有问必答，不无礼节地燃了一支烟，静静陪侍着众女孩热聊。

他的豆，在薄薄的烟雾后面对靳思思闪着黑亮的眼睛，专注凝神！

她这样对付他，实在陌生！

菜上来了，冉豫北终于可以插一句话，他说吃吧，柳豆已经退下右手的手套，再也不说话，认真吃饭，吃了许多！

她吃饭有多认真呢？仿佛在干一件天大的事，这样形容不为过！她吃饭的认真劲儿绝不会让人看着假，她是真饿了！饿坏了！

饭间无话，无心进食的冉豫北落寞拈箸，一口未吃。

吃罢饭，柳豆打破沉默，她说："再以后别叫我出来吃饭了，破费……这种饭也吃不惯，不饥不饱……还浪费时间，我们都不消闲。"

冉豫北尴尬点头，又轻轻摇头，最后他看着柳豆苦笑，意思是：行了豆，不要再窘我了。

他知道名师出高徒，这种种对付他的办法，这种绝情，也许都是自己亲手教会她的，自作自受吧。

他将手机袋递给柳豆。

"什么？"柳豆看着他，不去接那袋子。

"手机！"

柳豆摇头，意思是我不要。

而他的语调成熟稳重："拿着，有这么个东西方便些！啊。"

柳豆还是不接，冉豫北看看靳思思，他知道靳思思会替她拿走。

果真，靳思思撩手摘过："走吧，一个手机能怎的，买都买了！"

一群艳扎扎的背影莺声燕语地消失，冉豫北才长叹出一口气。

气叹到一半顿住了！

他忽然想起，豆今天吃饭用的是右手，她的左手从始至终没上桌子，但她是左撇子，从不用右手吃饭呐！

柳豆和众人从鲍府出来分手，其他人钻进了五六辆出租车，柳豆赶公交向医院去。

她早已忍不住要去医院了，她等不得了等不得了，自从听到同舍人议论第五在一大院住院，她觉得自己一分钟都等不得了。

也自从听了这个消息，戴缡、耿涛带给她的那些脏梦更频更烈了。

她今天是无论如何拉不住自己了，她要去医院，她要明白，她要……

事实上她不仅仅想要个明白，她想要那些人得到惩罚！然而即使他们真正得到惩罚了，她身上心上的那层脏影也去不掉，她时刻战栗着。其实她真正期望的是：那一切都是不曾真正发生过。期望那一切只是她自己神经错乱的梦境！

这是她唯一的一份侥幸，不论晕厥的自己被如何暴踢暴打，都不要被脏过……都不要被脏过！

护士通告说有个小姑娘要求探视时，第五正盯着刚刚扎上的吊针皱眉，上午下午不接气的吊针，他烦透了。

柳豆二字从护士口中一出，他“嗖”地从床上弹坐了起来。

“谁？”

护士重复说叫柳豆，是个小姑娘！柳豆长得美，但个子偏小，总给人小姑娘的印象。

“嗡咚！”第五跳地下了！把护士吓了一大跳！

“叫她等十分钟，不，劳你过十分钟出去叫她！”

护士不明所以地说好、好的，然后诧异退出。

第五急慌忙乱地把手上的胶带扯开，将针头拽出。拽得太鲁直了，针眼豁开好大口子，血突突冒出来，不管它，一头扎进浴室。

他瘸着一条腿依然比箭还行得快。

脱衣褪裤换上新的，早上起床洗漱过，这阵又重来一遍，仍然觉得身上药味很重，想洗个澡来不及了，刺啦啦刮一遍胡子，心跳得再也待不下去了，到镜子上扫一眼，出来……

柳豆的小脑袋一进门，第五就眼红了，几乎侧了下脸压了压激动。

多少天了，他无法克制地把电话屡屡打到207舍，只为听一下豆的声音，但她一次都没接过，他的无声电话惹沈菲甩过话筒，也被靳思思骂过神经病，就是没有听到过豆豆的声音。可他不敢出声，不敢公然说找豆，他就是忽然这样的胆怯！

柳豆背着双肩包，很慢很慢地走进来，这医院的气氛多少是不合适讨伐质诘的，她向前的脚就有些犹豫。第五也不知该让座还是该怎么办，手边的台几上有上午冉豫北拿来的水果篮，还覆着保鲜膜没有开封，他无措地去抠剥保鲜膜，老半天才抠出一个苹果。

大红苹果，也不削也不洗，直直递给豆。

豆已在床前凳子上坐了，她戴着不分指的整巴掌手套，淡粉毛线的，接过苹果双手轻轻摩挲着。

她显然是在酝酿，在踟蹰，在思忖，在……

好一阵没话！气氛十分沉闷！

过半晌，一颗硕大的泪珠从她眼中坠下。

坠到大红苹果上！成了一颗红泪！

第五的心震了一下！

他沉沉地坐到床角，离豆并不远。

输液管刚刚拔得急，随便甩在了被子上，上面的流量调节器没有关闭，液体从针头徐徐流出，湿了大半片被子。

第五盯着被子上蠕蠕扩散的湿液，想不起去关掉调节器，只是揪心！豆进来后的沉重气氛压住了他的心绪，本是极为挂念豆的手伤的，现在也开不了口询问，她的粉色手套也不摘下来，叫他心急。静默许久，柳豆抬起一只手，用戴着毛手套的手背去眼睫上左边一下、右边一下，拭去眼泪。拭完眼泪，睫毛更湿了，一绺一绺的，她说："究竟几个人？"

她不问有没有那件事，直接问几个人，是一种诘问的技巧，不给人狡辩的余地。

第五没有头一次听这话时吃惊了，他是料到这样的，但是抓心。

"豆……"

"五个！"柳豆的眼睛"噌"地抬起，"戴缡、耿涛，还有三个，对不对？"

"没有，豆，不要这样折磨你自己……"。

"你告诉我！"豆厉声出口，满眼血丝网。

第五摇着头发不出声音！

"公道，你说还我公道！你说过还我公道！"柳豆因为激动而身体发了直。

面前这个人，恨到骨髓的这个人！不赖他赖谁，她就要来找他！就让他还债！她维持不了刚进门时的忍耐了，她死死盯着第五，鼻孔扩张，脸上的肌肉在哆嗦。

“公道，我要公道！”她越来越激动，颤声叫道，“你把他们杀掉，你把他们阉掉，你把他们送进大牢……”

第五只觉得鼻酸喉紧，豆的心病，是他造成的，是他一手造成的，能怨谁呢？他也恨过戴缡，现在也恨，但他更恨的是自己！

他死死攥拳，声音颤抖：“豆，对不起……”

“啊……”柳豆“啊”的一声扑到被药水湿透的被子上呜呜哭起来，虽然声音隐忍低闷，却是撕心裂肺。

她最不要听的就是对不起，对不起就是承认，对不起就是发生过！有过，有过。

“啊——畜生，你们这群畜生！畜生……”

她哀哀地哭喊，厚厚的毛手套撕扯着被单死命捶打，渗进被单里的药水啪啪四溅。

第五心如刀割地上去扳住她肩解释，“豆，冷静些！袖子全湿了，起来！我给你看病，我给你看……”

柳豆噌地甩开他！霍然起身，死死盯着他，切齿出声：“你惩罚他们！”

她尖尖的小脸充满仇恨，刻满解不开的创痛。

她还不到二十岁！人生才开始，她就受了那么多苦，她就背了这么重的包袱，一幕幕过往涌上第五心头：她小荷包里寒酸的钱卷；从暴雨中爬上车的哒哒牙齿声；在站台的寒风中乞求一般微微颤动的黑眼睛；她在戴缡的拳打脚踢下蜷成一团肉；自己又是怎样剥鸡蛋一样剥开她身上的血衣露出一具血肉模糊的小身体……

第五眼泪刷刷地流下来，他摇头，摇头！

柳豆凝视着他，看到他摇头，她心底的失望腾腾升起，面前的人，他摇头，他食言！

心里“咯嘣”一声是什么断了，肠子？

她咬着唇惨笑，惨笑着向后退，向后退……

自己什么时候无知到这般昏痴，无知到相信鬼，无知到在鬼身上寄希望！无知到在面前这个鬼身上寄希望！

什么都没有了，她只听见自己身体里的墙轰然倒塌！

塌了！灰飞烟灭……

她后退着的身子木头一样缓缓转了过去，向门口木然挪去。

第五揪心地跟上去，“豆，我给你看病，我一定给你看好，我……”他从来不知道自己原来这样嘴笨，心里的话一句都不会说。

豆的眼泪又流下来，脚已到了门外。

十七层的特护病区清静稀声，长长的走廊里空无一人，第五驻在门口望着空廊里的豆。她小小的身子瑟瑟地向电梯走着，双手抹泪、小肩膀委屈地一抽一抽。

第五直觉得心难受得像被狼掏了。

四

1

伤筋动骨一百天！第五实在捱不了那么久，为了尽早出院，他天天超标锻炼，年轻人恢复快，腿上的瘸态一天比一天轻微了，爸爸一来看他，他更是忍着疼走得豪迈健康。

腊月二十七，他执意出院。医院他是一天也待不下去了，再呆下去，腿好了，人疯了！

二十七日出院，二十八日早上迫不及待出家门，打车来到学校附近的天桥。走上桥端他再不敢向前走了，心下忡忡的，从柳豆打工的餐馆回学校，这座天桥是必经之路。这段时间他让林凡时不时地盯着豆，知道这个时候她在餐馆！

腊月滴水成冰的天气！他爱俏，穿得单薄，站在桥上顶着风半个小时，脸冻麻了，人却心事重重没觉得冷。这些天他让林凡把吃吃喝喝源源不断地给豆送过去，但是不送钱。怕豆有了钱放弃打工回家去，她若回了家他不好找她，他得把她拖在这座城市。

豆终于从天桥的另一端升上来，那毛茸茸的脑袋从天桥刚刚探出，第五鼻子就酸了。

这算什么，一个大男人家，动不动就眼圈红！他在心里骂自己。

他自己都看不起自己，可那股子酸劲儿他把控不了。他从小到大没这么爱酸过！

豆没有看到天桥另一端的第五，她背着背包在天桥中央的小摊前驻足，挑挑拣拣一阵，再向前走时，手上多了一个白纸卷成的筒。她一边走一边吃那纸筒里边的东西，纸筒往嘴边一送、头一仰，像喝矿泉水一样将纸筒中的东西送进口中。第五吞咽着干涸的喉结，眼目端端地望着那抹身影由远及近地走来，她正专心于纸筒里的零嘴。她每仰头往嘴里送一遍，就要低头向纸筒里看一遍！看上去她是把那点零嘴稀罕得紧！到底不脱孩子气！

又一次捧着纸筒仰头时，四目相碰了。

手顿住了，一颗绿色的豌豆从筒沿滑出，掉在她脚面上，又蹦到地上。

纸筒缓缓从嘴边移开。

第五没有看到他来时担心的或厌恶或仇恨的表情。豆没有这样的表情！

她只是若有所思地略略把脸别向一边，偏着脸咬着唇，似在盘算什么，还不时别起眼睛看他。

没错，是在思忖盘算着，眼里还有点“贼”。

第五看着她眼里的贼光，不敢说话，只艰难地咽喉结。

站立一时，豆仿佛思量好了，她眼睛盯着第五、身子却慢慢掉转向前走去，走一步，掉过头看第五一眼，是要让他跟上。

第五赶紧随过去，中间隔着点距离，俩人一前一后，下了天桥，顺甬道往前，在公交站牌停下。过一阵公交驶来，第五随豆上车。

在车速的一闪一晃中她默默站着，眼睛向着窗外一动不动。

第五定定看着她，脑子里出现他俩乘公交打胎时，她那泛青隐忍的脸，心如刀绞。

一路上，他看着豆，豆看着窗外，俩人无声无息。

公交走得很远，一直到了郊外，豆微微蹙着眉心，她知道自己要干什么，所以她往很远的地方去。

在一座庞大却废弃很久的铁架大桥边，柳豆下车，第五跟下去。

柳豆向空旷的大桥上走去，边走边把双肩背着的背包换成单肩挎了，兀自往大桥深处走。第五在三五步开外随行，眼睛定定跟着豆的飞扬的发丝，桥上风很大，她的衣摆发梢统统向一边甩拂。桥深处路封了，巍峨山脉近在眼前，豆住脚转过身来。

第五马上住脚，他不再往豆近处走，他知道她不会喜欢！可豆却向他来了，一步一步，大风把她薄薄的小身子吹得要飘起来。

她一直朝他走，几乎站到他的怀里，贴到他的胸上。后来她脑袋就在他下巴下了，他浑身一紧。

豆没说话，她看着第五颈间的一粒晶扣，第五出来时是精心拾掇过的，身上淡淡的香。看着那枚晶扣，豆轻轻蹙眉，又在思忖盘算。她咬着腮，脸颊上陷下一个坑，一次次下着决心。忽然她抬头，巴巴地看着第五。

她眼目巴巴地，没错，眼目巴巴，第五的心紧住了，十分紧，是紧张！

“五哥！”

轻轻地、虚虚地，豆叫了一声。

第五浑身一凌，喘不上气来。不止他被这亲热的“五哥”二字惊煞！亲口喊出这一声的豆，更是自己把自己惊死了，她直想闭眼缓一下，但她没有。

她没有，她反倒是再往第五身上贴了贴。大风从他们中间呼啸穿过！她白白的小手轻轻牵住第五风衣的袖子，柔声道：“五哥，你让林凡给我送了那么多东西，我知道你对我好，你人好，你心好……”她已经贴到第五身上了，可她还是一个劲继续往上贴，第五无措地几乎要后退。

“五哥，你帮我，我不要你杀人，我只要你惩罚他们，我不管你用什么办法，你惩罚他们五哥，我知道你是好人，你会帮我的，五哥！”她快快地说着，第五被她挤得往后撤了撤身，他换不上气来，说不出话来，脑子里什么都不知道，又空又大又白，他几乎有些疲软无力，两手向两边扎着，放不下去，也不能放到豆身上去，投降一样扎着举着！

“我只要你惩罚他们，总是有办法的，不会连累你的，五哥，五哥，”

豆哆嗦着把手摸进背包，“五哥，我有办法，不会连累你！”她从背包掏出一张哆哆嗦嗦的纸来：“有两种药！ digoxigenin 和 Ethinylestradiol！五哥，你看，这两个药，这两个药一起……连续七日摄入人体，天天 5 克，不间断摄入，那里就萎缩！不知不觉萎缩！只要把它溶进水里，放进菜里，掺进任何入肚的东西里……你不会受牵连你不会坐牢！五哥，你帮我，你只要把他们找来，拖住他们，五哥……”

她的眼睛闪着幽幽的黑光，声音低得不能再低，像在说着天大的秘密，偷偷地、急急地……

说完，她眼目巴巴地仰脸看第五，看他的反应。第五痛苦地摇头，摇头！“没有，豆，没有发生过……”第五意识十分混乱。

他只知道没有发生过那样的事，豆她病了，她病得很厉害了，自己怎么能把她害成这样！他不能原谅自己，他恨不能自己把自己狠狠揍一顿，揍得头破血流。

他举着双手摇着头，身子向后退。

“是你啊……”豆忽然凄厉地一声叫，像炸了一颗小炮仗！但她又及时降下来：“是你啊，五哥，是你把我带到了那里，是你把我扔到那群人里啊，你是有良心的，人人都说你是有良心的，他们人人都说你心好，你帮我，五哥，你不帮我你能心安吗，你不帮我你能睡着觉吗，我做什么伤天害理的事了，我招谁惹谁了，你让他们那样糟蹋我！你知道我多疼吗，你知道我整夜整夜睁着眼睡不着吗……”

“豆，”第五哽咽了，口更拙了，“我带你去看医生，我带你看最好的医生，豆你……”

“我没有病！”尖厉刺耳的一声，豆的身体从他身上弹开，她手上的纸飞了，在空中呼啦呼啦随风翻卷。

她喘着粗气，竭力压住自己的激动，换回切切哀求的声音：“五哥，你帮我，你帮帮我，五哥，我，我给你……”

“我给你……”她重新往第五身上贴过来，整个人像焦糖一样粘到第五战栗的身体上。她在他下巴下颤颤仰起白白的小脸，水汪汪的黑眼睛张得深深的，看着他赤红的眼睛，她说话，她耳语一般的说话：“我的伤平了，我的身体又好看了。”她凝视着第五，右手摸索着自己的衣扣，从上到下，从内到外、一一解开，“你看！五哥你看！”

她把外衣一抹，一大片光洁瓷白的小肩膀“唰”地裸露在嗖嗖寒风中，白得刺眼，颤得扎心。

第五愣成一块铁疙瘩。

“你看，五哥，我好了，我没疤了，我好看了！你喜欢的，我给你！”

“啊”的一声，第五哭了。

他一把扯起豆的衣服死死将她抱在怀里，放声大哭……

风很大很大，大桥地势空旷，风声撞在铁桥框架上簌簌呜咽，第五哭得悲天恸地。

许久许久，哭够了，嚎够了，他没有办法劝慰豆，豆的心病得慢慢医，他痛苦地哄慰：“我做，我做，豆，我做……”

冬天的傍晚，六点钟天就黑尽。两人摸黑回了市区，市区华灯初上，一幢幢灯火通明的建筑在窗外倏倏倒退。

“吃饭吧，啊？”第五的声音仍然沙哑，“到哪吃呢？”他从来自说自话，没有征询别人意见的习惯，可现在变了，小小的豆比天大！

“柴街巷有三块钱一碗的面。”豆说。

第五十分惭愧。三块钱一碗的面，这话叫他惭愧，她当他有多么惜钱，这是过去被她记下的形象。他什么都说不上来，他伸手攥过豆的小手到路边拦车，她的左手虽然戴着厚厚手套依然很小很小，这也让他第五难过。

他紧紧地攥住这只小手，来到海龙湾国际大饭店。

“我的脚，暂时还不灵便，踩汽车油门还不行。”在卫生间冲了把脸，到餐桌坐下后，第五向豆解释没开车的缘故。

“以后不要再坐公交了！”他小心翼翼地说，有点字斟句酌，生怕叫豆感到肉麻。

说着话钱包已摸在手上，抽出一张卡递给豆：“别打工了……”

话还没说全，柳豆就把卡接走了，她揪开背包的粘扣，掏出电话本，将卡仔细掖进去。然后抬头吧嗒眼看第五，她说：“那个药大量买的话，得有医生药方。”

她的眼又黑又深，在餐厅华璨晶莹的灯光下，熠熠发光。

第五低了低头。这个话很折磨他，可他让自己十分耐心地听，不厌其烦地听！豆说那个药可能有苦味，怎样怎样掩盖它的味道，用啤酒或许不易被察觉；她说真不好办，除了苦瓜，几乎没有发苦的食物；她说结合阿司匹林会加速药效……

喋喋不休、口齿伶俐！然而菜上来了，她的声音戛然而止！甚至停得有些突兀！

她褪下右手的手套，笨笨地捉起筷子，万事靠边，一声不吭，认认真真地吃饭！第五看她吃饭，很正常地吃饭，却总有一种怪异，是什么呢？

是一种饿极的感觉！是一种平静的争先恐后。

对的，就是争先恐后！

他看出来，豆和他得了同样的病。他们得了一种不算病的病，饿病！

天天不到吃饭时间他们就开始饿，上顿没吃完，就开始想下顿。端上来的饭，哪怕一粒米，都不舍得丢弃。风卷残云，肚子成了无底洞，多少都吃得下。总吃得眼前一干二净。

山林十日让他们得了这样一个奇怪的毛病！

豆还好，表面看去还算吃得斯文，静悄悄，一口一口入肚，只是没个完。

看着一本正经吃饭的豆，第五眼睛涩了。他吞了吞酸涩的喉结，轻轻搁下筷子。他持续两个月的“饿病”，在这一刻痊愈了。

一段情的伤痛要另一段情出现才可治愈，一处病痛的折磨要另一处病痛的生出才可转移。

心上害了病，其他腿脚头肚各处疾病全不是病了。他的饿病就是让心中害起的一阵“心疼”给赶跑了。

他燃起一支烟，静静地看着豆吃饭，过一阵给她夹一筷头，嘱她好好吃、慢慢吃。他觉得自己今天才算成人了！

他静静地看着豆，他看着豆的眼神是疼爱的眼神，像是一位贫寒的家长，正饿着肚子，看自己孩子大快朵颐。

豆热了，用左手背拭一下额头。

“这么热，把手套摘下吧！”他见豆的左手仍戴着手套，劝她摘下来。豆不肯，傍晚从郊外返城时，他要看她的手，她也不肯，她不肯他便不敢多嘴！

可这时他还是犯上心急来，其实他也真不敢看她的手，那断了的无名指当时简单处理了一下，虽然帐篷女人说抹的药是祖传，可他不相信那截指骨能长好，他不敢看是他怕那股子疼，那股钻心钻肺的心疼，但他心上着急，终究得面对，于是试探着说："豆，手上的问题大不大，明天到医院看看好吧！"

豆忽然停住了吃饭，腮边鼓鼓的，抬头看他，若有所思地看他，然后看自己的左手，但她没有说话，低回头去，眨着眼睛，轻轻咀嚼，神情恍惚。

第五不再多言。吃罢饭再打车时，豆开始紧张了，垂着头咬腮上的肉，眼睛游移怯懦！第五知道她紧张什么：她的小心眼儿怕去宾馆，于是他让计程车到学校。

"豆，学校宿舍最近还让住啊？"

其实学校最近正在清房，但柳豆这时说："让的！"

好多事情做起来比想着难多了，她这时在想，如果真的再跟第五上床，她不如死掉！但她也没有想到，翌日她就睡到了第五的床上。

这日是腊月二十九，冉豫北风尘仆仆地走进女生公寓楼。他刚刚从老家赶来，年节当口，公司有许多事情要打点，他直到昨晚才得以脱身，也没跟母亲打招呼，匆匆忙忙来了。

他是来接豆回家过年的，明天就是年三十儿了，女生公寓楼没有一点喜庆装饰，人不多，三三两两，是留下打工与上考研课未及回家的女生。

楼道里遇到沈菲，打了个招呼，沈菲站住寒暄两句，说她们都要赶今晚之前的火车回家过节，待节后正月初六又赶来开工，豆不回。沈菲说豆正在午休，叫冉豫北进宿舍悄声点，她晚上没睡好。

冉豫北时间紧，匆匆点头告别。宿舍里静悄悄的，冉豫北轻轻开门进来。豆睡着，他没叫她，搬了一条凳子坐到她床边！她睡香了，两只脸蛋鼓鼓的，孩童一样，鼻尖冒出微微细汗，冉豫北想擦，又怕惊醒她，终于没动，静静地看着她。

多犟啊，连睡觉都一脸犟劲。他回家这些天，给她宿舍打了多少电话，她一个不接，那只红色的手机恐怕从来没打开过，他发了多少信息都没有反馈。

真犟！

他笑了！她也该犟，谁叫他惹了她呢。

他宠溺地打量豆的小脸，手指不敢触碰那嫩嫩的肌肤，听着她细密的呼吸，心里觉得暖融融的。

守着熟睡的豆坐了很久，他的眼睛逐渐也涩了。这段时间事情烦心也乱，基本没睡一个囫囵觉，不觉就盹着了！

第五提着超市买来的两大包零食来到柳豆宿舍。一进门，愣了。豆在床上，冉豫北靠着床框，两个人都睡着了。

第五提着两个大大的袋子站在当地，对睡着的两个人注视良久，很灰心：即使闭眼睡着，这两个人也这么般配，般配得严丝合缝！谁都知道冉豫北是一位相貌脱俗的男人！

他轻轻叹口气，有种被人比了下去的酸楚。他把两个袋子轻轻搁到桌上，心情落寞地走到窗前立下．想要抽烟，又摸不到火，一支没点火的烟在嘴上停了很久。大概立了一刻钟的时间，睡着的两个人没有察觉他的存在。其实是应该走的，不管怎样，现在是没道理留下来，留下来让冉豫北吃惊，让豆尴尬。这样想着终于团起手中的烟，快快出门。

“咯噔”一声关门响，冉豫北醒来，他摇摇头，看床上的豆，豆双眉紧蹙，唇瓣狠狠绽开，露出蠢蠢欲动的碎米牙齿，牙齿“咯吱咯吱”地锉着，像两把锯齿吱吱锉着，要锉出火花来，不知梦到了什么，脸上痛苦不堪！冉豫北正要上去安抚，豆猛地蹬了下手脚，在噩梦的恐惧中蹬了下手脚，戴着手套的左手从被子里露出来。

睡觉还戴着手套，越来越是小孩了！冉豫北宠溺地摇摇头，伸手抹下手套。

“啊！”他从来没有发出过这样惊心的叫声，他的脸变得死灰，直觉得嘴里要忽然漾出一口血来。

接下去是疯狂的撕扯，“豆！豆！”他大叫着，不知自己要做什么，他扑上去扯开豆的高领毛衣，这么严实的毛衣下面是不是也是惨不忍睹？还有腰、腿，一切遮着的地方，有没有另外的惨不忍睹！？他真的疯了，他焦急着，撕扯着！

这时的豆缓缓睁开眼睛，刚刚的噩梦在她睁开眼睛的这一刹那更加清晰，戴缡变成了冉豫北，他正撕扯着她的衣服……

她的眼睛越睁越大，越睁越大，忽然，她尖叫起来，她准确地摸到枕下的剪刀！拼了命地刨去……

刚刚走开门口十几步远的第五听到尖叫声，箭一样折射回来，“哐”地撞开门。他惊住了！冉豫北和柳豆浑身溅血，死死纠缠在一起。

不明所以的第五从后面架开冉豫北，费力将他甩开，柳豆却继续举着剪刀扑上来。第五眼疾手快架住她，拼力把剪刀夺下扔开，把她团在怀里往后拉。没有了剪刀的豆立刻萎缩了，像忽然被剪了翅膀的麻雀，哆嗦着往第五怀里藏。

头脑已经清醒的冉豫北愈发吃惊！他难以置信地盯着缩进第五怀里的豆，眼睛僵直地移向第五，又僵直地移向第五的胳膊，移向紧扣那胳膊的豆的左手，那惨不忍睹的左手。

“到底怎么了？你怎么弄成这样？！”冉豫北愤怒无比，“怎么弄成这样？！”他的声音有些嘶哑了！

第五抱着豆喘气，满脑雾障地看这莫名打架的两个人，冉豫北凄惨的目光叫他更加吃惊，顺着他的目光，第五看向自己胳膊上的小手。

只一眼，“啊！”他咚地跌坐在地上。

2

房间光线很暗，冉豫北沉沉睁开眼．分不清是白天还是夜晚，脑袋清醒的第一时间，一只手撞进脑海，除大拇指以外的其余四根指头如鸭掌般粘连在一起、肉和肉长在一起。那不是四根指头，那是一片整肉，这片整肉上面布满嫩粉的疤，一团一团，触目惊心。

是手！他没有想到，在自己的人生中会出现又一只不堪回忆的手。在黑暗中，他痛苦地闭上了眼！腊月二十九，是前天还是大前天？他不知道，总之年已经过了，他在睡梦中隐约听到过爆竹的闷响。腊月二十九,一定是很远了。

那残损畸形的手，在他脑中也是如影像般远一下近一下地来与去，和着一双恓惶凌乱的大眼睛远远近近地来去。

还有一双眼，另外一双眼。

那双眼睛模模糊糊地闪现，是一双泛着红、泛着潮湿、泛着深深的震惊与疼的眼睛，那么疼！那泛着疼的眼睛浮出脑际的一刹那，他惶然按住自己的胸口，他感到要吐，不是胃中有秽物，是要吐血。他想把那双眼睛从自己脑中轰出去。可它更清晰了！

那双眼睛，那应该是多么熟悉的一双眼睛，第五宏途的眼睛，它从来都闪着顽狎散漫的光，它无论如何不会是现在的暗淡，不会有现在的潮湿，更不会有现在的这种“疼”。

不，不是现在，是很久的事了，二十九，是在腊月二十九。

他知道的，那双眼睛是在腊月二十九，那是第五宏途的眼睛，还有他颤抖的大手。

第五宏途颤抖的大手覆上豆那整片子凄惨的左手，覆在那整片嫩粉的肉上，慢慢地攥住、攥住……

他另一只大手，将豆毛乱的小脑袋紧紧按在他胸口上——按在他第五宏途的胸口上。

豆，他冉豫北的豆，也正在张着恓惶凌乱的大眼竭力将她自己嵌进第五宏途的身体里。她和第五，他们俩，一大一小结合得那么紧，严丝合缝！如袋鼠母子的相依为命。清晰了，更加清晰了，豆怯怯往第五怀里钻，紧紧抓住第五，惊慌地寻找保护，她的小脸贴在第五胸上，她的脑袋钻进第五怀里，她的整个身体恨不能溶到第五身体里。

清晰了，第五的一只大手盖在豆毛茸茸的头顶上。

声音也出现了：“不怕，豆，不怕，听话……”第五的声音，他叫豆“听话”！他用那样的腔调让豆听话，那样的腔调？那是什么腔调呢？那只有他冉豫北才可能发出来的柔情之腔！

豆，他冉豫北的豆，在别人的怀里，在第五宏途的怀里簌簌发抖！

声音又出现了，“你走吧！”第五宏途说。他让冉豫北走！

你走吧！异常平静的三个字，包含着大包大揽的义务，包含着难以猜测详尽的隐情！

拳头挥了上去，他记得的，在“你走吧”三个字刚落音，他的拳头挥向第五。

“啊——”豆像疯子一样蹦出第五的怀抱，光着脚、扎煞手、逃命一样撒腿跑了……

一切越来越清晰了，冉豫北却越来越死闭了眼，希望自己是在梦中，希望脑中的这一切都是梦。

然而手机在无休止地响着，从他的整个睡梦中直至此刻，从隐隐约约到清晰，它无休止地响着，此刻，它破坏了他的妄想。

他终于缓缓睁开眼，不是需要接电话，他是需要找他的豆。

后来是怎样的？他记得的，后来他和第五宏途并没有打起来，但是豆跑了，他找到年三十夜里十点多没找到。第五手机不接，是第五找到豆并带走了豆，是他。

冉豫北仰天长叹！身边是无尽的黑！

今天是几号？是初几？

房间里酒气弥重，他三十夜里住进来，把酒柜里的酒全放倒了，一直喝到睡死过去。

几号了？他摸索自己的手机，他和衣睡着，手机艰难地从裤袋里摸到。刚刚看清手机上的时间——初一傍晚 18 点，母亲的电话、圆圆的电话、安玉的电话就一个接一个打进来。

此时方才想到：从二十九出来到现在他还未回过家，也没给父母去过电话。是大年，是春节，他竟没有回家！想到此，他痛苦地发出一声悲鸣，一掌砸到自己额头上。这时才真正发现身心有多么痛彻，这时才彻底清醒了！

豆！心中哀哀呼出这个字！

手机快要攥碎了，铃声叮叮频响。他终于挣起些许精神，掐上双鬓静一时、静一时。终于坐起身来。先给母亲回电话，向母亲略解释几句，也顾不得母亲的深入盘问，匆匆收线，焦急拨向第五的电话。电话通着，但那边迟迟不接，焦灼等待的冉豫北听着手机里的嘟嘟声，眼前蓦然出现第五庞大健硕的躯体，出现了被这庞大躯体压在身下的洁白娇小的豆的身体。

他“啪”地合上手机翻盖。死劲闭眼、闭眼。心碎满肚！

许久，他摇头，摇摇头——豆的手，豆身上还有什么伤，这比什么都紧急，他再一次拿起电话拨出去。

第五在宾馆上行电梯里，盯着手机屏幕上持续闪烁的那串数字，犹疑不决。那串数字坚持不懈，连连闪现。最终，他将指端摁向关机键，拒绝接听。

第五明白，豆已经不爱冉豫北了。就在她用剪刀奋力刨扎冉豫北的那一刻，她仇恨恐惧的眼神，她憎恶激愤的面孔，让第五发现她不爱冉豫北了。她把冉豫北和戴缡打入一派了！第五有些不能相信，豆怎么能把冉豫北也归入戴缡一列呢？他不知道该为此欣慰还是难过，豆突然厌恶冉豫北，完全是因为她的病，那个病不仅让她极端仇恨戴缡等人，竟然对刻骨铭心的初恋情人冉豫北也恶心难当！

这样激烈的反应只能证明她病得太重了。

而他如何去向冉豫北陈述豆的病，如何陈述起病的原委，是否真的有必要向冉豫北陈述整个事情？是否应该有个交代？

第五感到纠结！他内心纠缠着，人已出了电梯到了房间门口，收拾起情绪，开门进去。

“啊——”浑身精光的豆低低一声惊叫，扯过一片毛巾遮上胸，“你你，怎么又回来了？”

“我给你带上饭来了。”第五停在门口进退不能。

“我正要换衣服下去吃。”豆嘴上这样说着，心里说：讨厌，用你带？她知道，第五以为她还害怕得厉害，她不能显得强硬，她要显得绵善，不能显得刁蛮。

她心里翻着白眼，小脸却柔柔弱弱，用手胆怯地去抽床上的内衣。

“我以为你不出去了……”第五不敢往前走，豆到底是光身子，她让不让他往前走？即使只是稍稍往前一点点，到台几那儿放一下餐盒，会不会吓着她。

豆果真怯怯地，“……你搁下吧！”

她拿着内衣没法换，垂着的眼睛“嗖嗖”地往他这边瞟，最后她抿着嘴往床上一坐，把自己塞被窝里了。

守在被窝里，她拿黑黑怯怯的眼睛看门口第五，两只黑眼睛仿佛是恓恓惶惶，但她心里在说：就看你怎么做吧。

第五被她看住了，在她的注视下，他弯腰把餐盒就地搁下了，“早点吃，别叫凉了！”他嘱咐着退出门外，又伸进手把门上的智能加固锁扳上去。

门“咔哒”合上了，床上的豆从鼻子里冷哼了一声！狠狠翻了翻眼。她知道第五宏途怎么想的，他怕吓着她。他以为她还怕得不得了。他以为她还没从冉豫北的惊吓中走出来。

其实她还怕什么？在那天下午挣开第五怀抱奔出宿舍奔上大街看见车水马龙的一瞬间，她就清醒了，她就不怕了，知道自己又做梦了。也知道恰恰冉豫北在她做梦时出现了。她的剪刀把冉豫北刨了，可恨没把第五也捎带刨上几下。

她光脚站在大街上很清醒，甚至立刻就要返回宿舍去穿鞋。而偏偏第五在那一刻追来了。仿佛是忽然决定的，仅仅一秒钟，立在街头的她，让自己满脸惊恐，让自己泪流满面。就是要显出自己很痛很痛、很怕很怕、很弱很弱。总归是毫无能力，总归是弱，不如就弱到彻底，任何事情只要把握得准，都能出来名堂，那一刻她武断地认为弱也能弱出名堂。

她对第五哭得梨花带雨，完全符合靳思思所说的娇喘饮泣。就要显出自己的痛与伤；就要让他第五宏途感觉到自己受到的伤害有多大；就要让他明白那群人有多么残忍；就要让他明白他自己造了多深的孽！

面前这个人，你跟他来硬的，你把全身拼上去都抵不过他一指头劲儿。

索性示弱，或许还能指望他同情同情。是人总该有良心的，即使没多的，总也有些的。他不是在她面前流过泪哭过吗，那就是一点良心啊。

第五把光着脚的她从大马路抱上出租车，把她领回宾馆，傍晚的时候，她用她怯怯恓惶的眼睛，成功将第五赶出了房间。

她洗澡、她吃，她穿了第五买好的鞋，孤零零地逛了这一年最后一场夜市。年就过去了。也想了一下冉豫北，知道自己是弄错了，也不晓得自己为什么那么冲动，难道真如第五所说：她病了？这样想着，那不堪的梦境便又来了，门口的菜不想吃了，她把自己的光身子“出溜”进被子里。被子里的暖，稍稍叫她放松一些。

她不敢持续想那个梦，她像平时一样努力往别处捞思绪。她安静地打量这个房间，这个来过许多次的房间，说实在的有点恶心，但是学校正在清房，冉豫北也还要找她，就在这里吧、就在这里吧。

她听到外面稀疏遥远的爆竹声，知道是远处的住家要开饭了。大年初一的饭还很排场哩，正月的饭天天都排场呢，从初一到十五，开饭前都要放几枚爆竹的，爆竹放过，那一户户好人家，围坐餐前，细品甘味。

她在这座城市过了三个年，那几年她都是在打工的餐馆里那张小床上对付过来的。那里把爆竹声听得更响、更亮，撩开窗帘还能看到爆竹炸在空中的金星银沫，很美的。但她不敢撩那帘子，老板娘左叮咛右嘱咐，不能让人知道她独自待着。她知道老板娘担心什么，她自己懂得的，那常常到饭店喝酒喊野话的，那条巷子里多的就是那样的人。她不开灯不撩帘，三十晚上爆竹响得频、响得密时，她能听出外面有多喜气、多美。美气的爆竹声让她忍不住把那帘子拉开一条缝儿，从那缝儿望天上的星星点点。通常她是黑黑的待在里面，白天悄悄地拉开门闪出去。

那两年，春节的时候活儿才是最多啊，正月十五的花灯彩箱全要在十五前做出来。是她一年挣钱最快的时候，她想着挣钱就不能回家。今年有钱了，她知道第五给她的卡上有许多钱，但害怕父亲见着她的手伤心，也不能回。

昨天白天，大年三十的白天，第五来看她时，说他已经查过了，上海有一家大医院做分指手术很权威的，尤其是她的指头只是把肉长在一起了，他说很容易的，他还说要尽快去做。她更不能放开第五了，她只知道要他惩罚那些坏人，就不能忘了自己的手。

这手，是该他负责。

这些时，她特别热衷划分责任，她也不多赖别人，因为好多事也有自己无知的原因，但只要明白捋出来的，是他第五宏途责任的，她不能放过他。她自已有无知处，可恨第五利用她的无知！

想起去医手，这总算是一件好事了，心里略略舒坦一些。

她团了团被子里的身体，想了想家里那简单却吃着异常香美的年夜饭，想了想那低矮房屋的热被窝，她吧嗒吧嗒眼睫毛。睡着了！

第二天，第五找来一辆车。昨天他已经跟豆说好了，他们去郊县。

郊县有个仙家神娘娘，人称“五岁红”！因五岁时仙魂附体而得名，据说驱鬼送神很厉害，远近闻名。第五昨天跟豆商量这事时，只说是为了控制做噩梦，只说是他自己也带回了山林中的邪气，想一并驱驱邪。他小心又小心地措辞，生怕触怒豆！可没想到豆的反应是一脸曙光，两眼晶亮。

不管他提出什么招数，豆总归点头称是，我不反驳不发异议，仿佛立刻就要积极努力地配合上去，其实是任你瞎折腾吧。不瞎折腾几回你就不能知道我的心病是非戴缡不能治！

他们来到叫什么三家店的地方，曲里拐弯找到五岁红家。

五岁红，是个四十来岁的女人，纹着手指头粗的黑眉毛，手擎香烟，盘腿坐在土炕上，睨着一双细长眼，接待着一拨又一拨凡夫俗子。

虽是大年初二，这里却生意兴隆！总算轮到第五、柳豆，第五显得很会来事，学着前面人的样儿，恭恭敬敬上去给仙家奉一支烟，返回来把豆搅到仙家跟前。

仙家问：卜婚姻还是事业？

第五说是来祛病。

既是祛病，大仙也还是把生辰八字问出来，掐指算一回，仙家的眼风向一边儿立着的老妪瞟一记过去，那老妪扭身走了，再回来手上端着一碗红糖水，

红糖水到了五岁红手上，五岁红张口：“呸！”一口唾沫！

唾哪儿了？唾那红糖水里了！豆和第五齐齐定住了，连气都屏住了，四只眼盯直了！傻了！

五岁红闭上眼，把红糖水念念有词地摇了摇，把唾沫摇匀了，突兀地送到豆和第五面前：“喝，喝下去！”

豆大睁眼、脖子向后别，老半天哭丧脸道：“我不喝！”她像看着逼到

脖子上的利剑一样看着那糖水往后倾脖子，一边后倾一边结巴："……五，五哥……喝，你喝……"

第五早就是一截木头了，比豆还眼直！眼睛珠掉那红糖水里已经捞也捞不出来了。

豆颤抖手把那碗红糖水捧过，虽然手颤着，心却已经不颤了，只几秒钟的时间，她脑子里已经把这事儿转了380度！她把水往第五嘴上送过去："你喝，五哥你喝！"

"喝，喝！"五岁红正仙家附体，声音粗得像个爷们儿，闭着眼一个劲儿地催："喝！喝！"

第五脸脖僵直地往后挺，往外别！眼睛仍在嘴前的红糖水里直瞪着。豆忽然起劲了，身上不僵了，其实他俩完全可以推开碗不喝，五岁红又不会逼着他们喝。可豆哪里肯依，她瞅瞅闭眼大仙又瞅瞅第五，压着声道："五哥你喝呀，你快喝呀！"

她着急得都要上手灌他了，她满眼急切地把粗瓷碗沿捺进第五嘴唇里，眼睛甚至送出一份恳求，仿佛在说你对我好不好，就看这一下子了；仿佛在说你把这水替我喝下去就替我挡了火山火海了；仿佛在说你你你……

第五心一横，闭眼！咕咕咕！喝了下去！

喝罢红糖水，五岁红好生嘱咐一番，二人告辞出门。走得太急，第五在门槛上绊了一跤，险些摔倒。第五急不可耐地四处张望："我内急，我上个厕所。"

豆抿抿嘴，慢吞吞地"嗯"了一声，她故意慢，慢慢地，知道第五找厕所为的是呕吐而不是解手。她故意磨蹭，眼目端端地嘱咐："你快点回来……"

第五找厕所去了，柳豆望着他急匆匆的背影冷哼："吐去吧！"她心里恨恨地说。

第五给豆把仙家封出来的"符"仔细掖好了，不忘五岁红的嘱咐——初三夜里寅时，到十字路口燃香"叫魂"。

碰巧他父母有择春分节气出门访亲的习俗，初二打春，初三是吉日，第五父母初三白天回了北京，这个春节因为第五腿伤的关系，害怕惊着家中老人，一直瞒着，第五爷爷奶奶被安排到国外三姑家过节了，初三父母一走，第五更自由了。因为掐出来的时间是寅时，第五不便再回家，他心里又不想再开房，他忐忑地说，夜里留下来方便些。

豆把他几根骨头都摸见了，哪还担心他动手动脚，但脸上还是做作一回，怯了一下，怕了一下，然后由他去。

第五用手机上了闹钟，仍然不放心，怕睡过头，起来三四回，正经到了三点钟，瞌睡得抬不起眼皮了。他还好，总算是挣扎着爬起来了，却好半天叫不起豆，他边哄边给豆一件一件穿上衣服，上上下下费力地穿齐整了，豆还睡得黑甜。怎奈无论如何都得走的，他把她抱到床下。最后豆极不情愿地恹恹出门，两人走出宾馆，约好的出租车已等在外面，他们往钟楼街直奔而去。

黑不隆冬的子夜时分，大街上空空荡荡，路灯疏疏的洒下一点昏光。打发走出租车，第五安置豆站在钟楼街的十字中央，给她裹好围巾帽子，嘱咐她呆会儿听到自己声音要大声回应，这样才能把附在身上的邪气赶走，才能把魂叫回来。安顿好了豆，他往东跑去，跑到互相望着只剩一个小点儿了，他扯开劲喊："豆豆，豆豆，回来，回来！"

豆只觉得心里"哎哟"一声，丢死人了。不由向四下里看，幸亏是黑夜，她舒口气，梗着脖子冲那极远处的"黑点儿"翻白眼。

远处叠声地喊："豆豆，豆豆，快回来——"

她在黑夜里频频皱眉，一声不发、一声不吭！时间久了，她耳朵都被"豆豆豆豆"听木了，远处的第五还在嗷嗷呼叫。她困了，长长打了个哈欠索性蹲下，在地上摸黑触到一根小棍棍，她拿起来在地上吱吱划拉。心想第五什么时候能完呀？

许久，第五喘着气跑过来了，豆丢开棍棍站起来，立刻浑身瑟瑟发抖，讷讷痴语："怕——"

哎呀！第五更相信仙家神婆了，仙家说，豆若是小惊了一下，这一招能把魂儿叫回来，若是惊大了就不好说。豆岂不是被惊得太深了，他站在空旷的大街上喊了一个多小时，嗓子都喊哑了，豆说她只听到呼呼的大风声。

3

正月初六，学校宿舍开放了，考研及打工的学生纷纷返校，柳豆搬回宿舍时，沈非和思思已经先一步到了。这两个人见了豆同时“哦哦哦”惊叫出口，在她们的印象中豆豆是从来没像现在这么清丽时尚过的，尽管她在年前就开始了狂吃狂穿，可毕竟经济限制着，她那点行头比起此时还是寒碜了。

沈非在心里飞快追想：才不见豆豆几天啊，腊月二十九到今天，也就七八天啊！怎么就阔了！这么想着她就不由得啧啧咂嘴。思思趿起鞋扎着手正要上来细细端详豆豆的衣饰，门开了。

第五从门口进来，亦是穿得风流倜傥，手里提着大大小小的衣服袋，见沈非、思思在：“哎，都来啦！”

思思吃惊了，难不成豆跟第五……？

豆瞥一眼第五，温温柔柔地说了声：“先搁下吧，待会儿再拾掇。”

沈非大了眼，豆对第五这态度？不对劲啊！

再一细瞅，豆平平常常的，就像过去一样平，好像她跟第五还是过去的同窗之谊，雅雅的，温吞的。沈非禁不住摇头了，想这女孩子啊就是低档不住花言巧语地哄，她心里替豆着急，都给冉豫北伤过一回了，怎么还不长心眼，跟第五来真的，那想都不用想，纯粹是自找苦吃。第五宏途，比谁都不靠谱的花花公子！

豆脱下外套，拿了盆和毛巾去水房了，第五到床沿坐下，二郎腿一跷，嘴上冒起烟来：“菲弟，你们来这么早干嘛！”他是真不喜欢沈非这么早来学校，豆豆知道沈非初六到校，从昨晚就开始收拾了，他真不愿意豆这么早回来，他寂寞不说，宿舍条件也太差。

沈非一直在斜睨眼儿笑他，他坐在豆的床铺上，长腿几乎占到对面床上，那眉眼上的滋润劲儿，一看就知道得手又得意了。

“真不知你要祸害多少好姑娘才歇气！”沈非笑着挖苦。

第五听着不悦，悻悻起身了，撩手掸了掸衣角衣袖，“瞎说什么呢？”

沈非看他一脸的正儿八经，叫道：“哎——，还变小气了……”

这时豆进来，沈非噤口。

豆戴手套的左手提着空盆，右手拿着濯好的毛巾，第五知道她在水房濯了毛巾，又及时把手套戴上了，他起身：“来来，我给你弄。”

“不用了，我擦擦床架，几天不住，落着浮灰了。”豆的右手笨笨地抖开毛巾。

“我来吧……”第五说着脱上衣，把外套往床上一扔，里边仅衬衣，墨黑色纯棉衬衣，肩膀宽宽的，人更高了。他抓过豆手上的毛巾有模有样操练起来，擦床抹桌子，手头儿快得叫人觉得真有点不像他了。

哟——，正要跟思思出门的沈非暗暗叫一声，第五的麻利劲儿直叫她起鸡皮疙瘩了，她转脸看看思思，思思的嘴正是一个大大的 a、o、e。

两人扑哧一笑，掩口出门了！

第五自己也奇怪自己的麻利，手上干着活，转脸向豆大大一笑，意思是：这活儿原来我也做得来。豆这两天的好态度已叫他心上的那种“紧巴”渐渐松了些，对豆能笑出来了。豆明白他的意思，回给他一个很浅但看上去蛮真的笑，她转头看看周遭，心里嘀咕，这人可是真不能惯啊，才在宾馆住了几天呀，宿舍就逼仄得仿佛回转都回转不来了。这几日狂置下的那大包小包行头物件，连搁的地儿都没，第五适才进门后原地转了个圈，手上的东西放不下，好多东西都怕皱啊。豆这时也思忖那些衣服一会儿往哪儿拾掇。

宾馆她是不去了，那里再好，她也住不下去了。第五温柔周到得叫她快吐了，可她还得跟他装，装出一点不恨他，一点不怨他，柔顺相处着，好生巴结着。这个巴结最叫人为难，她越来越发现，他们两人在互相巴结，一个是真巴结，一个是假巴结。

她最心悬的是第五对戴缡一事的敷衍，她知道第五根本没下了决心惩治坏人，疼是她自己疼了，他第五宏途又不疼。他甚至根本一点点惩治坏人的打算都没有，他只是比较内疚，觉得该偿还点什么。再就是他还惦记自己的好身体，虽然他现在不好意思，但他还指望着她奉献身体换取他的帮助。第五在初三晚上为了“叫魂”留宿宾馆后，就再不提回家的话了，一到晚上早早就装死过去了。到今天已经三天了，她怕出问题，她急着要回宿舍。

此时第五正把床底下搁置的东西拉出来，豆盯着他的脊背一动不动，脑子又乱了，心又乱了。他第五宏途在敷衍自己，他不会惩罚坏人的，那些坏人比起她柳豆来，跟他的交情深多了，他们沆瀣一气，他们穿着一条裤……

她吸了吸鼻子！不知最近怎么了，好吃好喝身子就虚了，没着冷没着凉就感冒了，总是鼻子酸！眼里笑着，鼻子酸着。好衣服穿上光光鲜鲜照镜子呢，鼻子酸了。从前路过大饭店那里边的鲜菜大虾想着都会流涎水，现在嘴上吃着，鼻子也酸着，味道原来很寡淡。

她轻轻抿了抿唇：这逼仄的小地方才是自己的窝啊！不觉鼻子又一抽！

第五停下手上的动作，掉过头来：“怎么了豆，是不是感……”

感冒两个字没说出来，就卡在嘴里了。

豆满眼泪花！

4

207宿舍的人发觉第五宏途天天把她们宿舍门槛快踢烂了，他来这里不为别的，只为柳豆。

这天一早来，他扑了空，这不稀奇，柳豆现在话少极了，来去归往不论早晚，不论阴晴，不与任何人留话，仿若神龙出没，来无影去无踪。这几日，第五对“那件事”的态度，激怒了柳豆，每提起戴缡，他总是敷衍推脱，不是节日叫不出来，就是等医完手再说。柳豆忽然就听不下去了，她对第五起了恨，起了更深一层的恨！恨他的满口谎话！恨他的毫无良心！但她现在凡事习惯了细细权衡，她觉得不能硬碰硬，一时还得忍着。对于“忍”这个字，她常常觉得心酸。细想想，仿佛自己这十八九年的人生，遵守的就只一个“忍”字，除了忍就没有别的办法。

她有时真想返回去重活一遍。她现在一次又一次地回过头去审视那个蒙昧恓惶的自己，那个总睁着一双空空的大眼睛，惊慌失措的自己；一次又一次地回过头去追悔，仿佛一个成年人追悔年少时因蒙昧无知犯下的洗刷不清的肮脏罪过。

返回去重活一遍的话，他们谁也唬不了她骗不了他，她要叫他们搬起石头砸了他们自己的脚，她能的，因为她有脑子，她没力气但她有脑子，她的脑子成熟了，她能保护得了自己了，或忍耐或屈服，那全是暂时的，她得争出一口气来。

对于第五，现在她还得忍，不歇斯底里，不随意触怒他，可是叫她再找他央他求他巴结他，她不干了。第五好吃好穿把她伺候上，她也不干了。她明白第五，他现在对她的这点点好就是因为有亏欠，真正叫他为她办些实实在在的事他根本不理会，让他为了她柳豆去坏别人，他更不会干！他才不会为一个玩耍消遣的女孩去当恶人。想到此，她实在不愿继续和他磨下去了，看也不想正眼看他，她现在讨厌一切个子高的男人！讨厌所有像第五、冉豫北那么高的人，他们用那大如磐石的身体压迫过她，她恨他们。

自从初六住回宿舍后，她的态度就一天比一天凉了。偶尔她被第五找见时，她倒也不冷言冷语，她始终想要那些坏人得到应有的惩罚，可她没有能力，只有第五能做到。所以还是和和气气，不惹他不耐烦，给自己留着后路。她等着第五对那件事表态，她在他面前忍耐着，但她说消失就消失了，第五大部分时间逮不着她人影儿。

今天第五本是起了个大早，赶来宿舍还是扑了空。不见豆，他大失所望，向沈菲、思思询问半天：几点走的，走时留话没？有没有结伴走……

“嗨呀，五哥你真是身上抽住筋了！”沈菲被他天天询问得烦不胜烦，“你也不想想她几时爱结伴？”

“就是啊，她现在更是爱独来独往！”思思添一句。

第五不甘心地往沈菲床上一坐，一只脚搭到另一膝盖上，手掌摩挲着伤腿的脚踝，他的腿没好结实，这几日活动量太大，时时隐痛。“又去拜神了？”他猜测着问。

“还不定干啥去了呢，最近不看圣经古兰经了，昨晚上又买回《医药大全》

了呢！”沈非一边说着一边端盆子出门上水房去，她走得快，把柳豆床沿上一沓衣服蹭到了地上。

第五立时不快：“你不能慢点！”沈非伸伸舌头溜了。

思思过去捡那衣服时，第五已经弯腰去捡，一件件抖了又抖，蹭着灰的地方还用嘴吹。他认真的模样让思思大为奇怪，借着化妆从镜子里瞅他——那么个大男人，弯腰在床沿前忙活着，仔仔细细地系扣子、认认真真地折袖子、加心在意地捋褶皱，还把衣服上上下下抻得平平展展的，叠出的衣服有棱有角，最后，一沓衣服摞得齐齐整整，规放到再也蹭不到地上的床角里，上面还苫上一块碎花闲枕巾。

思思不由得呆了眼，描眉的手都顿住了，第五所有的动作叫她居然想到了“虔诚”二字。

沈非洗漱回来，第五已经不在了，“五哥走啦？”

思思耸着眉毛：“走啦！”

“你说说这个花五，他还在撩豆豆！玩的是不是有点，有点……”沈非说不上有点什么，说了个半截话。

思思抿抿刚涂上唇膏的嘴唇，对着镜子道：“我看啊，五哥是阅尽春色，到了豆豆这儿怕要给止会儿步了！”

沈非抬头看镜子上的思思，这屋谁都知道思思的眼毒嘴毒：一说一个应验，一看一个贼准！不过沈非这回不以为然：“喊，他还有止步的时候？要我说啊，冉豫北能返回来就还跟冉豫北好。冉豫北咋说也得比花五放心一百倍！不过真也奇了，豆不理冉豫北，反倒跟花花五公子肯说话！”

这宿舍人早奇怪了，不知最近怎么了，第五跑得频，冉豫北也来得勤。思思撇撇嘴：“不管怎样，豆豆有把刷子！”她想着刚刚第五给柳豆叠衣服时的用心，内心多重的情意从他那双大手中笨拙地流淌出来！那是谁呀？远近闻名的花花公子哥啊！能有那么柔情的一下子，可不是豆豆的本事吗？

“有刷子怎样？到末后照样还不是伤感？”沈非也不是没看出第五最近的变化，只是永远信不过。

“想以后干嘛？有人真正爱过，哪怕一个月，也值！”思思不无感慨地叹息，“况且她又很实惠！哎，豆豆现在不打工了是吧？”

“嗯！不了。冉豫北的钱她是不要。不过我看五哥多多少少给她几个哩，够她花了。”

柳豆与第五的关系现在已经不太遮遮掩掩，对他俩的关系，许多人都从猜测变为了笃定，所以沈非也懒得替她藏着掖着了。

“多多少少？”思思吊着嗓子笑她幼稚，“可错了你哎，前两天豆豆让我帮忙从卡上取钱，我起初没在意，忽然看见机子上显示的余额，我心里数了一遍，个十百千，妈呀，你猜多少？”思思觑眼，伸出指头，“这个数呐！上柜台一打卡主姓名，买噶！第五宏途！”

“咝……”沈非惊呆了，圆瞪眼吸了半天冷气，“难怪现在每次给我捎饭都不刷我的卡！”

紧接着沈非长声大叹起来：“你说现在这世道啊，真不像话了！家里再怎么有钱，他第五毕竟是刚刚毕业的无业游民啊，甩手就那么大的数目扔出来，太，太夸张了吧，又不是像冉豫北那样自己挣来的钱，由着他自个儿支配！再怎么有钱也不兴这么惯子弟吧！”

“我告诉你啊！”思思一贯的哲人口气，“人和人是不一样的，有钱人和没钱人两种思想，叫我看这个世界啊，我啥都不稀奇！啥都正常！”

沈非大大大大摇头：“正常正常！这个世界太疯狂。”

思思淡淡一笑：“是疯狂，你再看五哥那钱都花哪？全花在女孩身上了，吴蓓蓓那个大克拉钻，至少得万元开外，那仅仅是个戒指啊，别的得花多少？五哥阔着呢！”

“喊……阔？我看他不是阔，他是臭显！整个就一冤大头……”

“诶，”思思不认同地拉出一个“诶”的向上音，“到底是阔嘛！脑子热起来更阔！上届那个女生，倒是蛮漂亮，跟他处了几个月？三个月不到，你猜挖走多少钱？”

思思扭过头支起几根指头在沈非脸前一晃：“人家亲口说是这个数！”

“哼！”沈非终于觉得荒唐透了，恨恨道，“他就是让他家的钱把德行给葬了！”

谁也知道，学校里跟第五有一腿的没一腿的，只要张口，谁都能花上他的钱！女孩们三天两头找他借钱，据说连老师教授都知道他第五宏途的鼎鼎大名，就因为他是全校女生的财神爷。

思思鼻子里也来了一声哼，慢条斯理道："什么德行不德行，有钱就有德行！"

思思的妆这时也化完了，到豆的床铺取衣服，今天要见个生人，昨晚她跟豆说好的，借豆那件蜜色小风衣。尖尖中指划拉着墙上挂着的一件件精致服装，思思不由感叹："五哥现在瞄上豆豆，叫我说可不是个坏事，看看豆现在多滋润，吃得鲜，穿得美，钱又不挡手，唉，实惠啊！"

沈非撇嘴，靳思思说话是越来越风尘气了。

思思看不出她的不屑，兀自套起风衣在镜子上前前后后瞅端着，嘴里仍艳羡地一个劲咂吧着："昂，你说实惠不实惠！花花第五要豆不就那点破事吗！叫她赚得盆满钵满，打扮得风光水灵，有什么不值得！"

沈非撩了撩眼皮，不置一词，半晌喃喃道："她也是，分手时跟冉豫北要几个，不也是一个够够儿的嘛。不至于阴差阳错落到第五手里，还倒两个主儿！"

沈非知道豆跟了第五的屈心。她叹道："冉豫北的钱又是自己挣的，比第五都阔，第五再怎么有钱，也是伸手跟家里要，总有个不方便！"

靳思思翻翻眼："冉豫北？！咳！那是她爱他时不愿拿他钱，她若不爱他，拿得可欢呢！"思思照着镜子发感慨，"人嘛，就这样！有情分时啥都好说！一旦没了情分啊！咳！啥也扯淡！"

"哎，你说起这情分，我还真觉得她抽筋！"沈非往床上嗡咚一坐，道，"她现在见了冉豫北怎么那么烦？看看冉豫北给她买的手机，一指头没触过，每次冉豫北一来，她就装睡！装死！哎，对了，冉豫北脸上那道大疤，好像是她拿剪刀刨的！腊月二十九我出去了一会儿，下午回来了，你猜怎么着？咱家地上尽血，剪刀在豆床上扔着，隔壁王利说冉豫北跟豆干架了。后来再见着他，哎哟，脸上手上到处那个宽口子大疤哟！不是她刨的是谁？"

思思不以为然地"嘁"了一声："这人啊，男女有时候还真平等，女的一变心，赛过男的心硬！拿剪刀刨，叫我我还真下不了手！”思思话是这样说，口气却是赞许。

沈非抖着自己的床单懒得接话，她只担心豆再让第五给处置上一回！叫冉豫北处置完再叫第五处置一遍，可咋活？

第五现在好钱给豆花着，好话给哄着，可等玩够玩腻了，得比冉豫北还躲得远。

5

从 207 宿舍出来后，第五到灞桥区的佛堂找了一遍，到糖坊街的天主堂找了一遍，他曾在这些地方找到过豆，可今天她不在，正要打算去化觉巷，手机响了。来电显示是家里号码，家里人年年逢年过节都要回这座祖籍地城市住几天的，他看着手机上的号码，忽然想到今天是奶奶生日，接通电话跟母亲说正在买礼物，便匆匆挂断。

打车到了最近的购物中心，奶奶十分爱美，就买些衣服吧！在购物中心，他的眼睛却不由得往年轻服装上看，最后他选了三件样式一模一样的澳洲鲨鱼羊毛衫，最小的是给豆的，豆没有妈妈奶奶高大。这件最小的羊毛衫给他今天购物添了一种甜蜜！

他为豆选的是淡粉色，过去他从来看不上粉呀红的这些色儿，觉得艳俗，可今天他为豆选，心里只爱这淡淡的粉，温温暖暖的，觉得特别衬娇小的豆豆，这嫩粉呀嫩绿呀只有十几岁的好年纪才最能穿出彩来。

今天他找豆是想跟她说说去上海看手的事。他查了很久了，之前查到的那家上海大医院他有些不放心，后来多方打听，又在网上筛出好几个医院对比，才最终定下来，在这件事上他是有生以来少有地稳妥耐心。定下医院后，他想最近就带豆去。豆总为那只左手脸红，为那只左手遮遮掩掩，前几天带她吃火锅，头脸热得红透了，左手的手套却不愿摘。沈非不知实情，讥讽豆毛病多，睡觉也不摘手套。他真心疼！

他得尽快给豆医好手，这两天是正月末尾，天气还冷，等过了二月三月天一热，她还戴手套那该多遭罪！

第五一路思虑着往家去。到了家，母亲揶揄他真是个变才，自己不能开车，连司机都不用，打车打上瘾来了！

他道："又不是小孩，叫司机来来回回接！"

妈妈瞪他一眼："狡辩！嫌别人跟着你不自由罢！"

他嘿嘿一笑！"妈，没跟奶奶说我腿吧？"

"给你瞒着呢，快进去吧！"母亲接过两件毛衣，催他入餐厅。

第五的腿疾一直瞒着家中老人，怕他们受惊，即使在美国时，父亲也让他天天给爷爷奶奶分别通一个电话隐瞒实情！最近他的腿看不出拐迹了，才让一大家子回来过寿！

第五一进餐厅就毛娃子似的被奶奶搂住了，他习惯了奶奶的亲热，一点不别扭，一边的三姑嗔笑着道："门扇高的男人了，您还当孩子惯他！"

"哎吆，想不惯呢，它不由人嘛！"奶奶掰着他脸，"奶奶看，瘦了肉了？"

"哪会瘦！我……"这时手机响了，他忙不迭地掏手机。

"瞧这孩子，急神撵鬼的！"奶奶的指头肚摁到他额头上。

他冲奶奶笑一下，急急去看手机，是豆发来的信息。他为豆买的那只手机，开机的情况可真不多，虽然她发来的信息向来叫他失望，但他还是盼着她的号码过来。

"我今天喝了一个叫苏打水的饮料，略苦，可以和那药掺一起。"是豆的短信内容，她已经不直接问他什么时候叫戴缡来，她总是间接地提示催促。

"好的，你在哪？"他回复过去，极其耐心，但也难免欺心。

"不要再敷衍我吧"她很快又发过来，不悦的语气有些明显。

"没有，你放心，你在哪？"

"最近约他们来西安吧？"豆明显是捺着性子的。

第五不能在餐厅埋头发短信了，知道一会儿爸爸就该拿脸黑他了，他借口洗手，到了卫生间。

"好的，我联系联系，你在哪？"

他等了好一阵豆不再有回信，于是他又发信息过去："下午不要关机，我有事跟你说。好吗？"

外面妈妈来敲门："这孩子，洗个手这么磨蹭！"

他收起手机出来。

爷爷公务忙没有回来，外两个姑姑晚上能到，现在人虽没到齐，但家里的气氛已经团圆祥瑞，一派喜气。三姑的美籍丈夫带两个洋儿子也进门了。两个小家伙一见第五就扑上来，一胳膊一个跃上去，紧紧猴在他身上。

奶奶不习惯跟两个黄头发蓝眼睛的小外甥搂搂抱抱，"小乖宝小乖宝"地嘴上宠爱着。

第五不得不承认，自己的家真的很温馨，很祥和，可他就是待不住。没有豆的任何地方他都坐立不安。中魔了！

用餐后，一家人在大厅喝茶闲聊，莫桑比克的腰果，马来西亚的娘惹菜，柬埔寨的格罗麻水布，乃至缅甸密支那的硬玉，为了迎合奶奶，不论男女，今天皆谈论与妇女有关的话题。第五坐在紧边儿，跟两个洋娃娃有一下没一下地戏逗。大人的话他一句没拾进耳朵，跟小家伙的互动也心不在焉，俩小家伙觉得他无趣，不一会儿就跑开了。大人们还在其乐融融地热聊，第五满心惦记地翻开手机，豆没回信，他试着拨了一下，豆关机了。

"唉——"他深深深深地叹出一口气，这口气叹得足有一公里那么长。

然而刚落音就傻眼了，怎奈叹出的气收不回，身边空气凝滞了！大家齐齐地看向他，满脸怪异！全家人都被他这一声清晰落寞的叹息愣住了，这不叫语言的语言可真是国际通用语言，大鼻子三姑夫的蓝眼睛瞪得洞圆，爸爸满脸压不住的愠色！

"这孩子！"奶奶赶忙到他身边来，"我就觉得这次回来，这孩子不痛快，脸色不好！"

奶奶扳过他脸端详着："你爸又叨烦你了？"

"没！奶奶，我吃饭吃得急了，压住肚里凉气了！"他拿下奶奶手，不敢看爸爸的黑脸，"我上楼搭条被子捂捂去！"

他借口溜上了楼！把自己往床上一扔，又重重叹气，今天爸爸准得"赏"

他两句！果不出料想，半小时后，阿姨上来“请”他上书房去！

只好硬着头皮去见爸爸，做好了挨骂的准备！

“你少给我惹那姓柳的女孩！”一进门，父亲劈头就来了这么一句。

第五顿时一头雾水，愣了，爸爸怎么知道柳豆？

第五父气得来回走步，拿手指点着愣怔发呆的儿子训斥：“要么鬼混得不成体统，要么痴情得失魂落魄，看看你这点出息！”

第五越发糊涂了！

“你别给我成天摆出迷迷瞪瞪的孬种相，不许再跟姓柳的那女孩交往。听下没？”

第五张了张嘴，想问问清楚又不敢言声！

“我告诉你，你给我厮混！你还……”第五父对下面的意思找不出语言来表达，最终直言：“总之不许再胡混！听下吗？”

第五越来越迷糊了，他抬头作难地望着爸爸。

“马上打住！听到没有？”父亲又一声命令！

“爸，我们……”他开口了却又不知说什么好，嗫嚅半天停住了。

“说！”第五父严厉的一声！第五知道爸爸最见不得男人吞吞吐吐，他的结巴又犯了老爸的忌讳。他鼓着劲儿开口，但又没有思绪。

“我想结婚。”话一出口他自己先就傻了，“噌”地抬头，愣住了！自己怎么就冒出这么一句！心里马上连声叫苦，这，这！

肉麻！幼稚！冒犯，怎么就出来这么一句？

一时父子两全顿住了。

忽然父亲鼻子里“哼”了一声：“就知道你要出大洋相！”

父亲瞥他一眼，回到书桌后的大班椅上坐下。他不敢去直视父亲，其父的气场就是：即使你站着他坐着，仍然会感到被他居高临下地藐瞰！

“可以！”父亲在大台桌后说话了，“年龄也不小了，结吧，成个家还能收收心。你奶奶给你和几位合适的女孩对过八字，也有几个是上上婚的，你自己考虑考虑，看选择哪个！”

这话让立在当地的第五顿时做出一闭眼一吸气的表情。尽管他微微低着头，这种表情仍收进了父亲眼里。父亲在书桌后冷眼看着他，他自然比儿子沉得住气。

第五到底说话了："柳豆她，虽然穷，可，可她适合我……"

"啪！"拍案一声！打断了第五的吞吞吐吐，"你少给我说什么适合不适合！"第五父大怒，本来不愿说的话霍然出口，"你得对我的后后代负责！"

第五一愣，这话怎么说的？！

父亲恨其不争怒其不兴地瞪他一眼，扯出一支雪茄点上，雪茄浓重的烟雾腾起来。半晌，第五父瞥一眼迷茫懵懂的儿子，伸手摁了桌边的传唤键，三五秒后，郑叔进来。

"树笙，你告诉他！"父亲面带愠色的指指当地立着的儿子，"你告诉他那个姓柳的小孩是怎么回事！"

郑叔这才发现父子俩的气氛凝着，郑叔说了句："途途不经事，你不必动气！"然后将事情原委缓缓道来。

原来他们困在山中被解救后，父亲送他到美国，留下郑叔抢救柳豆，柳豆的昏迷状态十分严重，为防不测，医院让通知家属。从她背包找出暂住证按地址派人去找，结果白跑一趟，她家里一个傻妈一个傻兄弟连话都说不清，她爹去寻找失踪三四天有疯病的大女儿也不在。派去的人无奈何，想找个其他亲戚，村里人说没有，某某村有个姑姑，去了也白去，她也是个傻人，众人皆惊：两门儿亲人全有智障！

这些事是回国后郑叔才与第五父随意说起的。也是直到那时，儿子在美国时的情绪低沉才有了答案！

……

第五傻了！人呆在当地半天眨不了眼！可想而知她那样的家庭是怎样的一穷二白。他每问起豆的家况，豆都红着脸绕过去。想到这些，第五立在当地握紧了手。

第五父望着儿子难以接受的呆相，心中叹气！孩子本身已经二十老几了，开了情窍是正常的，做父亲的本来并不打算干预，加上他这独生子又是吊儿郎当瞎胡混惯了，猴子掰玉米，没个认真的时候，做父亲的并没把这件事特别在意，谁知道，这回他竟越来越上心，他的失魂落魄，做父亲的怎能看不出来，现代孩子又早熟，又怕不节制，做出糊涂事生出小孩来也有可能！不干预恐怕越走越迷，今天又赶上他的唉声叹气，第五父便一并调教他了！

然调教归调教，儿子一向还是听得进父母话的，想他也站得久了，第五父心疼儿子的腿，语气缓和了下来，“收收心，不要再胡闹了！想结婚，让你妈妈再考察考察，看哪个更合适！”

第五父也惋惜，玩世不恭的儿子难得用一回心，却是差强人意！

第五没有强辩。作难的时候他绕开走！抱一种侥幸心理。他其实想跟爸爸说：我们可以抱养小孩。但他及时制止了自己，他太了解父亲了，现在摊牌，连自由都会失去。父亲不愿意的事，硬上，是行不通的。不到关键时刻是不能硬上的，一旦触怒父亲，把他扔到北京或国外软禁起来完全有可能！他现在还有许多事情要办，豆的手病，豆的心病，这全得医，他不能失去自由！

Z91次列车，头天下午17：00发车，第二天6：53将到达上海。

是夜，柳豆和第五坐在列车上。

早前，为防止各地乱跑闯祸！第五被父亲扣下了身份证，买不了飞机票，只能坐火车！列车软卧包间里，柔白灯光下，第五看着豆，豆看着窗外，俩人心情忐忑！黑蒙蒙的窗外，豆却看得满眼急切，仿佛已经看到了上海。

看着豆急切的眼睛，第五心里涩涩的！

今天早上他在七号楼下等到豆告诉她去上海医手的想法时，豆没有一丝犹豫，眼中瞬间迸出久违的光亮，她几乎下意识地抓住了他的衣袖：“真的可以分开吗？”

“能分开。”豆眼中那蹭亮的光芒让他心疼。

豆说：“还能变成五个指头是吗？”她的眼睛和表情还说：我的要求很低的，丑一些不怕，只要露出来不那么吓人就可以，哪怕它仍不能使用，仍是个摆设也行。这种从眼睛里发出的语言第五读得懂！

“能，做了就不用总戴手套了。”他也不忍心说：能不能做手术最终得医生见过她的手才能定，对着豆急切的眼睛他只能说宽心话！

豆凝着发光的大眼，憧憬似的盯了阵空气，然后低头翻开背包，掏出那只唯一的金卡，给第五：“得用许多钱吧，凑上吧！什么时候走？”

他把卡重新填进她的背包，“什么时候都行，你回去收拾……”

豆打断他，“啪啪”拍着背包：“我不用收拾，我全部家当都在身上，我现在就能走。”

看着急切的豆，他心揪揪的，想起豆说过的话，她说她招谁惹谁了！是啊，她招谁惹谁了，把白白的小手让人生生弄坏了！她招谁惹谁了，平白无故受这种罪……

豆现在仍是满脸急切，她张着大眼睛一声不响地望着黑洞洞的窗外，包厢里只有车轨“哐嗵哐嗵”的声响，第五试探地过来挨她坐下，如果她皱一下眉，他马上会返回对面自己的床铺。

不过豆没有反应！不，是他没觉出豆的反应！他看不到豆蓦然警觉的眼，然而豆还是放松了！忍着！她像命令别人一样命令自己：忍着，你给我忍着！于是，她没动没吱声没皱眉！

第五放下心来，十分知足地紧挨豆坐着，体味着她的小身体因浅浅呼吸带动的起起伏伏。这软软的起伏让人觉得可怜见，第五蓦然觉得自己十分的有责任，豆是他的一份责任，现在的，将来的！他忽然就这么觉得，笃定的一份责任！并且这责任叫人十分甜蜜。

两人无声地厮守在一起！任何语言都换不来这种静默厮守的安谧与充实。他从来不知道世界上竟有这样醉人的“安静”，他从来觉得安静是一种愁煞人的事情，安静能把人掏空掏虚，能把人憋疯。

不知静坐多久，豆动了动，第五想起看表，已经零点了。

“睡吧，好好睡一觉明天精神好！啊！”他拍拍豆的小肩膀，起身给她铺开被子，把窗帘检查一遍，不漏风，他放心了，到对面自己的床位躺下。

过一会儿，豆和衣睡下了，穿着他为她买的鲨鱼羊绒衣，粉粉的，把脸蛋儿也映得粉粉的，像个芭比娃娃。她侧卧着，与第五面对面，中间隔一条过道，她殷唇紧抿，局促的脸颊暴露着心中的激动，有一阵她遇上第五的眼睛，并没有躲开。

她的眼睛，黑黑的、吧嗒吧嗒的。她想说话，但终究没出声音，只有裸露的右手，五指尖尖，“咯嘣咯嘣”，紧张地抠着被子的褶皱。

第五几乎都猜到她现在想说什么：真的可以做吗？就是这句话。她其实一路都在疑惑这句话，并且她的表情从开始的急切逐渐变为紧张。第五从她局促的脸上看到紧张的心声：万一呢？万一我的情况不一样，不能做呢？她黑黑的眼睛甚至淌出了一种无助。

第五看着豆，不知该怎样安慰，四只眼睛溶溶互望，看着看着，他长长的胳膊越过通道，温柔的覆在豆脑袋上，大手轻轻摩挲毛茸茸的后脑勺……

第五在列车早间广播响起之前被豆推醒了。她那小白兔一样的红眼睛告诉他：她一夜没睡。窗上的纱帘已经撩开，外面的天刚刚泛起一丝绛色。第五知道离到站时间还早，但豆心中急切，他还是睡眼惺忪地起床了。离上海越近，他越不敢用肯定的语气去安慰她了，他的心也一阵阵紧张上来，如果，医生看了她的情况，不能手术怎么办？！他叹口气，大手轻轻覆上豆的肩头！

从火车站出来，坐了将近一小时计程车，终于停下时，柳豆被眼前的景象吃了一惊。她本来是满腹心思，无心旁顾的，但还是让眼前十几栋通体灰青色的连体别墅惊住了。房顶全部是阿拉伯式圆顶，上面安着自由女神造型的避雷针，临近路边的分支别墅皆是连体建筑，它们连在一起形成一个巨大的圆，浩浩荡荡包围着内部核心建筑——那纯青色的尖顶主宅。从柳豆此时所站的方位看，这根本就是一座谨严雄伟不可冒犯的古老阿拉伯城堡。

第五搂着发呆的她向别墅内走去，封闭门开启的瞬间，眼前立刻出现另一个奇异世界。是一片庞大的纯白色空间，地面用白色雨花石铺垫，路灯、秋千、椅子、栅栏无不是白色，她呆呆地随第五胳膊上的劲向前，恍如游移梦中。

在这城堡一样的别墅中，她梦游一般洗了澡、用了早餐，第五让她睡一会儿，下午好精力充沛地去看医生，她本来不要的，但在这满眼白色中，她像梦魇住了，她乖乖地躺到床上睡着了。这一觉她破天荒地没有梦见戴缡、耿涛、宋思奇，她梦见自己左手的指头分开了，细细的，尖尖的，在故乡万物慵懒的午后，唯独它灵活自如地拽着悠悠飘飞的风筝，芊芊手指闪着莹白的光泽，她舒心地笑起来。

第五守在她身边，他大大的，她小小的，他像守着一只熟睡的小猫。他看到豆笑了，在睡梦中，浅浅地笑了。戴着手套的左手在睡梦中痉挛一般抽动，第五下意识地抬起手要摘掉那只手套，然而手张在空中又放下了。

豆洗完澡从浴室出来时，左手就已经又戴上了它，唯恐被任何人看到它的丑。还是不去摘掉那只手套吧！第五放下手，安安静静地看着豆，阿姨轻轻敲门时，他立刻起床下楼，去迎客。

转眼间，第五陪着预约而来的精神科专家穿过走廊，上三楼卧室。

“她今天好像没有做那个梦！”他跟这位专家已经联络很久了，没来上海之前他就把两倍的出诊费打到专家的账户上了。

“麻烦您了，让您专门跑一趟！”

“没有关系，有百分之六十的精神病患者拒绝就医，他们认为自己没有病，让他们到精神病科室看病，往往不会配合，开出药后也拒绝服用，反倒在他不知觉的情况下会自然地流露病情。”专家被请进卧室，豆在第五放入早餐牛奶中的安眠药作用下熟睡着。专家伸手去翻她的眼皮时，第五下意识地阻止，他担心地说：“她，怕生人，怕陌生男人！”

专家抬手做了个没关系的手势：“我知道，电话中你已说过。不过现在刺激她发病，比她口述病状要清楚。”

专家翻起一边眼皮，皮下泛白，翻另一只眼皮时豆醒了。她迷迷糊糊睁开眼，猛然看见一个男人俯下身来，顿时尖利地叫起来。第五箭一样上去抱住她，“豆，不怕，不怕……”恓惶惊惧的豆看清面前是第五时，“噌”地攥紧了他的衣服：“你又带了魔鬼来糟蹋我！你把我领到这个到处是雪的地方！畜生！你们这群流氓……”她惊惧地嘶鸣着，大眼睛惊惧地盯看陌生人。但是陌生人不走，第五也不动。她怕了！她不敢骂了，她退缩了！她整个人死死地往第五身体里钻，激愤变为告饶，哀哀地乞求：“五哥，不要让这么多人糟蹋我，太脏了太脏了……你让他们走，我求求你，让他们走……”

许久，专家做个压下的动作，第五明白，把柳豆紧搂到怀里：“豆，误会了，误会了，你又做梦了……这里没有雪，这是家……你摸，这是白色的床单，这是白色的花瓶……不是雪，你醒醒，醒醒……豆……我们中午吃过饭去看手、看医生，醒醒豆……”

大概半个多小时，柳豆停止了簌簌发抖，房间里只剩她和第五了，她怯怯地四处张望，没有任何陌生人。真的是梦吗？她真分不清了！不管是梦是现实，恐惧又过去了，她又能喘口气了。她抹开第五搂着她的大胳膊大手，不信任的眼神升起来，久久下不去。

午餐时阿姨把专家留下的便笺交给第五，上面留言：患者属于典型“创伤后应激障碍”精神症状！是对异乎寻常的威胁性、灾难性事件的持久反应。患者以各种形式重新体验创伤，有挥之不去的闯入性回忆，有频频出现的痛苦经历的梦境再现。建议暂时服用抗精神病药物氯丙嗪、奋乃静、氟哌啶醇，并尽量回避刺激原。——欧华瑜

下午在医院等叫号的时间里，第五一手抚着豆单薄的肩膀，一手攥着豆潮湿的右手，心中嗵嗵直跳，担虑医生待会儿会如何“宣判”，豆的手到底能看得好吗！他的动作没有引起豆的抗拒，虽然豆在精神平稳不惶恐的情况下触都不愿他触一下，但此时她急需有个支撑点，哪怕是截木头，她现在也能靠上去。他俩此时的姿态，几乎会被人误断为情意绵绵了！

护士叫到号时，豆“噌”地立起来，又猛然意识到起身太突兀，恓惶失措地把眼睛递给第五。第五握住她的手，想叫她踏实些。

在大夫门口，豆顿住了脚，拿门侧上写着禁止喧哗的金属匾当镜子，小手急慌地掖了掖头发，那样子是唯恐自己哪处不合规矩。在诊室，专家仔细看了看豆的左手并询问受伤原因，安排他们拍了个手上的片子。第五的脸惨白，从豆抹下手套给医生看的那一刹变得惨白！那惨不忍睹的一片整肉，像一把钢锉猝然插进他肚里，肚子顿时开始了无休止的尖锐的疼。

片子要第二天才能出来，大夫上上下下仔细捏摸着那片整肉，奇怪地说：“你们说无名指当时断了，只是简单处理，现在看来竟长回去了，虽然不是十分直正，但它也长结实了。”最后大夫肯定地说了一句，“可以做！”

豆的眼睛顿时弯了，由衷地笑了，她对大夫笑又转过头对自己唯一的“同

伴”第五笑，惊喜得像个孩子！

大夫从眼镜上方看了看第五和柳豆，说：“手术需要家长来。”在大夫看来，来看病的这两人，男的看着倒是个大人样，可女的明显就是个孩子，大夫说：“虽然问题在手部，但需要上麻醉的手术，必须有家长签字。”

第五、柳豆犯难了，下意识地对视一下，第五对大夫说：“我可以给她签字！”

大夫摇摇头，态度很和气：“必须亲属签字！”

旁边惴惴不安的豆求救似的牢牢看住第五，几粒碎牙紧紧咬住下唇，要绽破了。第五被她看得满心煎急，恨不能忽然长出上天入地的本事。

大夫嘱咐他们后天行手术，到时家长来签字。嘱咐罢诊断就已完毕，大夫将病例合上，随手摁了下一位患者的提示键。柳豆眼睛活，生怕惹大夫不满，她扯扯第五衣袖向大夫谢过，出来外面。

两人在候诊大厅犹犹豫豫坐下，苦苦思索那个家长签字的问题怎么办。枯坐一时，豆说：“我渴了！”

心事重重的第五回过神来，赶忙去接水。豆说：“不想喝开水。”

第五想了一下，记得下一层楼有自动售水机，叫豆坐着稍等，他去了。

第五买了水回到候诊厅，生生吓了一跳，豆不见了。四处看不见她人影儿。

本来是不可能有危险的，豆她怎么着也是个小大人了，再者她怎么着也是个有文化的大学毕业生，能出什么事呢？可第五头闷了，吓坏了，头皮“唰”的一声。丢了！豆丢了！他心中大乱！

他绕着候诊大厅扯起大步来回找，慌乱中逢人便问，连三岁小孩都不放过。有一阵竟不顾难看地扯嗓叫起来，“豆豆……”“豆豆……”本来肃静的候诊厅响起他炮仗一样的呼叫。

他急到要闯进卫生间去寻时，豆从大夫办公室出来了，第五一眼看见她，两三步急奔过来，脸色凄惨，比看见豆的左手时都惨。

豆没注意到他的惨相，她手里拿着一联单据给第五看，欣喜地说：“后天手术，你签字就能！五哥。”

她在话尾加了“五哥”二字！是的，她加了“五哥”二字，她忽然就不由自主地巴结第五，眼下用得着第五的地方实在是多啊！当然，她的巴结浅得很，断不会让第五看出她的刻意！在这举目无亲的地方做手术，没个人照应怎么放得下心！而第五的耐心她实在信不过！单凭他第五那点有限的良心，单凭他那点浅薄的内疚心是维持不了几日的！所以她随口添进去个“五哥”！

她此时以手抹额，仿佛出了些微汗，然后认真地叠好大夫开出来的单子。原来，她刚才故意让第五买水把他支开，自己到大夫那里说明家况，求大夫通融，大夫从来没听过两门智障的情况，惊诧之余也充满同情，末了同意第五与患者本人签字即行手术。

第五这时还没从刚才的焦煎中走出来，揪着心的他还在着急豆怎么不吱声就不见了，他狂跳的心像一把锤子，“嗵嗵”凿击着脏器。

回家的路上，豆明显情绪舒展了，甚至有些热情了，她有话了。

她说后天做了手术，住十天就能出院，说幸好能做了，再不做冉豫北就该绑架她了。

是的，再不看手，冉豫北真的该绑架她了，对于这个手，冉豫北是心疼加气恼，每次来寻她都头黑如铁，仿佛气她没有照看好自己，仿佛她把他冉豫北金贵的私人物品给糟蹋了。这段时间，冉豫北把她拧得老紧，比第五都紧，他说不想理他可以，但必须跟他去看手，必须跟他去体检一遍。知道是问不出受伤原因的，他也不问了，但手是必须去看。

豆被他的关心搞得烦不胜烦，她受不了他们的关心，他、他、冉豫北、第五，谁都受不了。但她又不能跟他们闹得僵，那样做不聪明。她知道，她脾气犟一点，冉豫北反倒会二话不说把她扭到医院。她犟一点，毫无耐心的纨绔第五必定掉头就遁了。冉豫北的“强制关心”与第五的“逃避责任”她不要！她就是得拿着和软，拿着忍性去堵这两个男人，堵冉豫北关心叨扰，堵第五逃避责任。她向冉豫北委婉地道了歉，冉豫北被她刨得不轻，她说她当时梦噎住了，她说忙这忙那各种忙，暂时不便医手。她态度柔软极了。正因为她的态度正确，冉豫北反被窘住了，内里心急火燎，天天催着她跟他去看手，却也不好撂出重话来，她不与他复合，他也不能强求。

豆呢？她才不要冉豫北来为她的手负责，首先这手不是他的责任，其次她是再也不愿沾惹冉豫北。她心里啐道：你不要再拿着一副忧心忡忡的嘴脸来叨扰我。

6

手术能做，豆和第五心下舒坦多了，可到了手术的这一天，第五却半天签不上字去.他是被麻醉同意书上的一项项内容吓住了。他逐字逐句地阅读上面提到的术中或术后可能出现的并发症和手术风险，尤其死亡的字眼把他吓住了。在麻醉师的屡屡催促下，他作难地签不上字去。他几乎放下麻醉书要跟豆商量不要做了，他想其实那手也不影响什么，只要她平平安安就好。

还是一边的护士最后劝了他一句，护士说：其实这些并发症及风险出现的几率是极少的，你的小姑娘只是手上的问题，其他检查都挺好的，不会出问题。

不手术豆也不干呀，想来想去，他还是把字签了上去。

豆脸蛋绯红地睡上推拉车将要被护士推走时，第五别开了脸不能看，她那么乖，简直要他的命。

……

手术进行了七小时，从上午九点到下午四点，第五端端守在手术室的屏蔽门前，午饭时间他没觉得饿，这是他陪豆第二次来医院。头一次是陪她堕胎，想起堕胎的那一次，他真悔啊！精神科专家欧大夫说，女性在堕胎一个月内，全身各项机能都处于最低水平值，包括神经系统也是极端衰弱，极易自发病或者诱发病。他自己前些时候上网也查到：按中医的理论来说，堕胎后身体抵抗力弱，最容易遭邪气侵袭，从而产生精神错乱。而且堕胎后忌寒忌劳忌房且需要补血，得好生休养。可豆堕胎后被扔到冰天雪地里，饿肚子，挨暴打，血肉模糊，不知流了多少血……

作孽啊！

下午手术成功的豆，从里边推出来时，麻醉还没过去，她沉睡着，浑身是水，如一只刚刚娩出的湿身小羊羔。第五心疼死了，不知怎样是好。

之后住院期间，第五不放心护工，特意自己照顾豆，可他真的没干过照顾人的活，更别说照顾病人。

他干得不好，没眼色，眼里没活儿，好几次惹得豆抹眼泪。

豆一掉泪，他更是方寸大乱，更手足无措了！

世界上的人啊，哪经过真正的心疼，没见过豆那样掉眼泪的人根本不可能懂得什么叫心疼！他想，冉豫北爱豆呢，他有过这种心疼吗。

这期间，冉豫北父亲的病又发生恶化，冉豫北回了家，但心里放不下豆的伤，又担心她继续跟着第五胡闹，生怕再闹出事情来，第五实在是个靠不住的膏粱子弟，他即使不成心糟蹋人，光他的闪失也够豆受了！冉豫北心中焦急，给 207 宿舍打了好几天电话豆都不在，他知道是第五把豆领走了，心下更忧虑，这天，他直接把电话打给第五。

冉豫北把第五手机快打爆了，第五没法接，任电话“丁零零”响着，不知该怎样与冉豫北对话，当然，自腊月二十九之后，他与冉豫北再不可能有朋友之谊，再也无法互相坦诚面对。

他频频的手机铃声引起豆的疑惑：“怎么不接电话？”

第五想了想，说：“冉豫北的！”

豆不吱声了，过一会儿，手机又响起来，豆咬了咬唇：“拿来，”她蹙着眉道，“我接！”

第五一向大意，看也没看把手机递过去。豆豆接过来还未及开口，那边就脆脆一声“五哥”喊了过来，接着不等这边说话便一叠声甜蜜的骂人话！是娇娇嗲嗲的一位“甜妹妹”！

豆怔了一怔，看第五！

第五早愣那儿了！

电话里的声音响脆得很，他在听见的第一刻就差点上去抢电话，终究没动，尴尬极了，任凭那嗲嗲的声音喋喋不休。豆把电话向他伸过来，拿黑黑的眼睛看着他！盯着他！第五当着豆的面不能猝然收线，也不便走开去讲电话，接过电话，原地不动地说了句："别闹了，有事呢？"

那边更嗲了："坏五！人家都想死你了。"

这句话把第五窘得眼睛都瞎了一秒，他闭着气向豆张一眼，豆的两只眼睛黑黑的，显然对他的通话很关注，而且是很直白地关注。

第五更不能挂电话了，继续嗯嗯噢噢应付着，对方娇滴滴地说今晚老地方见面时，他不能不挂了，"啪"地合上盖。

第五的电话让豆多心了，她斜睨着眼睛思忖一下午！她知道第五照顾她犯愁，他得给她花钱，他得给她干活，他还不能出去耍。

她早知道他烦，人生病时分外敏感脆弱，第五每出一个不周全，她就多心起心，她要纸巾他取来了毛巾她起心，她要喝水他递上来面汤她起心！

总之这些差错一出现的时候，她就犯郁，她就觉得第五是不耐烦了，想开溜了。现在有女孩子来撩拨他，他怕是更要心浮了……

想到此，豆心中作难了。这人生地不熟的地方，她谁都不认识，这……

想着第五的不耐烦不情愿，她识相地示好，唯有好态度能叫他不忍心不管她，这个世界很不公平，本是他祸害下的，可正经到了让他补偿时却得对他陪上千万个小心。

豆每天故意对着第五数日子，想着第五能坚持坚持，能对付对付，帮她把这十几天对付过去。第五呢？他完全不知道豆心里的这份担虑，他一如既往地努力认真地做，周周到到地做，生怕有一点疏慢。不仅腿脚受乏着，精神也高度紧张，生怕弄出个不周到，惹豆抹眼泪。

到快出院时，他练出来了，手头儿快得跟刮风似的，护士们打趣他照顾人真是一把好手，等小妻子生宝宝时，伺候月子也没问题。嘿呦，他那么洋气，长相穿扮全洋派，被这样一打趣，滑稽啊！

连说这话的护士都被自己这话逗笑了，掩着口看他，他那上上下下的风度，即使伺候人还是浑身的干净潇洒，怎么着也跟这话不对号啊。

第五不觉得可笑！护士这些话本是打趣而已，他却乐得仿佛受了莫大表扬，转而想到生孩子，由生孩子又想到夫妻亲热，想到这的时候，他再回病房，总忍不住意味深长地看豆豆，隔一阵看一下，隔一阵再看一下，看着豆傻乐，乐得豆莫名其妙。

他就喜欢豆莫名其妙，豆若明白他心里想的，定然不依他，哪怕就是想想，她也不依。她的心眼天生就是特别地多。

五

1

从上海返回的第三日，沈非就来探病了，豆在上海时跟她通过话，回来也没瞒着她。在跟第五的隐情上豆早已懒得遮遮掩掩了，她觉得别人爱怎么想怎么想吧。自己往常是一个劲地要强，要强来要强去又落着个什么？

从上海回来的那天第五提议说还是住宾馆吧，他还要说你的手还需包扎还需上药等等等等的话，但这些话他都没说出口，豆已经点头了。

去宾馆！她不犹豫。她的左手离完全好还早着呢，医生嘱咐她静养半月，再者一日三次的敷药换纱布对于左撇子的她来说是个大工程，当然这还好对付，关键那手此时仍然凄惨骇人得厉害！她回宿舍难免给人看见！

沈非敲门时第五正在给豆上药。听到敲门声他张着两只沾了药的手给沈非打开门："好找吧，豆刚刚还说你找不见呢！"

"嘁——全市能有几个五星酒店，我还能找不见。"

豆在露台的太阳光底下远远地说："你坐下吧，吃水果。我上完这点药跟你聊。"

沈非却不坐，径直要向豆过去："我看看你到底是怎么了？咋就伤着手了？伤成啥样了？"

第五拿话拦住她："哎哎，你坐那儿，别捣乱。"他知道豆害怕别人看见她那只还很狰狞的左手。

豆也远远笑着要沈非坐下。作为客人，沈非多少是没有平时放得开，嗔笑着作罢！她转到里屋看看、四处观赏一番，然后坐回沙发上抓起一只苹果啃。房间大，她远远看着阳台上的那两人：第五穿棉布的白衬衣，身材高大，看上去十分的匀称性感。就像外国电影里的经典美男，魅力四射、英俊夺目。而豆是个像清澈溪水一样温婉美丽的女子，远远看上去，他那么大、豆那么小，阳台充足的光线下，仿佛一幅画，虽然构图奇异，但很温馨！

第五俯身给坐在椅子上的豆敷药，两个人嘴里嘟嘟哝哝，喁喁而语。第五仔细又仔细地干着手上的活，药敷齐了，又拉开长长的白纱带，认真地给豆包扎。他的手指修长而温柔，竟叫沈非蓦然想起靳思思的那句话：五哥怕是阅尽春色了，到豆豆这儿要给止会儿步了！她笑了，不知这步能止多久！

这时豆豆也弄好了，向她走过来："你干嘛呢？怎么就把你爸爸都惊动了？"豆在上海时听靳思思打电话说沈非跟公司一男的谈上了，不想那人脚踏两只船，另外那个女友居然找到沈非公司跟她扯了一架，沈非因为没有防范被抓花了脸。也不知怎么就让家里人知道了，沈非那退休老警察的爸爸脾气暴躁了一辈子，女儿出了这事火匆匆赶来，逮到那位始作俑者的男人狠狠揍了一顿，沈非闹了个心伤，恋人也跑了。

沈非偏过头望望阳台上的第五，他正卷纱布，收药盒。没听这边的说话，沈非于是压着声道："我才不后悔呢，我老爸揍了他就等于我也把气豁出去了，揍就揍了！不揍白受气！"沈非压着声喋喋数落开了。豆坐下，捏摸着自己的腕子听她数落，沈非嘟囔半天，末了气狠狠地来了一句："男人没一个靠得住！"

可巧第五收拾好走过来："谁又惹了你了，连我也骂进去了！"

沈非睨着眼带笑不带笑，拉着长声："你也算男人？"

"喊——"第五绕开她们走了，他到床头翻衣服，他的浅灰色睡衣，豆豆的卡通熊睡衣统统上了他手臂，枕边还有柳豆一只淡粉色小裤头，他眼也不眨，大手上去一抹，收走了。

见他向浴室走去，沈非两眼滴溜圆："五哥！没发现你还蛮会干活哩！我还以为你不该会的都会，该会的都不会呢？"这话是过去柳豆给第五下的定语，众人认可。

“贫吧你！”第五烂笑着进了浴室。

沈非转脸对豆说：“怎么？你就跟他这么住着呀？我劝你可别太大意！”声音压得很低。

豆抬眼不抬头，抿着嘴看沈非一时，啥话也不说，低眼去抚摸自己包着纱布的左手。这时候第五从浴室出来了，将几件衣服塞进待洗衣柜，服务员进来会拿走清洗。看见他一股脑把衣服塞进去，豆蹙了眉头。她起身走过去，从那几件衣服里翻出一件自己的长袖内衣：“说过内衣不能干洗的，谁知洗净洗不净！”字面意思是抱怨的，语气可没一丁点抱怨的意思，所以第五常说，豆是连骂人都是软绵绵受听的。

第五望着那内衣一张眼：“哎不是，我是没看见稍带进去了！”他从豆手上拿过内衣，“没看见，真的没看见！”

豆坐回沙发上。

沈非看着第五进浴室，回头继续说：“他靠不住的！这谁也知道，你怎么跟他来真的？”

豆低下头，拿手指碾了碾眉心，没作声，心里想：我靠他一时，并不指望靠到多远去。

“你们在上海这段时间，好多女孩找不着他，把林凡电话都打爆了！那么多人觊觎着，眼都花了，心能不花？”

豆咬着唇轻轻叹了口气，不知该怎么接口，只怕越说话越长。

她并不想谈论第五，便往远扯话题：“翁燕还在咱们宿舍蹭床呢？”

“在呢！”沈非来了劲，瞪起眼道，“一直还当她迷糊得轻呢，这待久了才发现，翁燕她是个纯傻子！”

翁燕是靳思思在歌厅认识的姐妹，因为患有轻微智障被人骗到这座城市当了小姐，但是又经常没有生意，常常弄得吃没吃的，住没住处。靳思思好心带她回宿舍蹭了两次床。怎知她没心眼，到后来竟不等靳思思招呼就自己跑到207宿舍了，也看不出别人的嫌弃。

“最近你去了上海，她就在你那床上呢，讨厌死了！”

“管她呢，闲着也是闲着，让她用吧！”因为家人的缘故，豆对翁燕那样的人天生有种恻隐。

“哎，你可悠着点儿啊！”沈非又绕回第五身上，她指指浴室门，压低声道：“再比他花的男人世界上可是没！”

豆没吱声，沈非哪里知道，她压根不在乎第五花与不花，她只是奢望着指靠他一时半会儿，好多事情，身边没个靠的，真是四脚朝天，没着没落！

但是第五她真的能指靠上吗？她心里也没底，她还得努力，也还得装！她早就知道自己是个孤孤零零四面没靠的人，但过去没想过靠别人，现在也不打算靠别人，只是戴缡的事得靠第五，说是靠也不完全正确，其实是他第五的一份债！那场噩梦是块心病，永远从心上过不去，她必须讨回公道！

“我可劝过你了！”沈非用肘子戳她一下，“趁早别把心交到他身上！”

豆抬头看沈非，没说话，内里在想：自己哪里还有心？一个木头人罢了！

她终究没把这话说出口，低下头去，心里很羡慕沈非，沈非受点小委屈就有伟岸的父亲来出头，即使鲁莽，也是壮胆的，多好啊！其实沈非的那点委屈算什么啊，若是受了她柳豆那样的罪，她爸爸该是要杀人了罢。

沈非来看她，也好，也不好，她好久不见老同学寂寞得很，但现在沈非跟她聊一会儿，却搞得心上戚戚然的，好压抑。

中午三个人在酒店的特色餐馆吃了饭，豆需要午休，沈非打车回校了。

回到房间里，她细细想着沈非的话，她自己也知道第五靠不住的，说不定哪天就跑了。她最近让手的事分心了，一时间把戴缡搁开了。这阵想起来，心里一半觉得不能再拖了，得逼着第五行动了，但另一半又觉得恍惚，她现在的梦境越来越模糊了，尤其梦里总是有个冉豫北，而冉豫北明明当时不在场。她越来越糊涂了！

然而虽是糊涂，她还是像有了惯性似的日日思考着怎样迫使第五去行动，去惩罚坏人！这些时她对第五平和得很，说话温温柔柔，举动安安静静，也不完全把他黏得死紧，回到这座城市了，她也嘱他出去玩，尤其大白天没事的时候，她老大不愿意他待在房间里。

豆想着心思上床睡下。惯性使然，她又想问问第五什么时候叫戴缡来，她脸上就换上“温柔”来了，她坐起身：“五哥！”

“嗯？”正往身上套新睡衣的第五转过脸来，眼睛里亲热得很。

他站在衣柜那里，褐色的睡衣很衬他，脸白白的，人又高。

豆知道第五的长相也有点看头，在上海时他把医院的年轻护士迷死了，说他又帅又温柔。豆豆忽然想起沈非的话：那么多女孩觊觎着，眼都花了，心能不花？

“你耳边那什么呀？”她略微眯眼。

“有什么？”第五扇了扇耳朵。

“你过来我看！”她提要求前往往要先“示好”。

第五扇着耳朵走过来，豆拽着他衣袖把他拽弯了腰，抱过他脑袋，掰过一边，气息如兰的嘘到第五耳窝里，仿佛是要帮他弄掉耳边的东西。

第五身子“噌”地僵了，明显地僵硬了，但他一声未吭。倒叫她觉得像是摁住了一头死猪。

她让第五身上这特别的僵硬气氛愣怔了一下，她知道自己这样亲密的动作很少见，第五他一定是懵了。她懒得深想，上手便去掸第五的耳后。其实啥都没，她只是做样子。

然而当她的手指触到第五耳背时，她看见，他耳朵红了。很红很红！

她一愣！

到底还是敷衍着掸了两掸，然后放开第五，第五耳朵还红着，脸也非常红。这叫她心里升起一股别扭升起一种尴尬，心想他红个什么劲儿啊！

“五哥，最近叫戴缡来吧。”她凝着黑眼睛看第五，一丝儿表情都不要错过去。

第五还在晕乎，没头没脑地上来抚她毛茸茸的发顶：“你还没好了呢，等你好了啊……”

这话一下子就把柳豆心里刚刚升起的那点尴尬扫没了，她脸暗了，“噌”地钻进了被窝，背对第五。

第五不得劲了一下，转而还是美得不得了，摸着发烫的耳朵片子有点成就感。

这天的午觉睡了一小会儿就被电话吵醒了，是冉豫北，看见是冉豫北的号，豆纳闷他怎样弄到了自己的新手机号，她倒也不拒接，拒得了今天，拒不了明天，她犹疑接了。

“豆你在哪呢？”

“我去医手了，昨天刚回来的。”豆声音柔软。为什么柔软？因为她不要得罪任何人，她在心里对自己说：我是世间第一大度女，硬碰硬从来没有好结果，闹不好第五明天就跑得逮不着人影儿了，我靠谁去？

“看得怎么样？”冉豫北的声音沉重、心情复杂，为豆去看了手欣慰，更为她跟别人去看手而伤感。

“挺好的！”豆说着瞥了眼身边的第五，第五明显在听。

于是她的声音更柔和了，简直近乎于亲热：“你放心，我没事，你在咱们老家还是……”她边说边在心里鄙视自己的温柔和多嘴。身边的第五翻身仰面，盯着天花板不呼吸了，屏气听着。

“我刚来学校，我来找你。豆，跟我回家吧，我不放心，你在哪？”冉豫北的声音是情真意切啊！

“我，”豆说，“下礼拜要去一大院复查的。你那么忙，不要来回跑了，或者复查结束你来接我吧！”

身边的第五睁着眼气死了，讲电话的豆虽然没有甜言蜜语，但她的口气却仿佛老夫老妻一般。

柳豆向他瞟了一眼，只一眼，心上突凛凛划过一股痛快，她好声道：“我复查完给你打电话。”

“那今天咱们不回家，你在哪，我过去接你，下礼拜我陪你去复查。”冉豫北急切。

豆犹疑片刻，“那你傍晚来接我吧。”她的声音出现了更甚之前的温柔，连她自己都脸红了，其实她岂能真让冉豫北来接她，可看着第五一动不动地扎起耳朵听电话，她就莫名这么说出去了，能起到什么作用，又是什么意图，连她自己也不知道！

冉豫北不好再勉强，道：“好，傍晚打给你！”

豆收了线，睡下，过一阵仿佛激动难耐地起床了，起床到浴室调水温，她要捯饬捯饬，必须先洗澡换衣，其实是一不做二不休的心态！

浴室的水她是会调的，偏偏这阵就脆生生地喊第五：“五哥，这水温怎么不匀啊！”第五已经站在浴室门口。

“你昨晚不是刚洗过，隔上一天再洗，万一手上进去水……”第五说。

“唰……”一股水声打断了他的话，是豆听得不耐烦自己偏开脸掰开了水柄。

第五没辙，叫豆往一边站站，他去调，一边调一边说：“不能淋浴，容易溅到手上水，把水放满池子泡澡吧，啊，好吧！”

豆说行的，“你先给我洗头吧。”这阵子包括在上海，她的头发一直都是第五洗的，她一只手洗不了。头一次洗时挺别扭，但她爱穷干净，又是出门在外还担心旁人看着邋遢不齐整，愣是硬着头皮忍受了第五的大手。洗到后来就也习惯了！

第五此时却被她说洗头的话滞了气，心想，这还要怎么打扮啊？！他说：“早上不刚洗过……”

豆不说话，偏头将辫套抹下来，海藻一样的发丝唰地坠下，她走到洗漱台那里，打开水，用右手轻轻给头发撩水。

不一会儿第五的大手上来了，心上恨恨的，但手上的动作却温柔，只是没了前几日洗发时的乐淘劲儿。

头发洗过后，豆让他出去，她要洗澡了！洗完澡，她喊第五帮忙把头发吹干，尔后坐到大卧室的梳妆台前，把一堆发夹别了一支又一支，试了一回又一回，她转着脸在镜子前打量定夺，看究竟戴哪只更好看。

心里觉得自己的表现难免有些小儿科，有些做作，有些蹩脚，但第五可看不出来。第五站在阳台上吸烟，一声不吭。从梳妆镜望过去，他身长背宽，气氛忧郁，看着仿佛三十岁不止。

收拾得差不多，要换衣服了，她喊第五帮忙换药。第五微吸一口无奈的气，然后静下心来如往常一样小心翼翼地打开早上包扎好的纱布，仔细地敷药。

“五哥，这些时可劳累你了。”豆边看着他敷药边说开了，“你呆会儿把这些药给我列个明细，我记不住。”

“列个明细干嘛?”第五紧张死她这么客套了，而且她话中有话！他看着豆，药也不敷了，手在空中停着。

“我这走了还得用药啊，这么多药，口服的、外敷的，我怎么记得……”

“你今晚不回来了？”第五打断了豆的话。

“我哪能一直麻烦你！”豆看着第五那黑油灯一样的眼睛，吧嗒眼说话，“已经麻烦你这么久……”

这话的口气完全是要永别了！第五的心脏哗的裂了一个豁口，“你不回来了？”

“不了呀！”

嘭！药盒拍在几上！“你不能走！”

2

第五着了急！但他很快意识到自己失态了，颇抱歉地静下声来，表情也十分气馁。

豆可看不懂他为什么这样子气馁，懂也装不懂。她让自己的眼睛诧异地看第五，嘴里嗫嚅：“我都跟豫北说好了！”

第五噎死了！豆拿“豫北”二字当子弹，射击了他的耳朵！这“豫北”二字的口气，完全就是在说她家亲哥或者老公的口气。第五懊丧得说不上话来，僵一时，却吁出来一口气，一口无奈的气！不说了，继续敷药。他一触到那只小小的左手就心软了，没办法，他恨不起来！他心里摇摇头，算了算了！爸爸说过：关公放了曹丞相，大丈夫要有容人量。

大度一点！他告诫自己！凡事靠边、万念抛开，认认真真地敷药、仔仔细细地裹纱条，一点不苟且。

“五哥，差不多裹裹就行了。”

豆叫第五的认真劲儿搞得心里别扭，这点鸡毛蒜皮的“小好”她是看不起的，她需要他第五宏途办大事，办“正经”事。可她知道，第五他也有他自己的精算盘，他也就是给她办点鸡毛蒜皮的小事，也就是想拿鸡毛蒜皮点小事堵她的嘴。她在心里冷哼一声，他第五宏途以为她依然是个窝囊货任人欺呢？想到此，她心里长长吸了一口气，是一口“此仇不报誓不为人”的恶气。

手裹好了，她坐在椅子上不动，看着膝盖上那只裹满白纱布的手，她轻轻地说话了，仿佛颇作难地说：“那……五哥你说不去，那我就不去了，我其实也是怕劳累你，你腿上也有伤……我拖累了你这么久……”

正在卷纱布的第五立刻没气了，心里不堵了！感动得要死。豆起身向梳妆台去：“我不去了，我听你的，五哥。”

第五可就笑了，他可不觉得豆说话说得违心，他只知道豆乖得很、豆善得很，豆怎么露骨地哄他，他都当真。烦恼倏忽散了，他说：“豆，下午咱们出去，你好久没出去走走了，想到哪儿五哥带你去？”

“逛街吧！”

“行，那咱就逛街！”第五拖着舒心的长腔，声腔里有无限的宠溺，柳豆听了唰地冒起一身的鸡皮疙瘩。

第五利落而有序地收拾好阳台上的东西，去接了杯水，到床头拉开抽屉，将口服的药一一倒出。豆过来坐到床头，细指头扒拉了几下第五手心里的药！她这几天叫大把大把的吃药吃愁了，见了药就皱眉。

“来，先把这点发甜的吃下去！”第五一手握水杯，一手托药，俯身弯腰，哄小孩似的给豆喂药。

“哎？？”豆把那些甜药送进肚里，再吃另一种药时她哎了一声，“怎么能用得了这么多药呢？”她蹙着眉拿过那堆药瓶，端详！

她不是没端详过，端详过好多次了，不是没疑惑，疑惑很久了，她只是睁只眼闭只眼，她没顾得在手术下跟第五计较！但她此时一边斜着眼看第五，一边觑那药瓶。总归是消炎的、抗感染的，那么多瓶子，虽然名字各异，药效却都一样。她更生疑了，抬头看第五，满面狐疑。第五的嘴已经 a、o、e 了！看他这表情豆更确定了，这药跟药瓶根本就是不对号，第五他给她服治神经病的药了。肯定，肯定是！

她抿嘴，不说话了。她不准备显露声色，兀自拿了药喝下！嘴上喝着药心里盘算开了：吃这些药多久了？她明白，手术后的第二天就全吃开了，直到现在吃了将近半个月，她的梦少了，心也不那么惴惴然了，倒也是好事！

她觉得也是好事，毕竟她也怕晚上的噩梦啊！毕竟她也想活回正常啊！虽然伤痕累累，虽然仇恨啄心，但毕竟还得活人啊！算了，就当是好事！

但她不能让第五放下心来，从今天开始她还要梦噫！装也要装出自己的害怕来！装也要装出自己的凄惨来！他的债岂是拿几粒药就减轻了的。她心里淡然冷笑，逐一吞了药、喝罢水，又去照镜子。第五到浴室洗漱，出来后豆把头发弄好了，别着一根细巧发夹的直发很清纯，很韩流，衣服也搭配得清新窈窕，静着动着都像一条顺溜鱼，怪不得过去学校人叫她人鱼柳豆呢。第五早就发现豆是很会捯饬自己的，给她点好穿好戴她绝对糟践不了，她虽然贫寒，但举手投足绝不土气，不仅不土气，甚至还有种仙气。

想到这，他就疑惑，豆怎么会是那种家庭出来的女孩？

“笑什么！”看到第五乐，豆就不痛快，心里就不平衡！就想扫他的兴！她像忽然想起什么似的“哎”了一声。

“什么？”第五正脱了睡衣换外出衣服。豆走过来，杵在他下巴下，仰脸！吧眨眼！

第五刚穿上一件黑色纯棉衬衣，显得脸更白了，他正给自己系扣子，“怎么了？”

“五哥，”豆蹙着眉紧张兮兮地说话了，她不管自己是不是很蹩脚很做作，说，“咱们住在这里，不会被人捉住吧？”

第五扑哧笑了：“还是‘捉’！哈哈哈，谁捉咱们？凭什么捉咱们？”他放开扣子，揉豆毛毛的发顶，恨不得亲死她。

豆的小脸仍然忧愁着，眼睛斜忖，吧嗒吧嗒，诺诺而言：“你的女朋友不会……”

她不往全说话，不往完整说，闪烁其词，就说半截话！第五“噌”地止笑了，脸僵了，他尴尬地挪开手，“哪，哪有女朋友！”

豆却往他胸前黏了黏，虚虚地仰脸看着他，“就打我的那个？”

这话说的！

第五蜡住了，好像被踩到七寸的蛇。他把舌头拧成烂抹布也再吐不出一句顺溜话！豆看他窘住了，差不多了，不往下问了，戛然而止，不给他狡辩解释的机会，憋住他！憋死他！

她抬右手摸了下自己的脸蛋，摸那只被郑妮打过的脸蛋。就这样摸着脸蛋若有所思地从第五下巴下走开了。

提这事，就是提醒提醒，唉，对的，就是提醒第五，别叫他忘了。她要提醒的事儿多着呢。她没能耐没力气，不能像沈非爸爸一样把坏人的身体揍一顿解气，她就得从心上来，从心上入手，慢慢来。

从这半个月来看，他第五有点喜欢她了，他的种种表现不可能完全是因为内疚，她笃定第五有些喜欢她了……虽然她恶心他的喜欢，可这喜欢不是坏事，她正愁手伤好了以后该怎样铆住他第五呢！她要让他偿债，但又不能硬来，现在他若真有点喜欢她，她就省力了，不必刻意去想办法铆住他，只要稳住他。

虽然他是一个“以天下女人为已任”的花花公子，但她能稳住他！她自信自己一定能！她要借力打力，借第五去惩罚戴缡！她不仅要借力打力，她还要把第五宏途收拾在最后！

她没能耐叫他的身体受苦头，但她有办法折磨他的心，她相信自己能行，她曾经是天才啊！她不信自己收拾不了他！她要慢慢折磨，细细折磨，深深折磨，不动声色地折磨到他第五宏途的头上……她要让他痛！剥了他的人皮啃了他的骨头！

3

冉豫北正准备给母亲和安玉分别打电话告知他晚回几天，豆的电话打进来了。

“你别过来了，我走不了！”豆细声细气的，他听着总觉得像是哭过的声音。

“为什么？他不让你走？”冉豫北的声音十分沉着，他和缓了口气道，“豆你不能再跟他走下去了，我不是说他有多坏，我只是希望你能客观地想一想，你能信得过他吗！”

豆老半天不出声，最后苍凉叹息：“信不过，我谁都信不过！”

这一语双关的话当然让冉豫北很惭愧，他正要再说话，豆已收线，重新拨过去她已经关机，打给第五也是关机。就这样，再也联系不上了。

冉豫北知道豆一向是很乖的，但她那么乖的人，只要犟起来却是比任何犟人都略胜一分的，他知道不能奢望着自己把她说服。她需要一段时间，他相信豆能冷静下来。

关了手机的豆，逛商场逛得心不在焉，刚刚她打给冉豫北电话时，冉豫北关切的声音叫她难受，她明明不爱他了，她下得了手拿剪刀刨他，她用最恶毒的语言诅咒他，可他的声音还是叫她难受，此种难受还不是通常所谓的难受。春天来了，手医好了，心也在稍稍地回缓。可她不愿意回缓，她再也不愿要什么情呀爱的。可她还是不由得难受，她低头看看自己的左手，忽然就想到冉豫北跟她说过的那只手，那是冉豫北永远无法忘记的一只手，永远无法忘记的凄惨往事！那也是连他母亲都不能知道的事情，他单单向她说了出来。其实她知道，在冉豫北的生命中，她是他最知心的人，他对她几乎没有隐私。

想到这，她有些心软。

可是这心软叫她别得心跳！自己很久不会心软了，难道？难道第五的药，作用就这么大吗？

她前段时间不知有多厌恶冉豫北呢！自己不可能变得这样快呀？她不想了，她打住，凭什么对冉豫北心软？不！她拒绝想他，拒绝心软！

她打起精神跟第五逛街，买了好些个衣服鞋子。傍晚，她领第五到一家好偏又好小的米线店吃晚饭。不想大鱼大肉地吃了，昨天就想让第五到外边小吃店给她买饭了，宾馆里的菜她实在吃不下了。

“豆，这太挤了吧，这不卫生吧？”第五一进米线店的门就被门梁磕着脑袋了，屋子里全是女生，人们都望向他和豆，他俩的漂亮洋气，叫众人以为忽然来了拍电影的啦。

“不会，很干净的，你坐下吧！”豆已经坐下，拍着身边的座位叫他坐。第五看看那座位，紧紧挨着另外一个女生，他这大块头能把人家小姑娘挤地下，根本没办法坐，他说：“你吃吧，我就这儿站着。”

“没事，你坐下吧！”豆知道他嫌什么，“不行你坐我这儿！”她起身让开自己的座位，第五看了看，这回好歹是挨着一堵墙。第五坐下，呵呵一笑：“让我妈跟我奶奶知道来这儿吃饭，非得今晚连夜就把我摁进医院，化验肝功！”

豆本来想白他一眼的，但送出去的眼风却是温良的一瞥，无比宽容地说：“去年你不是还带我到一个小饭店吃面，那个叫什么饭店来着？那儿才叫不卫生呢！碗跟洗脸盆子似的……”

她说的是堕胎那天的晚饭，那穿着美国风衣潇洒倜傥的第五，那面对寒碜油腻的饭菜无法下箸的第五，那个自己恶心下不了箸却怂她下箸的第五……

“就那个下雪的夜里，记得吧！”这叫不失时机！且她说罢柔软一笑，大而化之！

第五想不尴尬都难，舌头又打结了，又拧成了烂抹布了。

“五哥你别挤我，你好好坐着！”

“不是，这墙上有白。”第五生怕把墙上的白蹭到衣服上。

米线上来了，豆干瞪眼了，她那笨右手哪能操练得了面前长长的米线啊？

第五在一边儿也看出来了，他俩你看我我看你，眼对眼，这可怎么办？第五愿意喂她，在上海每天中午挂着吊针时，都是他喂她吃饭的，大毛巾往脖子上一绕，一勺一勺把饭喂进口里，第五觉得可幸福呢！可现在啊，想都不用想，豆肯定不让他喂。

他故意坏笑着说：“我喂你吧！”

豆嗔他，操起筷子埋头吃，一根一根、一点一点，能吃进嘴里多少吃多少，慢慢地往嘴里送。

第五看着，又亲得了不得了，呵呵笑着用大手揉她的脑袋。

豆这顿饭用了好长时间，吃罢，第五给她递上一张自带纸巾：“下周复查完就不用包扎了，该活动也得活动，手也是需要活动的！”他是说豆的左手，豆吃饭那么费劲，叫人不忍。

豆以为第五看见她的馋相了，拿右手还吃得那么香！她羞涩一笑，她的羞涩很假，但这假只有她自己知道，“真是赶鸭子上架呢，人被逼上的话，啥也会呢，左撇子也要换右撇子了！诶呀，”她诶呀一声皱眉，“你这哪来的纸巾啊，一股香水味儿！”

她想起冉豫北的手绢儿，永远清清爽爽，哪像他这样做作。

第五说：“你鼻子怎么就那么尖呢，不就一点点香！它本身就带着呢，买时候就带着香！来，把大衣穿上，咱们回吧！啊。”

豆穿起外套，俩人走出小店，附近一派嘈杂热闹，虽是晚上八点多，但行人喧哗声、商贩叫卖声，食客在窗内的划拳猜令声此起彼伏。

路灯下，烤羊肉串的、卖棉花糖的、煨烧饼的各色买卖挨挨挤挤。这样的土俗场面下竟有小店放着韩国巨星 rain 的酷歌，一洋一土弄一块儿，更显此处的寒微，是一派寒微的生机勃勃。第五觉得新鲜极了，虽然林凡也经常怂恿他到这类地方，但他从来不屑，还真没来过，此时见着还真是热闹得紧。

跟前有一家摆街摊儿的住户，电视搁在街棚里，正在放录像，屏幕上俩老外正抱在一起亲嘴，第五不由站住了，心想肯定不会光亲嘴，一会儿肯定要上床，他激动地盯住了电视屏幕。

豆恼了，叫他走，快快走。

他怕豆，挪腿赶紧走开了，眼睛和脖子还扭在电视机上。

一对对喁喁私语的恋人从他们身边相拥而过，第五回过头捏了捏豆的手说：“豆，这儿离宾馆不远，咱们步行吧！”豆抬头望远方，星星点点的霓虹仿佛远在另一个城市，“不远吗？很远呀……”豆疑惑着，腿随第五向前走。

第五的大手捉着豆的小手，手心里好像握着一朵棉絮。他们向着遥远的霓虹走。喧闹的市井声渐渐消隐在身后，第五无比兴奋，禁不住转脸看豆。豆望着远方的霓虹，黑夜里她的眼睛黑亮黑亮，第五伸胳膊揽过豆，两人絮絮前行。他想起他们在雪山遇险，他以为他们会死。可是活了下来，有今天这么美好的生活。

豆的手病心病让他能再揽她的肩，没那手病和心病她断不会叫他的手臂这般放肆的！

天上有星星，远处有霓虹，多么好……

他们还是在半路打了出租车，因为实在太远了。回到宾馆，两个人洗漱罢给手敷药，睡觉前第五给父母爷爷奶奶打电话，这是他每天必做的事，但所说的大部分是假话。

今天母亲说表哥下个月要回一趟甘肃，顺便要回祖籍地看看，叫他别乱跑。到时一家人聚聚。他好久没跟表哥见面了，正要问母亲具体时间，忽然豆从浴室跳出来，哇哇着嘴跟他打哑语。他脑袋嗡的一声，眼瓷了，看不见豆的口型，也听不见母亲的声音，仿佛忽然中弹！

他中的不是别的“弹”，是肉弹。

他看见豆的吊带睡裙，他也不是看见吊带睡裙！他看见豆的胸，他也不是看见豆的胸！他只看见豆浑圆的乳房隔着一层蜜色的湿纱向他暴露开来！

他张着嘴忽然像是得了脑中风，好半天才咽了下喉结。豆一跺脚，闪身不见了。

浴室门口没人了，第五醒过来，自己多久没沾过女人了？懵懂了一下，他才想起豆刚刚跟他打哑语，他赶紧跟电话里的母亲再见，挂了电话。

下床，觉得腿软，不至于吧，他自己骂自己。

“怎么了？”他拉开浴室门。

豆正站在当地褪裤头，褪到了脚踝，见第五进来她直起身手握发束找辫套，脚还在互相踢腾着撇那挂在脚踝处的裤头。

第五俯身弯腰帮她把那纠缠在脚上的小裤头扯下来。

豆含着辫套口齿不清地说：“你用完花洒不挂正，我开喷头把花洒碰开了，浇了一身。”她穿齐膝的吊带睡裙，蜜色的，湿透了，紧紧贴到皮肉上，身体的轮廓像被浮雕出来一样，小屁股包在湿睡裙里圆滚滚的，第五像中了弹一样“噌”地别开脸了，转而又觉失态，转回脸来。

“你快给我找下睡衣！放哪了，我翻了半天翻不见！”豆说。

熊熊睡衣上午被他给洗了。

“没了！”他舌头短得不够用，看着豆湿乎乎的白腿，只想两个字两个字说话："睡衣。没了。"

他真希望豆光溜溜地睡觉，啥也别穿。可也知道，那样的话他可怎么活！

"今天不买了一件？"豆用丝带绑着手上的发束。

"哦！"第五不愿取，"贴身穿的东西，不洗洗再穿啊！"

豆的睡衣带已经滑到雪藕似的手臂上："这不没辙吗，你快点取出来！"

她讨厌第五的眼，不看人脸，光瞟人身体。

第五取来睡裙，她一把拽过就要换，忽然发现第五不动，她停下莫名地看他。

"你……"她正要撵他走，却顿住了，第五的脸色不对，青、红、紫、白，说不清是什么色儿！豆惊了一下，怀疑他突发重症。

"怎么了？"

"没……"第五僵尸一样牵了牵嘴角，想笑笑的，但出来的"笑"比哭还惨，"没，没什么。"

说完"没什么"三个字就彻底垮了，撑不下去了！不撑了！两只眼睛哗啦投降了，委屈地看着豆。那眼睛，像快要饿死的小狗，可怜巴巴！

可真奇怪，按理说豆该茫然一下的，可她没有，她瞬间便意识到是怎么回事了，猝然缩后了，抱着睡衣心跳通通地低下了头。第五的手正牢牢地抠着门框，劲儿使的太大，手指泛了白。

豆心房擂鼓，汗毛直竖，不敢看他。这段时间因为第五的坐怀不乱，也因为自己的依赖心理，她可就大意了。这时她想起冉豫北跟她开玩笑说过的话：男人离了那事还能活？她慌了！她僵着眼，恓恓地防着第五，惊恐无措。

"你出去！"最终她没有任何办法，生硬地说话了，口气坚定！

第五的脚被施了定身术，一动不能动。看他意思，他也是想走的，可脚它不动。看他样子，他还拔了拔脚的，可脚它还不动。他没办法了。

"豆……"他怏怏的一声，活像一条讨吃的狗。

豆噌地捂住了耳朵，霍地蹲下了！

她死死捂着耳朵，第五说了一个"豆"字，但柳豆的心听到的却是完完整整一句话：豆，你跟我睡吧！

她摁住耳朵！胳膊上的干睡衣掉地下成了湿睡衣。

谁也不去捡。

第五死死抠住门，岿然不动。柳豆看着他毛毛的长腿，那么健壮，死皮赖脸地立在那里，可恨死了，可怕死了。那个久违的噩梦又出来了，在她睁着眼睛的这个时候出来了，张牙舞爪地向她冲来。她把自己抱紧了，越抱越紧了。肯定不会咬他的，肯定不会像咬戴缡那样咬第五的，吃一亏长一智，她不会激怒他的。这时候她才想起戴缡打她时有多疼有多恐惧。她根本就没有骨气誓死捍卫自己的身体，她此时蓦然忆起那一刻，她被打得吃不消时求饶了，求戴缡别打了，她害怕被打死，戴缡的暴戾足见地是要将她置于死地，她哆嗦着手主动解扣子，可戴缡却不要了……

是的，不要了，她忽然想起来他不要了……

她愣了愣，几乎霎时忽略了眼下的紧张气氛，她正要细细想想戴缡，想想后来究竟怎么了，究竟发生了什么，但第五的腿却动了动，她霍然惊觉，恐惧排山倒海地把她压制住了。自从上海精神科欧大夫吓着她后，第五就趁机上了她的床，至今他们一直在一张床上。说来有些荒唐，她做噩梦最频繁的那一段时间，把第五当了救命草，像在山林时一样把他当救命草！心理作用很厉害，他躺在身边就真的少梦了，仿佛他真的就是自己的一株救命草。

可此时她害怕了，第五终于露出狰狞的那一面。目光所及处的那双大脚，它在门口一动不动，像立着耳朵伺机捕鼠的壮猫，严阵以待、不战不休。

僵持的时间太久，浴室的空间又不宽敞，豆的头上渗出汗来。

终于，第五的脚动了动，这一动，让豆的心怦地跃到喉咙上。仿佛是知道吓着她，那脚停住了。又立了一时，最后，它不情愿地退出去了。退得很慢，门口终于空了。

豆“嗖”地起身，“哐”地撞上门。她喘着粗气靠在门上，筋疲力尽，像进行了一场殊死鏖战！过很久，第五来敲门：“豆，开门，穿我衬衣睡吧，啊。也够你裙子长，来，开门豆。快，听话！”

豆不吱声、不动。第五第二遍来敲门时她打开了门，第五一手拿着自己的白衬衣，一手拿着一只嫩绿色新裤头，站在门口。

豆接过把门关上。穿上第五的衬衣，她在镜子前立了很久，立得夜深了、腿麻了，才挪身出去。出得外边，床上的第五已经睡得死沉沉，也不知他的沉睡是真是假，她放轻了脚步，估计绕行到里屋睡，却忽然看见床头柜上放着一瓶舒乐安定，还有半杯水！她一愣，脚就停下了。知道那瓶舒乐安定本来就没几颗安眠药了，全吃了也不会致死，但她还是走了过去，拿起瓶看了看里边，里边还剩着几颗。她放下药瓶，试探着推了推第五。第五睡得人事不省！

第二天醒来得得晚，送早餐的门铃把豆叫醒，睁开眼，眼前是一片灰色衣料，她动身子，哪里能动得了，她被第五箍得紧紧的，也不知他半夜什么时候进到里屋的，现在他跟豆挤在里屋的小床上，搂着她、抱着她、团着她，紧紧、紧紧地。搂得还极有技巧，一点困扰不到豆的那只伤手。

他睡得很沉，似乎安眠药的药劲儿在他脑子里还没过去。豆费力地顶开他的胳膊腿，从他怀里钻出去。第五真是睡迷了，等她洗漱用餐全进行罢，他还在沉沉睡着。

豆去吃药，翻出药来，才发现自己根本搞不清每样吃几粒。无奈去推第五，“咳，咳，你醒醒，九点多了！”第五喇开一缝儿眼，又闭上，最后终于起来了，伺候豆服了药，他去洗漱。洗漱过还是困，眼睛涩得抬不起来，拉了把椅子强撑精神跟豆到阳台上敷药。豆想问他吃了多少安眠药，终究没问出口。其实她哪里知道，第五前半夜吃过的安眠药半夜就没药劲儿了，将近早上五点时，他又吃了两粒，进里屋搂上豆睡了。他这阵子困得脑袋快要掉地下了。

敷好药后门铃响了，从猫眼上一看，竟是沈非又跑来了。豆尴尬了，心里怪沈非不打个招呼就跑来了，她和第五这刚刚起床，样子暧昧得不得了，第五穿缎面儿的睡袍，健壮的腿裸露着，而她穿着第五的白衬衣刚够掩住屁股，嫩绿色裤头都时隐时现。俩人对视一眼，手忙脚乱换衣服，沈非已经等得不耐烦，在门外嘟囔开了。

第五一开门，沈非就夸张地揶揄：“什么小气人家，客人来了给晾在门口等了一个钟头！”

“菲，你今儿又翘工啊？”豆让她坐。

“还不是为你，”沈菲掏出一联纸，“你的应聘书下来了。”

“打个电话取好了，劳你又跑一趟。”

“喊，还打电话呢！从昨天下午一接到登记表就给你俩打电话了，全关机，你们清清静静鼓捣啥呢？”

豆这才想起，她从昨天下午挂了冉豫北电话后，直到现在也关着机呢。

“怎么你也关着？”豆随意问了声第五。

第五坐在床上搓脸，好生瞌睡的样子：“我早上忘开了。”

才不是！豆心里啐他。她刚刚已经想起了，好长时间不听到第五的手机响了，自从在上海医院被她接到那位娇滴滴情妹妹的电话就再没见着他开机了，给他父母打电话也是拿座机。

第五搓着脸进浴室了，沈菲环视房间一遍，忽然说：“天天住五星宾馆，这得多少票子啊！哎，对了，真不知五哥的老爸到底是何方神圣。”

柳豆只顾从果篮里拣果子给沈菲，也没接声。至今也没人知道第五的家底儿，柳豆也不知道，第五给家人打电话她从来不听，与她无关。

第五从浴室出来后眼睫还在不住打架，实在捱不住了，顾不得礼数了，他跟沈菲说：“哥困得不行，到里边睡一会，中午别走，一起吃饭！”

沈菲早看出他的瞌睡相了，调侃出一句荤话：“昨晚干什么坏事了？奋战一夜吧？”

咳！第五心里长长咳了一声，啥也别说了！搓着脸去里屋。

沈菲却像忽然想起什么似的对豆急煎煎道：“哎，豆、豆，”忽然她又降低声，以手遮嘴，“翁燕怀孕了！”

豆脸红了，虽然这话不是说她，可沈菲说的时候不对，偏在说第五昨晚没干好事后又说什么怀孕！心里嗔沈菲的大大咧咧，嘴上却没法说。走到里屋门口的第五回头道：“翁燕是谁？”

“哎呀，别问，女人的事！”沈菲一摆手，撵他。

第五却浑得很，说：“什么叫女人的事！没男人她能怀孕吗？”

沈菲啐他。

旁边的豆脸红了，站起身：“菲，我们去街上走走吧。”

“哎好，正好我还有些事跟你说。”沈非抓起包包起身。

“别坐公交，打个车，啊。”第五转身走到衣帽间，给豆取出外套。

出了电梯走到宾馆大厅后，沈非掏出一张卡给豆递过去，“给，冉豫北让我给你的，他有事回你们老家去了，让你想好了去找他，他说别花第五的钱……”

沈非的话被身后的喊声打断了。她们回头，第五从电梯出来，正一边往身上穿风衣一边向她们快步而来。远远望着，黑风衣、黑衬衣、黑西裤，白脸净面，高大挺拔，像个老外。他脚底生风地走上来。

沈非斜着眼道：“你不是瞌睡得要死要活，怎么又下来了！”

“又不瞌睡了！”第五转脸向豆笑，大手抚上豆的后脑勺：“走吧！”三个人向外面走去。

豆边走边斜着眼睛看第五，她把第五的心看出来了，他是提防她走人不回来呢！可不是怎的，第五刚才躺到床上后忽然想到昨晚那一幕，他担心豆因为那事提防他，担心豆生出回宿舍的念头，怕她跟沈非这一去就再不回头了，故而起床追了来。

此时的豆一面走路一面在心里叹服自己：往日看冉豫北比海都深一丈，永远都觉得摸不透，可现在第五宏途对她而言，简直是个透明体，她把他肚子里几根骨头几条肠子都看得一清二楚。

她隐约也看出了第五对她尊重。是尊重，她想的是尊重不是爱，是喜欢不是爱，第五喜欢的人多了。不过她觉得第五宏途到底也还算个人！他有心弥补自己罪过，这比她想象的要好一些。起码目前他还没想着逃跑，她也不能让他跑，不仅不能让他跑，她还得趁热打铁，把他适时地利用起来。对他这种凡事只有三分钟热度的人就得趁热打铁，手脚一慢就得后悔不迭。等他的热乎劲儿一过，或者哪天被街上哪个美女一勾，他跑得比兔子都快，更别指望再给她柳豆留点地位了，也更别指望他尊重她帮衬她了。

她心里琢磨着再给他点好，再给他点甜，叫他干脆热到发烫。他这种不动脑筋的人发起烫来，啥也做得出，她就是使坏使赖，也要把戴缡那群坏人惩治。

第五怕她因为昨晚的事走掉，其实第五想错了，昨晚他的克制才让豆放心了。她昨晚躺在床上睡不着，仔细想第五这个人，他这种花花公子哥通常缺心眼，其实这种人好对付，但是一定要趁他有热情的时候对付，要趁热吃他。趁热乎时尽快把他啃干吃净。

想到啃干吃净这么恶狠狠的词汇她的恨就上来了，她现在能用这样的词形容自己的作为呢，听上去似乎很恶劣，可是真正做出来远比不了第五当初的阴损，他第五现在提都不提那些事了，说过去就过去了。以为给她这种小女孩花两钱，给她几句“豆儿、豆儿”就哄过去了。

那种脏、那种痛怎么能过去呢？他一个恶人糟蹋她就罢了，还让那么多恶人坑她……她心里噌地窜起一股愤怒。

他第五还当她是过去那个两眼摸黑、怯生生、颤巍巍的小姑娘呢！哼！她心里冷笑！咬了咬唇，抬头看第五，第五的侧脸乐陶陶地。看见第五乐，她更忿然，不平衡！没办法平衡！

那就怯吧，温温的、乖乖的。她就索性要怯下去、索性要乖下去了。传说土默川有一种狼，善眉善眼地吃人哩！她心里冷冷笑了，向第五瞥了一眼，然后轻轻地，将软软的小手插进第五的胳膊弯里。

第五愣了一下，转脸看她，可她没看第五，她正忽闪着亮晶晶的水眸子认真听沈非的叨叨叨呢，听得高兴了还笑得咯咯的。

第五又低头看自己胳膊，豆白白的右手和那缠着纱布的左手全在他胳膊上挂着；半个身子也在他胳膊上倾着；毛茸茸脑袋在他墨黑色的风衣袖上偎着；猫咪似的，怎么看都是亲热得一塌糊涂，怎么看都是小鸟依人。

哎哟，他乐的。一夜吃了五颗安定的他，一下子就真兴奋得没瞌睡了。

六

1

不知不觉一个星期已经过去，豆的左手可以复查了。复查没问题的话就可以脱离药品并且不用缠纱布了，跟宣传科请的病假也快到期了。复查这一天柳豆早早醒来，睁开眼时发现第五不在床上，浴室哗啦啦的水声传出来，第五比她还醒得早。

床头已经放好她的新内衣：乳罩背心长袖内衣，干干净净整整齐齐摞在床头，再一看，左手也已经换了新纱布，已经敷过晨间的药了。

嗳，真是，她一向以为自己睡觉虚浅呢！她盯着自己缠着白纱布的左手愣神了一阵，心里怪怪的，但她不领情，第五做什么她都没有打心眼里领过情！她揽了揽头发起床。

过一阵第五洗漱完出来了，他裹着白色的浴袍，倒有些白衣胜雪的味道。第五就一点好，就一点叫柳豆看得起：他爱干净。

“五哥！”豆一边翻枕头一边问：“你是不是动我枕头了？”她最近比往常更温柔，她不温柔的时候是不会唤他五哥的，她通常喊第五都是一个“哎”字，没名没号。

第五过来拉开床头抽屉，“你压在枕头下压扁了，我给你收起来了！”说着递上来一片卫生巾。柳豆脸一红，噌地抓过。

讨厌！来例假用的东西，第五动什么动……！她向卫生间去了，心里觉得第五周到得有些假眉三道了，他实在没必要凡事都干，太周到有时候叫人很咯应。

进了卫生间，洗澡水已经放好了，冒着氤氲的热气。她真服了第五，女朋友多，到叫他把伺候女孩子的本事练出来了！也过于周到了，凡事一过了头，就假了！

洗过澡，喊第五过来帮忙洗头发时，第五随意说："今天是个阴天。"

"不阴吧，不是有太阳吗？"

"一会儿肯定要阴！"

二人收拾停当出门，果真天阴了！

"你怎么知道天要阴，真阴了！"豆奇怪！

第五笑了，没说话。豆不知道，第五受过伤的那条腿一遇阴天就疼，就酸。

这时候豆的手机嘟嘟响了一声，她拿出来看，是冉豫北给她发来短信，让她复查完把情况告他一声。冉豫北自上周跟她联系过那次，再没给她打过电话，正如他让沈非捎话所言，冉豫北要她想好后找他，他似乎不来扰她了，今天的短信是因惦记她的手伤。

柳豆有些冷淡，目前精神状态好多了，但还是看谁都特假，假惺惺的。连自己都是假的——不动声色、温柔和气，明明心怀仇恨，却成天装得娇娇气气！

这个世界怎么了？！她摇摇头，回复冉豫北四个字：请勿打扰。

她是要他不必再打着关心的旗号来扰她，烦着呢。

冉豫北过了很久才发过信息来，三个字：我等你。

也奇怪，冉豫北自这一天与她联系过之后，两个多月再没给她打过电话没给她发过短信。

转眼春天过去，已到炎热五月，豆也早已开始上班了，公司没有条件住宿，她也没有再住回学校宿舍，第五不让她回宿舍，他的理由是她不能断药。她说不就是个药嘛，她拿着药自己回宿舍继续吃，第五脸衰了。第五越是这样，她越要扭捏一下，执意要回。对于第五，她总体顺着，但骨子里是逆着！隔两日就得给他来个或大或小的"纠结"，总归不让他安生！

结果她回宿舍住了两夜，第五在女生楼下站了两夜。第三天第五把车开来，码到女生楼下打定主意对付她时，她下楼了，要回宾馆。实在被蚊子叮苦了，腿上胳膊上，尤其脚板心上，叮得她忍无可忍。跟第五回宾馆当然不会是真因为怕宿舍的蚊子。

再次住到宾馆后，药又从上海邮回来了，她按顿数一顿不差地吃。她明明知道那药是精神类药物，但还是很配合地服用，她是想着好呢，她惜命惜生活的。

人啊，总还是好好的、里里外外精精神神的才对得起自己，她不反对利用药物来让自己平静，总得活啊。她是怕那个噩梦，好多时候她还奇怪为什么第五睡在身边就不做那个梦了？她现在已经解开了，她知道，其实第五不是救命草，真正管用的是他买给她的药。虽然她不愿承认自己真的有病，她只是认为那些药起镇静与抑制作用，是让她镇静了，而绝非她自己本身有病。她没病，她只是输了胆子，胆子被一场噩梦吓丢了，她认识到了自己的渺小，渺小到见到啥都敢依靠上去，即使是第五这样的恶人，她居然也与他同床而眠。

第五也不再遮遮掩掩，向欧大夫咨询药剂的轻重也不刻意避开她。在他心里，豆可真乖，她心眼儿多却不重，他以为她配合吃药也就是想努力地忘掉那种梦，努力地原谅。原谅他，原谅别人。事实上他想错了，豆的手好了，但心上的毛病又回来了，虽然药物抑制了她频繁做噩梦，但那个不洁的场景始终困扰着她，她不能接受自己有过被人轮流糟蹋过的经历，这样的经历会跟她一辈子的。她带着这份肮脏怎么去面对今后的生活今后的人？她从没放弃过对今后的想法：结婚生子照顾自己贫穷的家人！谈不谈感情另一说，没感情她也要结婚！她要有自己的宝宝，总之她就是永远有憧憬。她曾经也叹服自己的顽劣，伤心伤肺伤身伤了个遍，还今后今后的想个没完。跟那些真正娇气的人比起来，表面上娇娇嫩嫩的自己，内心里其实可真是个野人！

她胆子大了，心里变得泼皮了，唯一怕的，就是那份脏！那份脏叫她怎么面对今后的那个“人”？这是她的一块大心病！谁能接受那份肮脏呢？冉豫北端端地渴盼着她的身体，可叫他真正娶她，他可不干。想到冉豫北，她也忽然想到冉豫北的消失。岂止是两个月，很久了，没见他人，也没电话。他早把她放一边了。像过去那一次把她弃之如敝屣了！

想到这，她的心却升起一丝酸涩，不知为什么。她望着窗外的雨丝，这是一个下雨的周末，已经连下三天雨，天似乎还没有要停的意思。房间里响起的电话声打断了她的思绪，看到来电显示宿舍号码时，她就大概明白是什么事了，沈菲上午已经给她通过气，说公寓管理员发现翁燕长期留宿，昨晚把她的行李没收了，她左央右央要不出来，据说管理员一定要207舍员全部到位，确认没有失物才放她走。

此时豆拿起电话接通，电话那头却是翁燕，翁燕尖利呜哇的声音传过来，豆猛地一阵心紧，想到了家人！这种呜哇不清弱智人群的声音从小她就听惯了，所以翁燕第一次去她们宿舍时，别人听她的话费力，唯独豆一听就懂，几乎成了翁燕的翻译。

她有些想家了！

她懵懂着，听电话里的吱吱哇哇，眼前是姐姐弟弟的脸孔。

翁燕这时或许过于着急，说话竟略略清晰了些，不像平日的傻气重了。她求豆帮帮她，只要到校说一声没有失物就是帮她了，她身无分文，今晚还没有睡觉的地方，她得赶快取出行李去找落脚的地方。翁燕拉着哭腔说即使现在出去也未必能在天黑前找到落脚处，实在拖不得。

豆好生安抚翁燕，有如跟自己的姐弟说话，翁燕呜哇不清的声音实在太像自己的姐弟了。她跟翁燕说马上就到，挂了电话，匆匆到衣帽间换衣服。

第五跟林凡去跆拳道馆了，当然他是说要去跆拳道馆，当真去了哪里，她不知道！

她穿戴起来出门，匆匆进了电梯后才发现自己忘带钱包，她现在也是常常犯糊涂，丢三落四！可不是糊涂，返回房间找钱包，不在背包里，不在床头柜上，四处翻，半天没翻出来。这于她不稀奇，有一次钱包找不见，过了一周才从阳台墙壁与写字台的夹缝遇见。

没辙，时间紧，她去衣帽间掏第五的衣兜，期望有个三五十块。

可是倒巧，一掏便掏出一只钱夹，就他平时用的那只黑色夹子，打开一看，有钱！

第五比她还糊涂！她有点失笑了，要是个小偷，今儿可得手了！据说是雪山历险之后第五父就解除了对他的经济制裁，现如今第五花钱基本不挡手。她匆匆下楼，坐到出租车上翻开那只黑色的皮夹。真是财神爷啊！看到里边厚厚的票子豆禁不住感叹了！她是从来包包里不超过三块快钱的，第五呢？钱包里现金厚厚一沓，各种金卡码得密密匝匝。

不由叹人分三六九！第五可真是天生就从金窝银窝养出来的人。

好的生活却没养出好的心肺！过去他因为一万块钱就把她逼上了床。连堕胎那种事他都舍不得多带一块钱。她现在想着把他啃干吃净呢，其实第五那时候才是想着把她这毛丫头片子啃干吃净的。她每次从他的床上下来都觉得自己轻飘飘没了分量，每次都是榨干榨净后才把她扔下床。

现在他算是害惨了她一回，他有了点人性，想着赎罪！但他显然不诚心，只想着拿一点点小哄小骗往过去敷衍她！前些时她让他约戴缡，他还是照旧推脱，她已经因为这事跟他冷战好多次，上周他被逼急了，勉强给戴缡挂了个电话，这个电话挂得更没戏了，原来他们山林遇险那些天，戴缡等人也困在了雪山，但因为他们离房车近，房车有卫星定位系统，所以他们及早获救了。虽然受了点伤，但无大碍！尽管如此也把家里人吓坏了，电话上戴缡跟第五说暂时出不来了，被家里软禁了。戴缡说受伤出院后联系第五联系不上，想问问柳豆怎样了，还说等家人放他出去后他一定会补偿她的。

这个补偿可说得不得了，豆更加确信戴缡对她干过那种事了。那一晚她扑在枕上哀哀大哭，呜咽一夜，第五笨口笨舌地解释，指天对地地发誓。直折腾得一夜没安宁！

她更恨那群坏人了！她更恨第五了！

2

到了学校，翁燕已站在公寓门厅的台阶上张望。她那智障者的呆滞眼神，让豆的心狠狠疼了一下。又想起姐姐弟弟，多久没回过家了？最近一定要回趟家。

翁燕看见豆，立时像见了救命稻草，她踉跄跑下台阶，迎进雨里，在翁燕看来，207 宿舍中，属豆最温和。她抓住豆的胳膊说管理员允许她走了，但行李不能拿走，人没到齐，思思还没回来。

豆给思思打电话，思思关机，没办法只好陪翁燕再去求管理员。

她帮着翁燕说话，管理员爱理不理，她们俩灰沓沓地出来了，立在门厅的台阶上叹气。

雨小一些了，但天气很潮。柳豆伸手接了下雨丝，凉丝丝的，叫人心凉。校园的广播正在放一首感伤的外语歌曲，忧郁的歌声夹在忧郁的雨丝中，仿佛这歌不是从广播里发出，是沿着丝丝缕缕的雨线从天而来，与雨纠缠在一起向人间渗落，渗得到处都是，渗进人的心里。翁燕说没办法了明天再来取行李吧，说大东门开旅馆的女人给她介绍了一个老头子，天黑前她得过去。豆吃惊，“介绍了一个老头子？”

翁燕点点头道：“今天有住的地儿了！”

“介绍老头子做什么？”柳豆大概猜到了，但还是懵懂地问出了口。

“他今晚要‘用’我。”翁燕说这种话从来不害羞，从来都把揽到的生意当喜事。豆涨红了眼说不上话，惊死了！

“老头子好伺候。”翁燕巴眨着呆滞的大眼，像是在说一双袜子或者一件极平常的小事。

豆直觉得胃口恶心，“你……”她几乎跟翁燕发急，“这太荒唐了！”

“我……反正没睡觉的地方，好容易他肯用我！说好能给两百块的。”

老天爷啊！柳豆大大张了嘴！

翁燕看她一眼，挪脚要走，豆一把抓住她袖子，“我帮你想想办法，把今儿晚上对付过去，明天你赶快回老家吧！”她的声音颤了。

“不，没钱回家我爹打我。”

豆听靳思思说过，靳思思也对翁燕起过好心，想着帮她几百块钱让她回老家，可家中老爹怕她的智障坏了家里人，怕影响两个脑筋正常的弟弟娶媳妇，根本不愿她回家，故意往远处撵她。

想到这些豆懵了，帮她一时帮不了她一世啊！

翁燕看出豆的为难，用她呜哇不清的声音说她得去那个老头子那里，不去不行。

豆糟心死了，简直无话可说。此时手机叮铃响了，除了第五没别人，她心情不好不去接，任凭它频频响着，她盯着台阶外的雨丝不动。第五也习惯柳豆接电话的速度，不打个三五回是不会接的。过一阵她接起电话，第五说他跟朋友要到凯悦吃饭，问她在不在家，接她一起去。

电话那边男的女的嘻哗一片，人多得很，热闹得很。豆望着院子里针脚一般细密的雨丝，说不用接她，说现在有点事，完事她自己打车过去。第五嘱她出来时带上伞，她没应声，握着手机的手却毫无知觉地缓缓下垂，第五在电话里“喂、喂”地叫着，她却什么也听不见了，手兀自下垂、下垂——远处，走来一个男人。

墨色雨伞！衣冠楚楚，在细雨中凝望着她，踩着雨丝向她走来！空气里的外语歌缓慢忧伤，那个男人的脚步缓慢忧伤。身边的翁燕倒吸了一口气，豆也禁不住滞住了气，这个男人，用什么来形容他摄人的气质？没法形容！

这个男人，她从来没见过这么这么深沉的男人，这么风度的男人，像希腊雕塑，或者像某个经典电影中深情款款的镜头！

噢不，她见过，冉豫北！冉豫北有这么不凡。她心中一怔！那个人已走近。他站到了她面前：“豆，我想跟你谈谈！”

冉豫北！

他什么时候这么老了，老得她根本不能相信！更不能相信的是，竟有人能越老越英俊。他什么时候长得比过去更英俊了。英俊到她觉得根本不认识他。

她十五岁就在他怀里撒娇，她十五岁就把他调教得目不斜视，她今天怎么不认得他了？她唯一撒过娇使过气的人，她不认得他了！

空气中的歌声依然忧郁回荡，豆呆呆凝视面前人的眼……

这个叫做冉豫北的男人，周身沧桑，这沧桑给他添了一层成熟苍然。他有多沧桑呢？好像肩上驮着一层风霜，他负重而来！第六感告诉她，冉豫北的身边出了什么事了，不会错。

她的两只黑眼睛里，渐渐蒙上厚厚的雾，她呆呆看着冉豫北，她的内心如此时空气中的歌声一样忧伤，是的，忧伤，不知道为什么，不知道为什么……这忧伤？

她缓缓低下了头。

她手心潮湿，心也在这个雨天潮湿了，这颗心它软了，动了恻隐。她不要再吃那个药了，今晚就不要再吃它了，那精神病的药把她变得爱心软，把她变得，变得……？究竟变得怎么样了，她不知道。忧伤的歌仍旧弥漫在空气中，弥漫在这个雨天里，她的眼泪蠕蠕涌上眼眶……

记不得他离开多久了，可他又来了，她宁愿相信他是和第五一样，觊觎着她的身体。

他又说："豆，我想跟你谈谈！"

她钝钝无言，眼睛里的水雾一层层更重了，在模糊一片中，她却看见他的决绝，她看见她受罪的时候他不在身边。即使因为智障家人分手了，朋友也是可以做的，可他不，他决绝到连看都不要看她一眼。他是假的，从始至终都是假的！

恨！在分指手术前，她是怀着怎样惊恐的心情上麻醉床的，她身边没有一个亲人，陪她的，是一个时刻都有可能脱身走人的仇人第五宏途，她睡在麻醉床上，大脑在清醒与迷蒙中一直幻化着一种噌噌噌的声音，是手术刀在裁剪着自己左手的声音，噌噌噌，像裁剪一块烂布片。父母给她的齐齐整整白白净净的躯体，没有一处不是美好光溜的，她的小手白皙好看，是宿舍里最好看最柔软的手。可那一刻，它就是一块烂布片啊！噌噌噌，钻心的声音！

这声音此时再次响起，陡地勾起一股恨，恨冉豫北，恨第五宏途！他们，凭什么改写她的人生，凭什么把她恣意糟践！

她十八九岁的身体，撕心裂肺血肉模糊地疼！疼就白白疼了吗？！他们轻易就被原谅了，轻易就解脱了吗？！

凭什么？她内心愤怒地一声嘶鸣！

没有他，她不会来到这座城市，不会遇到第五，不会被人糟蹋！狭隘，是的，她知道自己此时的心态近乎狭隘，但是哪个人对她大度过！

土默川有一种狼，善眉善眼它吃人哩。这句话浮上脑际时，她的恨便隐藏在了看不见的心里。她缓缓抬头，递给面前人一双无比温驯的眼睛：“你住哪里，晚上八点我过去。”连她自己都爱上了自己温婉的声音。

冉豫北看她，眼睛清澈，如他十九岁时的清澈，他报上地址。

她点头，牵起翁燕的手走开。走开几步她回头，冉豫北伫立原地，他的人高大而忧郁，那高大的体魄不知背过她多少遍，她总是喜欢在无人的地方攀到他宽阔温暖的背上去，他背起她，走几步，冲她屁股拧一把，怪她坏毛病，总是宠溺地说：这么大姑娘，猴子一样叫人背，成什么体统、成什么体统……

不，全是假的。她狠心转回头。

细雨纷纷，校园广播开始播放另一首更加忧伤的歌曲，那个韩国小眼睛男人，那个笑起来温暖迷人却总是唱这么忧伤歌的男人，又是忧伤！广播室的导播也一定是个忧伤的家伙！豆抽抽鼻子，抬起头坚定地向前走，渐行渐远……

晚上八点，凯悦饭店。

第五一个劲地拨豆的手机和宾馆房间电话，不接，始终不接！他从七点等到现在，豆是人没到，电话也不接。豆不到他不许别人开饭，一桌八九个人干坐着。林凡新处的女朋友齐小雨不时瞟眼看第五，齐小雨本是林凡为第五物色的，可第五现如今对女孩子们不大上心了，他便据为己有了，本是也没多少正经心思，闹着玩的，谁曾想，这齐小雨是个“人精”，一来二回，他林凡反倒把自己给玩进去了。林凡把齐小雨心里爱着，眼里看着。但齐小雨对他却是一味地敷衍。人多她还肯出来聚聚，光林凡一个人约她，她理都懒得理。

这阵子齐小雨眼睛迭迭地瞟向第五，心细的人就看出点名堂了。但是再看第五，他却是个木知木觉，他正抱着电话站起打完坐下打，坐下打完，站起打。丝毫不通旁边的美人心曲。

“五哥，咱开饭吧，咱开了饭，没准儿豆就来了。”林凡委婉抗议了。

第五正焦躁地扯出一根烟抽上，他不是怕豆不来，他是怕她出什么事，这大雨天的。好歹接个电话他也就放心了，可她人没影电话也不接。不行，他坐不住了，再一看桌面上那么多女孩，总叫人家等着开饭也不叫回事。他起身穿外衣，道：“你们吃吧，电话打不通，家里也不在，我找找去……”

“那么大的人能丢了还怎的？”林凡说话间第五已经出去了。

上了车的第五首先打开车载收音机，调到交通台，边走边听有没有交通事故的报道。一边不误继续拨电话。他现在真是毛病多，动不动就心焦！

3

冉豫北立在窗户前，望着窗外雨雾笼罩下的迷蒙霓虹缓缓抽烟，房间的门开着，他在等待豆。他今天看到了豆的左手，不再是如鸭掌般粘连，他放下心来。他是下了很大决心才把目光扫到她那只手上去的，他不敢去看那只手，如同不敢去看父亲的那只手，他最亲最爱的两个人的手。

窗外的雨淅沥不止，雨夜中的城市，让人无限孤独，十六岁的那场记忆伴随着淅沥的夜雨，从霓虹盏盏的雨帘中向他走来……

他记忆中的十六岁只有过一个傍晚，十六岁所有的傍晚都被那个傍晚淹没了。那个下雨的傍晚，他撑着雨伞叉着山地车，攀在重点高中的铁栅门上，明天就是高中的报道日了，他兴奋不已。

他没让父亲写条子，自己凭本事考，成绩远远超出了这所中学的达线分数。他攀着铁栅门遥望矗立雨中的教学楼，遥望淋着雨的柳树行行，恨不得立刻就进去报道。可他万万没想到，他还不及报到，就休学了。噩梦就发生在他攀在校门上憧憬明天的那一刻。黑暗是瞬间降落的，他的脑袋忽然被袭，整个人从铁门摔了下去。

当他再看到明亮时，他看见了自己的父亲。父亲被人反剪着手臂，臂膀反抗着激动怒吼：“你们要干什么？放开我孩子！”他方才发现自己被人捆着手脚，侧卧在一张大床上，房间里的人很多，但个个面目狰狞。

“闭嘴！”有人大喝一声，那人面向父亲而脊背对着他，他看不到这个人的脸，“父债子还！我他妈要你们还！要你们还！”声音撕扯激动。

“我还活着，所有事情我来承担，不许伤害我的孩子。”

“你承担？”那个人绕身转了一圈，忽然声如炸雷，“不够！你他妈不够！”

绑在床上的他终于看到那个人的脸，歇斯底里的一张脸，歇斯底里的声音："不够！老子把你们三个人全灭了才够！"

他惊恐，忽然看到父亲脚下瘫坐着一个女人，头发披散，泪水涟涟。

"臭婊子，你说！你们这对狗男女谁先勾搭谁？你给老子交代清楚！"那个歇斯底里的人擒住地上女人的头发。

"他，他，是他……"女人抖着手求饶，丑陋不堪。

"贱货！"那人暴跳如雷，"他勾搭你你就跟他睡？""啪"的一巴掌打到女人脸上。

"啊——"地上的女人双手哆嗦，"钱、钱……"

"钱，钱，当初你他妈裤衩都是老子洗的，你他妈转脸跟钱睡觉去了。"

"唰"的一声，疯狂的男人抽出一只匕首："老子今儿叫你再说钱。"

"放开她！"父亲大吼，"所有事我来承担，放了他们！"

"承担？"另一个人慢条斯里地说话了，"放心，不出一个星期，纪委就会找你谈话，这娘们儿全给你认下了。"

慢条斯理的男人说罢转脸，对操着匕首的男人道："操刀做什么？你想陪这两奸夫淫妇坐牢？"

持刀的人顿住手了，嘣地扔开匕首，甩开女人头发，食指直指父亲："狗官，有人会收拾你，我犯不着陪你坐牢，但我今儿要叫你把记性长牢！"

那人一甩头，父亲身上扑上去三个彪形大汉，将怒吼反抗的父亲牢牢摁住，拉出胳膊，把父亲的一只手压制在台几上。

他尖叫起来："放开我爸爸，放开我爸爸。"他的手被紧紧捆着，他翻滚着摔在地上。

"别急——"那个慢条斯理的人又说话了，上来松开他的手脚，但紧接着有三四个人的手，铁爪一般摁上来。他被推到父亲的台几前，一把菜刀伸上来。

"啊——"他尖利地叫起来，一双如铁的大手掰开他的手，迫使他捉住菜刀，另一双铁手上来，牢牢握着他捉菜刀的手，在他惊恐尖叫之时，他的胳膊上升又落下。

嚓——那沉重冰凉的菜刀砍到台几上，

他的尖叫吃进了肚子里，耳朵瞬间失聪了，周围静音，天地无声，父亲轰然倒地。活尸一样的他被摁在地上，一张狰狞狂笑的脸拉过父亲的手突兀伸到他脸前。

缺了无名指与小指的手如一把手枪，血淋淋伸向他，他亲手剁下了父亲的手指……

伫立窗前的冉豫北骤然按住心口，痛！他听到心房碎裂的“汴汴”声。紧接着又一只手冲进脑海，他的豆，他乖巧体贴的豆，十五岁跟着他走出家门的豆，她布满粉嫩伤疤的、有如连指鸭掌般的整片儿残手……豆的手不是他亲手弄残的，却甚似他亲手弄残。不是他的一意孤行，豆不会走进这座城市，不是他的绝情绝义，豆不会走上第五的贼路……

他死死按着心口，一刻不能放，仿佛一放开，整个人就会全然坍塌，他死死地按住！

人人以为有钱就强悍，可谁能知道有钱之人也有虚弱到无力呼吸的时候！许久，他的额间渗出冷汗，身体渐渐疲软，他挪不动脚，苦苦地立于窗前。

这段时间他一直在北京，父亲的病到了晚期，昨天大夫已经通知准备后事。他知道回天无力了，他安置好父亲的事今天来找豆，他要带豆回家，这几个月来，他时刻等待着豆的电话，从白天到深夜手机总在手心里握着，可他没有等到。他不能再等，他不能再让豆执迷不悟，不能再让另一个男人伤害他的豆，更不能让豆受纨绔公子的玩弄。而且，他急需见他的豆，这个时候他需要豆的声音，需要豆的轻言细语，像过去一样，静静地陪他一阵。豆是他的亲人，是他无话不谈的亲人，软弱的时候，豆是他唯一的归宿。

豆八点会来，虽然他知道现在八点已经过去了，但豆会来的，她只是迟到一会儿，豆从来不对他食言，她是爱他的。

他紧痛的心口在一点一点溶缓，身后出现了陌生的气息。宾馆的走廊与房间全部铺地毯，不闻人的脚步声。但是当人来了，他依然第一时间感觉到了，可是这种气息？

这种气息绝不是他的豆。冉豫北回头。

门口立着一个人。

“你好，”来人怯怯的，“我叫翁燕！”

冉豫北诧异转身，门口这个人：口齿不清，目光散乱。

“有事吗？”

“她让我来陪你。”翁燕努力把字咬真，回头把门关上。没有再去看窗前静止如蜡的冉豫北，她站在原地挽起裙摆，只一秒，裙子离身，上身没戴胸罩，硕大的乳房跳出来，她把脱下来的裙子用手团了团抓在手上，怯怯抬头，白花花的身体只穿一只巴掌的大裤头……

4

柳豆抱膝坐在她和第五的大床上，深深闭着眼，她后悔了，自从翁燕从她的屋里出去后她就开始一刻比一刻悔了。

夜色降临，窗外淅沥的雨声让她想起了冉豫北曾为她讲过的那个雨夜，她仿佛看到那个十六岁的少年，他亲手举着菜刀在别人的钳制下剁掉父亲的手指；她看到面色狰狞的人将鲜血淋淋的手伸向十六岁少年的眼睛。十六岁，那是可塑性多么强的年龄？他亲手剁下自己生身父亲的手指。这样的经历让他如何拒绝父亲的任何要求，何况又是那么正常的要求，仅仅希望他娶一个有正常基因的妻子的要求……

哦……豆哀哀地呻吟一声。颤抖着双肩将自己抱得紧紧，眼泪流下来，错了，我错了！得饶人处且饶人，我错了！

忽然，房间的灯亮了！

“不——”豆凄厉地叫一声，灯猝地灭了，像是连灯都害怕豆生气。

“豆！”第五从黑暗中慢慢走来，“怎么了？”他走到床前，借着一点点微弱的夜光看到豆抱膝蜷缩在床角，嘤嘤哭泣。

他上去抱住豆，吻她的发顶：“不哭了豆，不哭了，戴缡出来后五哥给你教训他个兔崽子，不哭了，啊，过些天咱们去北京，你不是想报北大的考研班？五哥给你报！啊，不哭了！豆，不哭了……”第五的风衣上有雨水，有外面寒冷的气息，豆的脸贴在他的外套上，冰冰的，凉凉的，这不是那个人的气息。她紧紧抓住第五的衣服，哀哀哭起来。

第五抚摸着她一抽一抽的小肩膀耐心安慰，“不哭了，你昨天不是说想回家？五哥腿利索了，明天就开车跟你回去。啊，不哭了，豆豆不哭了！”

窗外的雨声淅淅沥沥，在黑暗里抱着她的第五一点不能给她慰藉，一点不像过去那个怀抱那般温暖，她的心冷冷清清、像窗外黑蒙蒙的雨夜一样冷清。她孤独，她除了为那幕肮脏的遭遇焚心外，孤独还在蚕食她的精神！无边无际的孤独！

她常常孤独地望窗，一望就是几个小时，因为天上的云比屋中的第五亲切，因为空中的鸟比第五温暖。

温暖，她曾经很穷很穷的时候她却很温暖。冉豫北体贴的声音叫她温暖，冉豫北殷切的批评叫她温暖，还有他的怀抱。他的怀抱那么真诚那么温暖！

从老家第一次来学校报道时，冉豫北还没有真正富起来，而且他们新鲜着第一次到学校的感觉，像所有学生一样，他们坐火车而来，人那么多，她在豫北怀里睡着，见她腿脚不舒服，豫北站起来立着，把她安置在两个人的座位上让她睡得舒展些。他一夜不睡，就那样站着，不时地拿衣服给她搭腿搭胳膊，怕她着凉。

后来他做事了，他很忙，几乎已经脱离学校，他们见面少了，但只要她稍稍有个头疼感冒他一定到校。他还惧她怕她，男生宿舍的人说，冉豫北瞅一眼别的美女得提心吊胆一个星期，冉豫北到阶梯教室上课吓死也不敢挨着女孩坐。

这是真的，她知道，他怕她起心伤心。她那时确实爱多心，他太帅了，有时候她在宿舍楼的玻璃上就看到他的后背被女生痴痴地盯着，她颇不讲理地成天跟他吃着莫须有的飞醋。因为她的醋性，他甚至有意识地拒绝过安玉的帮忙，起初他的传媒公司是不敢用安玉帮忙配音的。乃至安玉找她柳豆来，她现在还记得安玉怎么揶揄她，安玉说你们俩怎么不跟人打交道啊，关起门吃关起门拉，人总得有朋友吧！咱们学校总共才几个老乡啊？一起照应照应还惹着嫌了！

她被安玉这一窘可就脸红了，心想自己也就是多心，就是小家子气，末了安玉再往冉豫北公司钻，她也就睁眼闭眼不管了。可冉豫北他总为这事提着小心，她有时候跟他使性子，纯粹就是想看他紧张着急的样子。想看他为她紧张为她着急的样子！

他在乎着呢！这一点她心里比谁都明白！

可是，自己今天做得有些过分了，太刁了……

这天夜里因为豆难过，第五睡得晚，第二天早上睁开眼时，豆已经醒来，不过没起床，手里握着手机侧卧在被子里。他上去抱住她，豆下意识地要甩开他，然而终究没动。她提醒自己：自己温柔着呢。

她不去管第五紧紧盘着她的大胳膊，她一动不动地盯着自己的手机屏幕。如果冉豫北打来电话，她会说对不起，昨天的行为实在太龌龊，她后悔了，她要对他说对不起。当然只限于她昨天的行为，她并不想着他们重归于好，他们不能在一起，虽然他的怀抱很温暖，但他成不了她的丈夫。做别人的情妇，那是不可能的。

虽然年龄不大，但她的特殊经历让她过分早熟了，她觉得自己仿佛已经过了为爱盲目的年纪，她需要理性。亲人不能给她的人生做出一点点指导或参考，她必须自己为自己做好主。

这一日她没有等到冉豫北的电话，她的“对不起”卡在了嗓子眼儿里！他一定是冷心了，她满心落寞地想！一上午做什么都做不到心思上。

知道豆心情不好，第五这天也没出去，上午洗衣裳，下午练太极，人都是惯性，因为习惯洗衣服了，即使豆手好了，他也想不起指望豆洗，而豆也仿佛永远忘了洗衣服这项技能。

当然他们也没多少衣服要洗，外面的衣服服务员拿走干洗了，睡衣内衣贴身穿的衣服豆不愿拿出去洗，只得第五动手，他的手大剌剌的，有时候手上搓着那小衣服小袜子，心里还失笑：妈妈奶奶肯定不知道他还干得来这活计。

两个人叽叽咕咕地把白天过去了。夜里十点多房间电话响了，第五在浴室冲澡，豆去接电话，她知道不是林凡就是别的男生，第五在家还是习惯关手机，别人不是打到房间电话上就是打到她手机上找第五。

果然是林凡，不过她接得有些慢了，第五已在浴室接起。里外串着的线路里听到他们说明天去华清池，说什么齐小雨和马莎莎闹着要去的，这些人撩猫逗狗不知道又在瞄哪个女孩，豆懒得再听，挂了。

第五从浴室出来后，见豆在被窝躺着，怕她已经睡着，他轻轻钻进被子里，

“你怎么在家总不开机？”背对他卧着的豆忽然一声。

“哎，你没睡着？”第五欠起身来看她，“我开着呀，天天开着！”他就是背着牛头不认账，也无非就是怕外面相好的女孩打进电话不好当她的面应付，有什么可瞒的，再说自己又不是他老婆，管得了那么宽！

豆不耐烦：“你以后把手机开了，林凡动不动就打我手机上了，怪烦人。”

第五敷衍说好好好，脸一个劲往豆脸上贴。豆知道他的骚劲儿，恶心得很。

但她不让自己刁眉刁眼，她要善眉善眼，土默川的狼，它善眉善眼吃人哩。尤其第五这种人，他贱相，你善眉善眼才能吃上他。

“哎呀五哥，你压着我胳膊了。”豆娇娇地揉了揉自己胳膊。她撩眼看第五，他又两眼射光呢，豆实在要呕了，想起每天晚上他的那个德行，他以为她不知道呢！每天晚上她睡着以后他就不干好事，她早就知道了，只是不戳破他而已。

她今儿晚上心事沉毫无睡意，一时半会儿睡不着。第五的骚相叫她想起当初，当初他放了迷药把她拖上了床，他把她当牲口使呢！牲口也知道痛痒呢，他不管，他不管她疼不疼，简直当慰安妇使！

豆往一边撇了撇头，道：“五哥，我这两天夜梦好多！”

第五看见壁灯影子下的豆，她那水溶溶的黑眼睛贼了一下。不过他才不管什么贼不贼，他是叫她的黑眼睛搞得下边的老二又不好控制了。他赶紧移开眼好生躺着，只等着豆快快睡熟！

“嗯，我知道，你老磨牙呢！怎么就又多梦了？上个月好一些！”他们俩仰

面躺着，有一句没一句地说。

第五又说：“还总伸胳膊蹬腿呢！”

“唉——”豆叹口气，“不说了，睡，瞌睡死了！”

“嗯嗯，赶快睡吧！”第五伸手把昏昏的壁灯摁灭。

豆侧过身去，冷笑。

过了半个小时第五听到豆磨牙了，再过几分钟豆的胳膊颤了颤。

豆睡熟了！第五大喜！

他摸摸索索搂过去，真香，香死了，豆的小身体仿佛有奶似的，一股奶香，亲死了，他沿着她的发顶、脖窝、肩膀头子往下亲，亲死了！两只手不敢过于造次，只沿着她肉乎乎紧乎乎的胳膊腿摸来摸去，沿着她圆滚滚的小屁股摸来摸去……

假寐的豆痒死了咯应死了！平时睡梦中朦胧感觉到他亲来摸去不觉得什么，瞌睡得紧，尽管叫他瞎摸瞎亲去了。可这阵痒死了，她忍不住要拿手打开他的手和嘴了，可终究忍住了，只等他最后那一下子。

就等他那最后一下子！

过一阵第五的嘴继续在豆脖窝肩膀头上亲着，大手可就从豆腿上胳膊上渐渐挪开了，第五的大手挪到了他自己的身上，准确地说是挪到了他自己的身下、下身！

再过一时豆感觉到第五微微律动的身体，她开始夸张地磨牙，呻吟，紧接着伸胳膊、伸腿，用小腿准确地找到第五的手，和他手里握着的那个坏东西。然后准备好——鼓劲、伸胳膊、一二三：蹬腿！

“啊——”黑夜里一声惨叫！

豆让第五的惨叫吓了一跳，她知道他要受疼、他要叫，但没想到叫的这么惨。而且叫过之后没声儿了，一点声儿也没了，人也一动不动。

豆怕了，她也僵在床上一动不动了！

她是有点怕！但她不敢吱声，想继续装睡装没知觉。可是第五他好半天好半天仍然没声儿仍然一动不动，豆可真怕了！她怀疑他断气儿了，想到断气，她吸了一口冷气。她装不住了，惶惶转过身来，爬起来要去开壁灯。

“别开灯……”黑暗里第五垂死破碎的声音，“豆别开灯……”

“你，你怎么了？”豆伸到灯钮上的手顿住了。

第五终于有了气息，弱弱地喘息着。

“怎，怎么了五哥你……”豆俯过去看他。

她的头伸过去，蜷缩着的第五费力地腾出一只胳膊抱住她的脑袋，胳膊在抖、抖、抖，豆的脑袋让给抖麻了！老半天听见第五说出一句话来：“豆……你废了……我武功了！”虽然话说得费力，但能说这么长的话叫豆没那么紧张了，他没咽气。

“你没事吧？”不宽慰几句说不过去。

第五疼得说不出话，只是抖、只是颤……

豆继续装。装听不懂什么武功不武功，“五哥你抖什么呢？睡吧，我都一觉醒来了，睡吧五哥，放开我脖子。”她从第五胳膊里钻出来。

没事，他死不了，时候不早了，她真的瞌睡了，长长打了一个小哈欠，困过去了。

第二天第五起不了床了，身子不蜷着了，但仰面躺在那里面如死灰，眼睛虚虚地闭着，隔一阵出一身的冷汗。看他的样子他是一时起不来，柳豆没打算陪着他，她知道他没事，只是受点疼，没什么大不了的，今天是周一，有外教老师的国际贸易讲座，宣传科要负责接待工作，她得赶早到校！洗漱罢吃罢早饭，拿起背包要走，房间电话响了。

电话接通，是林凡的。

“他病了，不去了！”一听到林凡的声音，柳豆就来了这么一句，她瞟了眼床上灰沓沓惨兮兮的第五，他那样儿还去什么华清池呢？

“病了？”林凡不相信似的，“他那金刚不败之身，能有什么病？昨天还好好的，是不是你不让他走？”

听到林凡跟前有女生在笑，柳豆说：“我把线拉过去你跟他说吧，我要迟到了。”

她把电话挪到第五那边，把话筒给他，第五闭着眼，奄奄一息地摇了摇头，他实在没精神说话。

她不管了，挂了电话！返身回来推了推第五：“五哥你咋难受呢，要不要去看看？”

第五额上渗着细汗，没说话没摇头，颤了颤嘴唇，他觉得恐怕真得去看看。可柳豆没下文了，她说：“我走了，要迟到了，需要去医院的话你给我打电话吧！”

也就是个客套话！

第五快哭了！

但他连睁眼的劲儿也没有！豆在他胳膊上假惺惺摸了一把，走了！

柳豆打车到了学校，在办公室刚坐下，第五的电话就来了：“豆你给我……送俩钱，我连……打车钱也没，钱夹……丢了。”他的声音弱而碎。

柳豆方才想起前天她拿了第五的钱夹，这阵子还在自己背包呢！

真是糊涂！

“你不开车吗，干嘛打车？”

“开……不了了……我……我去医院。”第五说话费劲，尽量往短说。一句话，支离破碎地说出来，把豆听得头疼费劲，感觉像在听一个将死之人的临终遗言！

无奈，她只好拿起包包出去。回到宾馆后，第五正在床上倒吸冷气，他已经穿起外出衣服，奄奄地瘫在床上，那样子分外吓人。

柳豆惊了一下，条件反射地看了眼表，已经九点，第五还疼成这样，会不会真给踢坏了？其实她昨晚也就是脑袋一热，忽然起念的，至多让他第五受点疼罢了，但若是真把他踢坏了，她没那个胆！

她不敢，此时才看清了自己的心，原来，每天存在心里的那种要把坏人千刀万剐的念头，仅仅是个泄愤的心情，真正行动起来却压根不敢……

她放下背包匆匆走过去道：“你怎么了？”虽然心里着急，但她不能不装糊涂。听到她的声音，第五方才知觉她回来，把刚才的那种萎靡软弱掩饰了一下，挣扎精神起床。起来后却坐在床沿动不了。

柳豆弯腰看他：“怎么了？”她并非发问，而是提醒他挣一挣精神起身吧。第五是疼惨了，挣了挣精神还是站不起身，不仅仅身体站不起来，他的心也不喜欢身体站起来！他不想豆看见他的丑相！他变了主意，继续倒身睡了下去，闭着眼咽了咽喉结，艰难地说："豆……你上课去吧……中午在……食堂吃些……"

"你不是要去医院？"

"不用去了，现在……觉……得好些了……我睡……你去……"第五的声音细微得像虫鸣。

柳豆巴眨眼没法说话，她明白第五的心思，第五怕难看，这种心态她第一时刻就猜到了，既是这样，她不如先走吧。

她拿起背包看一眼第五的下身，那儿倒也没什么异常，"那你睡着，我走了。"

第五虚虚地"嗳"了一声。

去学校的路上她一直在心跳，她真的没见过第五那么虚弱过，也从没见过他脸色那么惨白过。昨晚那一脚是不是太没深浅了？他疼成那样，会不会把那个地方给坏掉了？想到这，她怕了，第五是他们家的独生儿子，她若把他给踢坏了，他那神秘的家人可不得把她的皮扒了？

她越想越怕，急急叫住出租车师傅，让掉头原路返回。到了宾馆匆匆上楼回到房间后，房间已经没有了第五。她取出手机给第五拨过去，第五破天荒地接得缓慢，等第二次拨过去后才接通。

"你到哪个医院了？要不要我过去？"柳豆着急地说。

他说不用，声音很低，似乎身边有人，他说了句："完了再说……"就收了线。

柳豆心神恍惚地走到窗前，想第五不会有事吧？她到底是孩子，胆子细。这阵子心上忡忡，死劲回想过去学校人对第五家底的猜测，虽然没有探究过他的家庭，但一起待了这么久，她能看出来，第五的家庭绝不是旁人猜测的什么黑社会！然而不是黑社会，也不是什么善茬儿，他若给坏了，那……

不行！她转身去床头抓起背包向门口奔去。出来宾馆直接打车去上次第五住院的一大院，一路心跳忡忡，希望第五这次没事，她在心里下了决心，她不能再和他待下去了，她恨戴缡，但她跟第五总一块儿待着，这叫什么事啊！

她一边拿着主意一边心急着，快到医院时，第五的电话打进来了。接通电话，第五说晚上不回去了，说他已经给沈非打过电话，让沈非晚上到宾馆跟豆做伴。柳豆一听他这么说更慌了，焦急道："你是不是伤得厉害了？"她不能再装糊涂了。

第五说没有，说是家里人打电话让回去。

柳豆没说什么，知道他在撒谎，挂了电话，车已经到医院。在医院外科的护办一问，第五果真在这里就医。照护士指给她的办公室寻去，走到半道便看到刚从医生那里出来的第五。

"哎——"她唤一声，走上去。

第五一愣，不走了，自己走路很难看。他就近在身边的长椅上坐下，等柳豆走过来后他说没什么大碍的，医生给开了药，回去按时用药，每天热敷，一星期就好了。他仿佛已经不那么疼了，说话比较连贯了，但是柳豆看出他在苦苦隐忍。

"不用住院吗？"柳豆问。

"不用。"

"那就好。"

知道第五说话费劲，她不多问了，说别在这儿坐了，坚持坚持先回吧。

第五一听这话就犯窘，他走得又慢又难看，怎么能让豆看见。不过没得推脱，他坚持站起了，坚持走路。好在柳豆知道他心事，兀自走在了前头，且有意拿出电话给沈非打过去，一句"晚上不用过来了"直直扯出一长串话，一直说到下了楼出了医院上了出租车为止，为的是不看第五，让他放心走路。

回到家变成了她伺候第五，第五到浴室热敷时，她去楼下叫了午餐。第五当真没早上那么疼了，昨晚因为疼，一夜没睡成，现在吃罢饭刚躺倒床上就睡结实了。他这一觉直直睡到下午四点，睁开眼后豆的眼睛在他脸前黑黑地睁着，她手里握着他的手机。她的表情怔怔的，非常奇怪！

"豆，怎么了？"他诧异！看了看豆的眼睛又看她手上握着的手机。他的机子在豆的手上闪着蓝光，显然是调了静音，屏幕不住地闪，有电话打了进来。

他伸手拿过来，是戴缡的号码，他一愣，没有接电话，抬眼看豆。柳豆说，“接起来！”口气很轻，但那是命令。

第五木木回头，看着屏幕上的号码接通了。电话刚通，戴缡却挂了，他心里大致猜到是什么事了。戴缡再没有打来，柳豆看着他说：“你回家去吧。”

“回，回去做什么？”

“回去好有人照顾你。”

“不用怎么照顾的，”第五以为豆不愿照顾他，以为豆嫌给他跑腿麻烦，说：“一个星期就好了，每天叫服务员送餐就行。”

柳豆抿了抿唇，看他一时，然后说：“那也行……”

她低下眼帘去，第五没有出声，知道她还有下文。

果真，柳豆说话了：“我要走了。”

第五的心一滞！紧张了。豆的话并不让他紧张，是她身上的气氛叫他紧张，仿佛她的“走”是笃定的，仿佛已经没什么挽留的余地。他的胸口蓦然发紧，不由得撇开脸去深呼吸，却看见床头放着的行李箱。“你，”他更紧张了，豆在他睡觉的这阵子里已经把她的东西收拾好了。

“豆，”他表情惨淡地回转脸来，“你……”

他说不上话来，眼目凄凄地看着豆，他没动弹，下身不那么疼了，却火辣辣的灼烫，他看着豆，不知该说什么，要走的话，豆说过不是一次两次了，可今天，他觉得她铁心要走了。

是的，柳豆铁心了。她看了眼第五手上的手机，转脸下床了。她刚才想着走之前是要说些什么的，但最终觉得所有话都只合适在心里对自己说一遍，对第五，她没有说的必要，没有解释的必要。她只让自己的心清明了就够了，她对自己说：第五给她看了手，第五用尊重的眼光看待她了，恩怨淡了，尤其刚刚拿第五手机给戴缡发短信后，更淡了。

当然，怨恨还有，但她想要正常的生活，所以她得忍过去，做人，难免要有吃亏的时候，她能跨过去。她要走了，但自己对自己说的那些话没必要由她的口说给第五听，她下床扎辫子时，第五也坐了起来，她扎好辫子拉过行李箱："我走了！"她没有语气色彩，不恨，也不留恋。

"不，豆，"第五猝然一声。他微微喘息着，看到豆驻足，他低下了头，凄然地说，"你走了，我这七天就水米不进肚……睡在这张床上，七天后……"说到这里他咽了咽喉结，惨淡地说，"七天后，世上就没我了……"

他有些动容，他今天在医院时就已经明白了，豆是故意踢他的，他明白了。豆恨他，她毕竟是个孩子，比起二十好几岁的他来，她再怎么鬼精，时间久了也是会被看穿的，她恨，但她伪装着想利用他，她看不起他，她觉得他是个一无所能啃老的人，但她把他捧得很高，就是想利用他，这些第五早看出来了。但他愿意被利用啊！他愿意被她贼兮兮地算计啊！

第五眼睛泛红了。柳豆没有回过头看他，她牵着行李箱背身立着，是该说几句的，但她没有，即使刚刚的短信是戴缡的狡辩，她也要让自己相信，她图的就是个让自己心安！因为她的人生还很长很长，她需要抹掉那片脏影。她心中静了，勉强让自己放下。

既然一定要让自己放下，那对于第五，她也没有曲意逢迎的必要了，岂止不必逢迎，她简直不必再与他有任何交道了。

或许是上海的药在起作用吧，那场惨烈的遭遇渐渐后退，她起初仇恨的心也在一天一天地变！她和第五待在一起越来越让自己感到莫名了，很荒唐！

她今天受了怕，才更确定了，很荒唐！第五刚刚出口的话只是叫她在当地顿了顿，没有什么感触，她拉起箱子，走了！

门"咔嗒"一声，第五震了一下，心口被狠狠剜了一刀。

他呆坐一时，颓丧地拔出烟，捂在嘴上抽，直直抽到夜色入屋，本该隔两小时敷一遍下身，可他心烦意乱，一次都没敷。房间在夜色中更显冷清了，下身一阵疼似一阵，第五捻灭烟挪下床，进浴室兑了热水给自己敷那个地方！唉！热毛巾汽腾腾地捂到那地方时，觉得自己难看得不能再难看，伤心得不能再伤心。敷完出来浴室，他挪着身体里屋外屋阳台旮旯看了一遍，房间里到处冷冷清清，豆的衣服带走了，豆的鞋带走了，豆的发夹带走了，一点点她的东西没留下。

只觉得眼睛一热，心上空了。

房间电话在响，他久久不去接，响一阵终于静下。他挪腿回到床上，拿起手机给豆拨电话，可手机屏幕频频闪烁，一阵林凡的号码，一阵戴缡的号码，扰得他拨不出去。

最后他烦了，恨恨接通，是戴缡的！

戴缡火冒三丈，直突突地大叫："你小子怎么了就跟我拧上了，你那不是平白冤枉人吗，耿涛、赵依依那么多人当时都在呢，谁见我干那事了！我一个人还不够！还让所有男的都上一遍……"

第五明白怎么回事了，必定是下午柳豆冒充他给戴缡发短信了，她终于可以确定她的清白了，也就终于可以无事一身轻地走掉了。但此时他烦透了，打断戴缡，"滚！"

七

1

他蹙着眉给豆拨出去，不想豆很快就接了，他急忙说："豆，我不方便得很，刚才打电话问了下，家里人都在上海，我下不了床，你回来好吗……"

"五哥我正要打电话给你呢，你好些了吗？"

"好了，噢不，没好！"第五听见豆和和气气的声音，就感动得不得了，"豆你回来……"

柳豆打断他，她怎么可能去陪他，她说："晚上吃了吧……"

第五赶紧说："没吃。"

柳豆才听不见吃不吃呢，他爱吃不吃呢，她唤："五哥。"

"嗳。"

"你现在有多少钱？"她莫名来了这样一句，第五一愣，他说："不知道多少，都在钱夹里，你要用，你来取吧！"

"不是五哥，我是说，你除了现金再有没有钱？"

"……你干嘛……"第五一头雾水。

"我有点事，我得跟你借点钱！"

第五让柳豆的"借"字卡了一下，觉得她和他根本不该用借这个字，他说："你来取吧！"

柳豆问："你有多少？"

"我卡上没多少，我可以去找。"

“你能找多少？五哥？”

“你要多少五哥给你找多少！”

口气真大！柳豆咬了咬牙，“五哥我需要很多！家里……”她说得吞吐，第五却干脆：“好的！现在就用吗？”

他都不问数目，更没问豆要很多钱做什么用，他当然知道豆心里在想什么，他当然知道豆跟他要钱的意图。

是的，他想对了，柳豆下午走了之后立刻后悔了，她忘了跟第五讨要精神损失费。她的身体损失精神损失总得有个补偿！这是天经地义的事，虽然这段时间第五也给过她一些钱，但那不够，她第一步就是因着钱这种东西被他祸害的，她不能亏自己，有了钱才能让家人过好日子，有了钱她才能安安心心地去考研，毕竟她还小，现在直接工作太小了，十五岁时错过了北大，如今的她要挽回过去那次无知的错失，她需要很多钱，这很多钱，第五他有，即使没有，他也能想办法弄来。她要跟他要到这笔钱，这是他应该偿还的一份债！如果法庭来判，她当时的伤至少要定为重伤一级，第五以及戴缡是要负刑事责任的，此时的自己虽然没有法庭来主持公正，但她要自己为自己主持公正。

她已经思忖一下午了，直接跟他要不合适，他已经给她医了手，再向他要，他未必肯拿出来！她思量，还是要做土默川的狼，要善眉善眼好态度！第五他是全校女生的财神爷，谁跟他撒娇或者装可怜都能哄到他的钱，他这种人，就得拿软的去对付，只要怂他，对他说好话，他就不好意思拒绝。

“豆你过来，”第五说，“你过来五哥给你联系钱，晚上就能划进咱们卡上！”

柳豆顿了顿，还是不放心自己要的钱数第五能不能接受，不过她没法再说出钱数，最后决定还是先看看他给的数目。她说：“你能从网上给我转到卡上吗？”

第五不做声了，豆的意思就是把钱打到她卡上，她人不来了。

“豆，”第五的声音哀恳了，“回来好吗？”

柳豆早准备了如何答复，她说：“我下午回校后，我姐姐和姐夫来了，他们来这边旅游，我走不了！”

第五不能再说什么了，豆以为他不知道她的家状呢，她的傻姐姐嫁都嫁不出去，哪来姐夫啊，他叹了口气，不说话了。

柳豆听到了这声叹息，蓦然紧张，想这钱怕是要不到。可是第五说话了：“你把卡号发过来！”

柳豆一愣，想了想才说：“好！”

她真是一点没想到第五这么痛快，且一点准备都没有，自己唯一的一张银行卡没有开通网络转账服务，此时情急就将第五之前交给她的那张卡号发了过去。虽然户主是第五，但她没多想，只要钱先到了手上，改天再转入自己名下只是时间的问题。

一小时后，第五打来电话，他把能想的办法都想了，他筹到的钱数，豆能满意的。果真，柳豆第二天查账户后，惊得大睁了眼！女孩子毕竟是女孩子，她一下子就心软了，昨天那些恶狠狠的想法就不见了，查完账户她踟蹰半天，最后还是决定去看看第五。

她到了宾馆，第五却不在，敲了老半天门没人开，最后打他手机，他居然回家了。柳豆没说她来宾馆看他，只说谢谢他的钱！第五听到豆的声音，病好了大半，想要多说几句，柳豆却说手上有事收线了。

第五其实也是刚进家门，豆不在宾馆住，他一人呆得难受寂寥，身上疼的又不是地方，不方便叫林凡他们过去陪他，所以他回家了，家人不大来这座城市住，但好歹院儿里有两条大狗转来转去！

柳豆打车回校的路上一直手攥着金卡，望着车窗外倏倏闪去的棵棵大树，心中觉得自己的新生活要开始了，待会儿回了学校她就要上网咨询北京各个高校的暑期考研辅导班，她知道，不久的将来，自己就要远走高飞了。故人往事，都将渐渐远去，像这窗外大树一样忽忽地闪过去，她要重新拾起生活的信心，包包里的金卡是她今后生活的保障，她再也不必像过去一样心酸地讨生活了，这是一个新的开端。

学校宣传科的合同期还有一个月，一个月后，她要背起行囊向北京去，向与她擦肩而过的北大去。想到这，她抬起了脸，满心憧憬地望着前方笑了，但眼泪却在这个时候涌上眼眶。

她的成长，付出了多么深刻的代价。那些心酸与惨烈，父母不知道，姐弟不知道，她孤零零地承受了。那些心酸，不愿再触碰，但它们牢牢长在了自己心中。手上的卡攥得硌手，她想到了第五，第五会来找她的，这张卡更证实了她的感觉，第五喜欢她，不，也许比喜欢再高一点。她是不愿想到那个“爱”字。她不需要第五的爱，因为她不爱他。一点男女之爱都没有！

她甚至对他是蔑视的，虽然她是一个穷孩子，但她真的看不起第五那种心脑简单不学无术的富贵子。

除了今天这笔大数目的钱让她心软片刻之外，她从来没有对第五领过情，更没有感动过。今天没有在宾馆遇见第五是好事，一切终将过去，就不必节外生枝了。想到这里，车已经到了学校门口，下车时，有人唤她，是安玉。

很久没见安玉了，她瘦得像削了骨。

柳豆走上去，“你来了？”前些时听沈菲说安玉请了长假。

安玉笑笑，二人寒暄着并肩向校内去。

在女生公寓门前分手时，安玉忽然说：“豫北的父亲走了！”柳豆一怔！呆住了。

安玉没有继续说什么，告别走开了。

柳豆在门口立了半晌才挪脚上楼，心中泛起一层涩涩的膜。她不打算打电话给豫北，她怕自己心软，她不愿节外生枝。可是她知道，那第一次爱上的人，一辈子都从心上过不去。心里滚过这个念头时，她明白了，上海的药治了她的心，完全治好了。

这时电话响了，是第五的，他嘱咐她继续按时按剂量吃药，她说知道了，第五还要继续说什么，她说手上有事，然后再说。她早晨对第五的心软已经荡然无存，在想着冉豫北的时候听他第五宏途聒噪，实在多余！等一周后他身体好了，还不知道要怎么来聒噪呢！

其实第五压根儿没等一周便来学校了，下身时不时还在隐痛，但他寂寥死了，豆又不爱跟他煲电话，每天他打十多个电话，她至多接一个，寥寥数语便收线，叫人十分无奈，想住在一起时的情景多好啊，俩人时而絮絮叨叨时而安安静静，那种感觉就像夫妻，他已经上瘾。

这天柳豆一大早接到了第五电话，第五让她下楼，说他在楼下等着。

柳豆下楼后，第五正在甬道上跟大二的一个女生说话，也不知说了什么，把那女生逗得满脸红云，银牙碎咬地，对他娇嗔笑骂。

见豆出来，第五忙收了话头，“回见，我老婆出来了！”

虽然离得远，柳豆还是听见了，她不以为意，快远走高飞了，就让他再占几天嘴上便宜也没什么。

第五走上来了，他嘴快不过柳豆。“五哥，”柳豆笑，“怎么不上楼。还非得我下来。”

第五说舍监不让进楼，“什么时候又来了新规定？不许男的进女生公寓？”

“没有吧，谁都能进啊，”柳豆随口道，“你长得丑，人家不让进吧。”

第五呵呵笑了：“也不丑吧，我奶奶说世上数我长得好呢！”

他见着豆的好颜色，心情顿时大好，可他不知道，若是想带豆回家，那没戏！

“你好了？”豆问。

“好了……”他亲热地看着豆，“回吧，豆。”

“回？”柳豆眨着眼看他。

“啊，回吧，刚刚听人说，宿舍最近像烤炉，那怎么住呢，还回宾馆吧……”

柳豆摇头打断他，她语重心长地说话了：“五哥，那怎么行呢？你想想，我以后还要谈恋爱结婚，总跟你在一起，会被别人怎么说！”

第五可让这话说懵了，他正要说话，柳豆又先他一步开口了。她依然语重心长：“五哥你倒没什么，你不跟我住你也成天在跟别人住，你那么混乱照样有人追着你，可我不一样，在这方面，人们向来对女的不包容，我不能不考虑今后，再说我们在宿舍住得很好啊！人多又热闹，在宾馆，太闷了，真的太闷了。”

第五越听越心紧，撇开跟他在一起闷不闷这样叫人不快的字眼，他沉沉一句：“豆！你还要跟谁结婚啊？我不能吗？”

柳豆像被太阳晃了眼似的眯皱了眼，意思是这叫什么话？！

第五被她这个表情窘住了，他刚刚的笑脸，这时已被秋霜打了一遍，苦渣渣了！

他要说话，柳豆马上不紧不慢地去堵他："咱俩没成仇人就已经万幸！过去了的事我都不敢想，想起就睡不着觉，你说我到底招谁惹谁了，叫我遭那些活罪！"

第五卡住了，本来一害急就口拙，再让这么一堵，刚要出口的话噎住了，忘了。

"你吃了吗？一起吃早饭吧！"柳豆还有件事情不放心，得跟他坐下来谈。

第五叹一口气："走吧！"

他俩步行去了学校隔壁的麦当劳，柳豆临窗坐下后，第五去点餐，站在点餐台前的第五比周边人高出一个头，大夏天的，他穿了一身黑，黑色休闲裤黑色长袖T恤，把本来心情糟糕的他衬得越发落寞。

柳豆望着他的背影琢磨待会儿怎么谈那件事，思来想去，最后决定不拐弯抹角了，直说。

第五回身时，她转脸看窗了。

"豆，吃吧！"第五把餐盘放过来。

柳豆谢过，拿过吸管放入唇中时，才发现第五没有为他自己点餐。

"你不吃吗？"

"我吃不下。"

"那你要个喝的。"

"我喝不下。"

第五一点不掩饰他的沮丧。

柳豆不说了，低下头轻轻抿吸管，第五这种情绪下，再跟他谈那个事情有点不近人情，但她太心急了，抿了一时可乐，还是打算把话挑明，她放开吸管，"五哥，"她抿着唇停顿了一下，继续说，"那钱……我不打算还你了！"

第五叹气，无语！

柳豆不明白他的意思，兀自说下去，她斟词酌句地把道理说得清清楚楚明明白白，唯恐第五听不懂。

第五怎么会不懂，她口齿伶俐的一番因因果果，把第五说得心都碎了，这明摆着就是要搞得两清了，再不遇事了！等柳豆的道理终于讲完后，他难受地说不出话，只狠着劲抽烟，恰又是穿着一身黑衣，他整个人就仿佛忽然间沧桑老掉了。

柳豆看着有些心软，但她等不得，等不得他的沉默不语，她需要他的表态，同他出来吃早餐的目的，就是要把这件事情解决掉，她不要留后患。她知道第五爱上她了，但人生的路那么长，谁能计算到若干年后人心会变成什么样？谁能料到他将来会不会跟她讨回去。如果那笔钱是个小数目她也不操这份心，但那笔钱太扎心了，数目太大了，她知道第五有钱，但她完全没有料到能拿出那么多钱。所以说，第五是个脑门儿一热啥事都干得出的人，他脑门一热甩手给她这么多钱，同样也能脑门一热把钱再讹回去！

她是吃过他的敲诈的，想起当初把自已拉下水的那些学费，她现在仍然会感到羞耻，她和第五像演电影一样，在真实的生活中进行了一场离奇的交易。

真荒唐啊！她叹息！叹息只在心里，脸上不显山不露水。

“五哥。”她看看第五，提示性地唤了一声，只唤了一声，没有下文。

第五知道，这是要他表态的意思。他点点头，点到餐台上一朵烟灰：“我不要，不跟你要。”对此他连多说一个字都不愿意，完全觉得提钱是对他的侮辱。

“是你该给的！”柳豆幽幽地说，语调老成。

“是！”第五点头、点头。

“是你欠我的！”

“是！”点头。

“从网上打款，是有记录的，五哥！”

“是！”点头。

“是证明我拿了你钱的记录！”

“是……噢不是！”第五猛地反应过来，柳豆所说的记录是凭据的意思，手上有这凭据，他什么时候跟她讨要那钱，她都赖不了账。说白了就是防他讹她。

“那怎么？”第五觉得心难受得像被狼掏了，他想说怎么你想做什么？他还想说咱俩就真的这么生分吗？他还想说……

可他没说出来，他咽了下喉结，看豆，“是不是得我打个还款条子？”

柳豆不吭声，只眼睛黑黑地看他。

第五明白了，是的，她的意思就是要有个凭据，她今儿来这个地方就是为了这件事。

“拿纸来！”他把大半截烟摁灭。

豆果真去包里取了纸笔，她一边掏一边说：“五哥，我知道这样不大体面，但我们还是交割清楚好！银货两讫，各不相欠！”

第五紧闭牙关盯着桌上的可乐，不看豆了，看不下去了，她即使是笑，也是决绝的、虚伪的。

第五接住纸笔，心里有根粗针“噌”地戳进了去，痛得吱吱冒血。“写什么？”他的声音低哑，攥着笔盯住面前的白纸，白纸把他的脸也映得更白了。

“你在上面打欠条，我在下面打收据！然后互相就抵平了吧？”说这话时柳豆脸上终于露出了歉意。

但是第五没有看到她的歉意，他低头，沉重地打了欠条签了字。

2

送柳豆回校后第五直接走了，回家的路上一直抽烟，如果他是个娘们儿，他真想哭！他想起早上在女生公寓门口刚见着豆时，豆唇红齿白笑吟吟的跟他调侃：你长得太丑，人家不让你进！她只用了这么一句话，连第二句都不舍得用，就跟他显出了亲热，其实他又让她哄了！她是算计好了的！她每次用得着他时，都要亲热一下，要么就是抬他一下，把他抬得老高！抬到有秦始皇那么高。然而一旦用不着的时候就凉不丁了，种种借口敷衍他，连打个电话都嫌聒噪！

明天呢？看出来了，用不了明天，菜现在就已经凉了。

不是凉了，是彻底厘清了！想到彻底厘清，第五才怔住了，此时已经行了一半路，猛地发现自己是照着回家的方向走着，他“哧”地刹住车。

还回什么家啊！豆的事儿悬在心口，回家能呆住吗！他不走了，把车停到路边儿，拔出烟来重重抽上，蹙着眉苦思冥想！这时候电话响了，接通后是个脆脆的女声。“五哥，听说你病了？”

第五听出来了，是齐小雨。

“没有啊！没病！”那个地方被踢坏，也能算病啊。

“最近不见你！”

“噢，最近忙。”他心上有事，没心情聊，随便应付了几句，说手上有事，收线了。挂了电话后，他看着自己的手机不动，咬着舌尖蹙着眉！

“手上有事”，他琢磨自己刚刚说的这句话，这是豆常常说的话，她应付电话时往往就这一句，听多了他也学会了。

唉！他叹一口气，打一把方向盘，向学校去。此时的柳豆正在宿舍握着那张巨额金卡踌躇，该卡是在她手上，但账号毕竟是第五的，还是叫人不放心。而刚才她和第五从麦当劳出来去银行转账时白跑了一趟，大额转账需要出示身份证，第五自打山林遇险后，就被其父扣了身份证。他也是到了银行才想起的，打电话跟父亲的助理通融，才知人在国外，只好等下周回国再说了。

柳豆觉得闹心，看样子下周还得跟他搅和。

不过闹心归闹心，还是正经事重要，她找了只笔记本和圆珠笔，计划把第五前前后后给过的钱做一次认真的清算，拿着笔记本正要坐到窗口写字台时，一眼看见第五的车返了回来。

不好！这是来反攻了，她立刻蹙了眉！匆匆看了下表，快十点了，于是计上心来，她眼都没眨一下，拿起手机便给第五拨出去。

第五正在停车场放车，看见豆的电话赶紧接了。

“五哥你在哪？”柳豆问。

“我在学校，豆。”

“哎那巧了，你帮我去小白楼 308 舍喊沈非接个电话！”

“你不在学校吗？”

“我不在。”

“你去哪了？”

“我来车站了，”

“你到车站干嘛？”

“我回趟家，豫北家里出了点事！”

第五噎住了，豫北！豫北！真扎耳！

“他老爸走了我听人说了，你回去干嘛？”他意思是这事儿关你什么事！

“五哥我忙着呢，你先去叫下沈非，她电话打不通。”

“好，我去叫，豆你在车站等我，我马上就到，你要想回，我开车跟你回去，啊。”

“不了，我已经上车了！”她烦死了。

“你……”第五着急了，在停车场无处抓挠的原地转了一圈，“你怎么不说一声啊！”

“看你说的……”柳豆故意嘟哝了这么半句话，他第五能听懂，意思就是我干嘛跟你说，你是我什么人？

第五确实听懂了，一下子瘪了！他说不出话了，不过没去喊沈非，直接又上车了。

“豆！我走高速，明天就到你们那儿的火车站了，我去接你！”

柳豆从窗户上看见第五的车倒了一下，拐了一下，然后冲大门而去。

“五哥别去！”柳豆可着急了，“我已经跟豫北通过电话，他到时接我，你俩碰见不好看相。”

第五又哧地刹住了车。“你，你是不是要跟他好回去了。”

柳豆没吱声，过了一会儿道：“你别问这些了五哥，我正烦着呢！”说罢叹了口气，这样一来装得更像了。

第五可急了，“你怎么能这样呢？！他……他对你不好！”

柳豆不耐烦了，把声音拉长了，“好不好只有我们俩知道啊五哥……”口气是怪第五多管闲事，不过这个态度出来后，连她自己都听着刻薄，想想早上第五打欠条时的凄凉相，她心里觉得此时的态度过分了。

她缓了缓口气，知道第五不会返回宿舍来了，她说："五哥，不跟你说了，沈菲进来电话了，我接一下……"

叫柳豆刚刚那句"好不好只有我们自己知道"的话噎得没换过气来的第五淡淡吐了声："你先接，我一会儿打给你！"

电话挂了，柳豆的手机立刻响起，还真是沈菲来的，沈菲叫柳豆帮她收起阳台的衣服，她今天不回来了。沈菲三句话说罢挂了电话，第五立刻打了进来，他显然是着急。柳豆本是想撒个谎不见他的，可人不见面电话上也饶不下麻缠，她犯愁地扪紧了嘴。此时还不能太绝情，太绝情把第五激起来，立马跟她翻了脸也说不定，下周的转账就泡汤了，再者离校前她得稳住第五，远走在即，自己是有熬头的，于是她接起了电话。电话刚通，第五就说话了。原来，他是要上狠话了，当然他的狠话也不过是挠痒痒的程度，他说："豆你要跟他再好回去，我就天天屁股后头跟着你们！"

"为啥？"柳豆纯属瞎问！

"……"第五说不上什么来，半天才道："他不合格！你自己想想吧！"其实他也明白，亿万富哥冉豫北当初只要拔根毫毛，柳豆就不至于穷到四处借钱，当然也就不会让他第五宏途得手……

"我不一定跟他结婚！再说五哥我的事你不要闲操心！"柳豆一边讲电话一边把桌上的笔记本收起来。

第五才不管什么闲操心，他怨柳豆："不跟他结婚你又回去干嘛？你别撩他了！你这样，你，你不好啊豆……"他嘴笨得厉害，又不舍得太过责备豆，所以话说出来总是连自己听着都虚蓬蓬地没劲道。

"我撩他了？"柳豆慢条斯理的，她已经放好本子，给自己接了一杯水，有一句每一句地跟第五瞎应付。

"你不是撩他吗？他老爸走了够麻烦了，你别去给他添乱了！"

柳豆冷笑，就第五那点脑子还懂得假装好心。"嗯嗯，我回去再看吧！"

"豆。"第五唤她。

“嗯？”

“你不明白我啊？”第五问得挺莫名，不过柳豆知道他的意思，可是她说：“你说什么呢？”

第五费力地说：“我……”。

柳豆以为他要说我喜欢你我爱你之类的话，宾馆房间有第五一部闲置不用的手机，她某次用了一下，在上面看到许多类似的短信，“我爱你”“我喜欢你”这样的话发给不同的号码不同的女孩。

他粗心，喜欢完谁爱完谁也懒得删除记录。

柳豆喝着水，眼望窗户等着第五对她说这些废话！可是第五出声后却说：“五哥上次回北京把我们家户口本儿都偷出来了。”

“偷户口本干嘛？”

“结婚！”

“跟谁结婚？”

“跟你！”

柳豆吓一跳：“我不跟你结婚！”

话刚落音便“啪”地挂了机，第五喂喂地把手机往耳朵上贴，怎奈耳朵里只剩下嘟嘟嘟的忙音。

这边的柳豆把手机狠狠关了，“神经病！”她啐道，把手机往床上一丢，去阳台收沈菲的衣服。收回衣服，又觉关机不妥，万一第五真的跑到自己老家。想到这，她坐到床沿再把手机打开。

刚打开，第五的电话就进来了。

“豆，你听我说……”

“五哥你别说了，你拿我寻开心啊你，我手机快没电了，你别打了……”

“那你回家几天啊？什么时候来啊？”第五急急地问。

“回一星期！”

“啊——呀！你不是要我的命吗豆！”

“你看你！五哥你看你！你这什么话！”

柳豆开始往偏往歪说话，想拿那笔钱堵第五，她用含糊不清但第五绝对能听到的声音嘟哝："看来你的钱可真是拿不得……"

第五卡壳。老半天才说："五哥是说你找冉豫北不合适嘛，哪是吝啬那几个钱了，我还又联系过了，过两天还能有一笔钱到手，五哥还会给你……"

柳豆没吱声，第五继续说："豆你在下一站下车，啊，五哥去接你，你别回老家了，你回老家可以，你别去惹冉豫北了，他跟研究院那女的处得好好的，你插进去不叫那女的恨你吗豆……"

柳豆冷笑，少心没肺的第五居然还使出这等挑拨离间的话来，他表面是说安玉会恨她，其实是提醒她柳豆：冉豫北已经琵琶别抱了。

柳豆在电话这边直翻白眼，口上却说："五哥我知道了，我自己心里有数，我手机快没电了，我先挂了啊……"

"那咱们明天在你老家的火车站会合……"

"别！"柳豆赶紧出口，"我得跟豫北谈谈。"

"那你们总有谈完的时候啊，"第五说，"你们谈完，我跟你回家。"

柳豆不耐烦了："一句两句谈不完？我暂时不回县城，在市里待两天才回！"

第五紧张了："你要住在冉豫北那里啊？你要跟他住啊？"

柳豆气结，"我就那么下贱呐！"她不耐烦道，"好了五哥，我不跟你说了，不管怎样你可千万不能到我们那里，让豫北怎么看我？"

"你管他怎么看你，你又不跟他结婚，他又不是你什么人！"第五直突突的，他实在听不得柳豆把冉豫北这么抬举着了。

柳豆再次气结，可又不能随性子撂电话，第五脑门儿一热可是真能跑到她老家的，自己这半天绕来绕去本是想把第五绕开不听他聒噪的，怎知越缠越没完了，是自己失算了，她叹口气："五哥，让我静静吧，我心里乱，我得静静……"

"你想静一静五哥不打扰你，我不说话还不行吗豆？你去找冉豫北就心静了吗？"

柳豆白眼又一翻，干脆细声细气扔给他一句："你要觉得那钱给得亏，我想办法还你……"

第五被堵住了，堵得严严实实。

静音许久，他灰败地说："好了豆，别说了，那你早点回来。"

柳豆胡乱答应，手机里有电话进来了，她拿下来看，只一眼，心别地跳起来，是冉豫北的号码。

"五哥，先这样。"她的声音低了，弱了，忽然心事重重。第五没听出来，又把早点回来的话叮嘱一遍，才不情不愿地挂电话。

柳豆缓缓拿下手机，第五的电话挂了，冉豫北的呼叫也停止了，她盯着屏幕发怔，她不明白自己为什么会忽然心跳。

冉豫北，她想他了，她无法否认！想得很厉害很厉害，无法否认……

电话没有再响起，门却笃笃响了。打开门，是冉豫北。

四目相对的一刹那，柳豆有些眼热，到底忍住了。

"什么时候来的？"她请豫北进屋。

"刚到！"豫北随手带上门。

"坐吧。"她去倒水。

冉豫北没有坐，深深地看着她，她变了，二十岁不到的她浑身出现了一种老成，不是成熟，是老成。冉豫北心尖刺痛了一下，受苦了！若非生活粗粝，她怎会少年老成！

柳豆感受到身后浓烈的气息，倒了水回转身时，却被两只大臂从后面轻轻盘住了，水杯在手里晃了一晃，眼泪猝然涌出。冉豫北腾出一只手拿下水杯搁到写字台，把豆抱到怀里，抱得很紧，沙哑出声："豆，跟我回！"

柳豆僵了，眼泪顺脸颊淌下，一辈子都忘不了，她心里喃喃着，那刻骨铭心的初爱一辈子都忘不了。可是，她摘开了冉豫北的手臂，轻轻从他身边走开了。她立到窗前，抬起细手，尖手指按住渗泪的眼角，声音从喉腔悠悠传出："都过去了，就别再提了！"这几个字，有如穿越千年的古旧回音，微弱，却徐徐缭绕，久久不散。

冉豫北走上来，再次抱住她，"原谅我，给我机会！你一个人我不放心，你和别人在一起我不放心！跟我回……"

柳豆身体在颤，她闭上眼，声音很轻，几乎听不到："别说原谅！我没怨你，也不需要你养我！我不是小猫小狗，要人收留才能活。”话这么说着，心却硬不起来，身后高大的体魄与熟悉的气息是足以让她瞬间沦陷的，她根本无力抵抗。

“我不勉强你，豆，我们不谈这些了，朋友总还是吧，我劝你不要继续呆在这里，不跟我回可以，离开第五！”冉豫北太明白第五，第五对这种事情不会有长性。

柳豆默然！根本不愿谈论这个话题，过很久才轻轻问道：“听说你父亲……”

她没有说全话，但是冉豫北明白其意，他说是的！然后轻轻叹了一口气。

这轻轻的五味杂陈的叹息，让柳豆心颤了，刚刚的闷气猝地飘远了，取而代之的，是一个十六岁少年那血淋淋的遭遇。那血淋淋的景象让她的心蓦然发软，得饶人处且饶人啊，就这样，心绪瞬间便转换了，连自己都拦不住自己的心！它软了！

深深深深爱过的人啊！我能够怪你什么？

冉豫北为她湿润的眼睛动情了，抬臂要揽她入怀，她挡开了。不是这么回事，虽然她生了恻隐之心，但他们的关系回不去了。她挡开冉豫北手臂，拧身走到床前，床上的手机一直在坚持不懈地鸣响，她接了。是第五，第五刚才忘了嘱咐豆在火车上注意安全，忘了嘱咐豆吃好喝好，此时返回来把这些叮咛一遍。末了又说他的表哥大后天要回西安，问她大后天能不能一起去见表哥。

第五的家世并不曾对柳豆讲起过，倒是前段时间无意间说起过他的表哥，第五的表哥，一个传奇海归人物，年纪轻轻便成为某跨国企业的老董。柳豆当时不经意地说了句：真想见见你这个表哥，是不是长着三头六臂，她是随口这么说，第五却记住了。

不过柳豆才不这么傻，他第五哪里是真要带她去见什么表哥姨哥，他是没话找话，拿这来套她口风罢了，套她是不是要早些回来罢了。

第五的声音在安静的宿舍里甚为清晰，那是冉豫北无法相信的温和正派，甚至柔情满腔的声音。柳豆的回复也是温和的，她一一应声着，最后感觉第五还要多话时，才托辞挂机了。

冉豫北看出来了，此时的豆已经不是过去那个身陷爱欲毫无主张的豆了，她不会凡事只听他冉豫北一声号令便坚定随他的意愿走了，她不会轻易回头了。这一年里，她除了经历了第五还经历了什么？他不知道！他此时想问，但他太明白这个深爱过的女孩，她不会讲的，虽然他不能问，但他隐隐感到豆经历了惊心动魄的恶遇，她的心灵受到了强悍冲击，她变了！彻底变了！

柳豆挂了手机要说话时，冉豫北先出声了：“中午了，一起吃饭吧。”

他语气平和，仿佛他们真的已经由恋人顺利转为朋友，也仿佛没有听到第五的柔情之声……

冉豫北是老道的，他明白，这件事得慢慢来，他不仅把话题跨开，而且十分自然地给自己铺了一跳后路：“我今天主要是来看看你，明天就要到欧洲引资！”

柳豆觉得自己心里有个魔，她根本没有办法拒绝同豫北一起去吃饭，她的心不愿拒绝，她的心依然渴望这个男人，这个她曾经以身相许一辈子都不可能忘记的男人。

他们一起下楼向停车场去，行在六月深绿的校园甬道上，感受路人的频频侧目，二人蓦然感伤，思绪不由回到四年前。

四年前，也是深绿浓荫的甬道，他携她而来，她的小白手安静地卧在他的臂弯里，那个时候，也是引来众多路人艳羡地张望，张望这美得惊人的一对璧人。那个时候，他和她，是那么齐心同心，是那么爱意浓浓，是那么心心相印、是那么，你侬我侬……

想到这些，他们的眼睛同时湿热了，冉豫北无声地执起柳豆的手，柳豆没有拒绝。但是她不能说话，一说话，必将坍塌，摧枯拉朽，也许连做情人都情愿。她太清楚自己了。

他们去了凯宾斯基酒店，冉豫北发现，柳豆已经再也不是那个走到哪里都会张大眼惊讶艳羡唏嘘感叹没见过世面的小姑娘了，不是那个肚子里没油水，吃一顿大餐就吐三天的小女孩了，她走进五星大酒店跟走进学校小餐厅一样，平平淡淡习以为常！

这让冉豫北狠狠难受了一下，花花公子第五起码在物质上没亏了豆，想到这，更加惭愧了。

在雅厅面对面坐下后，冉豫北才看到豆的衣着，她穿得庄重成熟，跟实际年龄不符。高档衣服一般如此，显高贵的同时难免显成熟！他认为豆是讲究了时装的档次了，没有考虑自己年龄适合不适合，毕竟她没穿过多少好衣服，她不懂。而这也同时显现了第五宏途的俗气，可见第五宏途光知道大把大把给女孩子花钱，根本不讲究审美品位，他用金钱把豆本身的清纯给腐化了。其实冉豫北哪里知道，在豆的所有日常生活中，第五是根本没有发言权的，包括穿衣吃饭。所有事情豆都是说一不二。

“豆，你穿得有些老气！”冉豫北递水给柳豆时随意说了这么一句。

柳豆看了他一眼，像是已经洞悉其心理，她不愿被他看做俗气，徐徐解释：“我从小就愿意穿得老气！”

冉豫北愣了一下，蓦然想起高中时，豆四处打工，因为太小，雇主不肯用，她顶多只能做拾铁卖花的活儿，拮据的豆不止一次对他说想长高一些，希望她自己看着像个大人，希望多争取点打工的机会。现在的她再也不去想着多长几公分个子来装大人了，却用成熟的服装来撑场面了，这有点近似于打肿脸充胖子，有些可笑了，然他们谁能笑出来啊！

……

柳豆看着沉吟不语的冉豫北，知道他听懂了刚才那句话，她说她打小就愿意穿得老成，“老成”是她的一份无奈凄楚的追求，为了艰辛的生活不得不把自己扮得老成一些。而冉豫北不知道，老成于她来说，跟过去又有所不同，现在又有了新的意义，刻意把自己装扮得成熟一些，并不单单为了方便找工作，更重要的是另一方面的考虑——她觉得人小会遭人小觑，不单遭人小觑，若是再逢着第五宏途那类恶人，还会欺她年少不经事来算计她。

用不了多久，她就要离开这座城市北上去首都，将来还有很长的路要自己去闯，还有很多人要交手，她必须像个大人了，像个见过世面经过人事能保护自己的大人。

想到这些，她的心忽然开朗了一些，是那份对未来的憧憬让她心头舒展了。

两人各自沉思，久久无语！

冉豫北心潮沉重地燃着一支烟，任凭烟雾缭绕，却不去吸一口！

于相爱的人来说，房间里的静默并不令他们尴尬。两人一直沉默着，直至菜传进来，才开口，柳豆说："昨天遇见安玉，瘦了，瘦得脱了人形！"此话说罢，她觉得说错了话，于是尴尬噤口。

冉豫北未就安玉一话作回应，他为豆放好餐盘放好刀叉，然后拿起红酒杯，略作沉吟，"豆，我做过错事，对你，我很愧疚！但我没有爱过别人……"

他抬头，深深看着豆："你应该明白，我爱不上，我已经没有爱的念想。"

柳豆一震。

她缓缓垂下眼帘，冉豫北亦没有再多言，仰脖喝下杯中酒。

他们的午餐吃了很久很久，仿佛两个人刻意不想停，不想结束在一起的时刻。不仅如此，午餐罢，他们一起去了大雁塔景区，是冉豫北的提议，他说：大学那四年里，这座古城那么多的名胜古迹他一处都没到过，今天去看看吧。

他知道豆不会拒绝，豆确实没有拒绝。

他们本是打算一个下午走两个地方的，碑林和大雁塔，怎知在大雁塔就转到了天黑。

过去冉豫北根本无暇像今天这样陪豆闲走闲逛的，但今天也完全是柳豆在陪他逛，逛的同时柳豆为他做导游，大学四年，她打工打了个遍，暑期做导游是经常的事，所以她对大雁塔小雁塔熟得不能再熟了。夜幕降临后，柳豆没有要回的意思，她说大雁塔北广场的音乐喷泉是号称亚洲规模最大的音乐喷泉，值得一看，说话间，二人的脚便向北广场去了。到了灯火辉煌的大雁塔北广场，听到叮咚空灵的古典音乐，冉豫北忽然喉紧，其实豆多么想和他在一起，这一点他心里非常清明。已经入夜，她还不想回校，她今天的这份热情与耐心暴露了她的心，她想和他在一起，她爱他。

冉豫北忽然在喷泉下抱住豆，他落泪了，山一样的父亲走了，唯一爱的女人他却不能要，为什么人生如此无奈！

他的声音沙哑哽咽，包含着父亲死别的绝望、包含着恋人生离的焚心。柳豆浑身僵硬了，真想不顾一切地跟他走啊！她以为自己已经足够刚强，但事到眼前，才发现自己这份刚强在感情面前一碰就碎！

隐忍一天的泪水终于决堤！她哭着摇头、摇头！脸捂在冉豫北熟悉的胸口，她多少次依偎在这宽大的胸口上，她和他做那件事从来没有快乐过，但她就是想依偎在他的身边想紧贴着他的肌肤想他的吻想他的柔情蜜意想他的呼唤想他的真心……有什么办法！有什么办法……她十几岁就跟了他，她爱他，他怎么伤害她，她都忘不了他，她自己怎么使劲抹煞他都抹煞不掉，她自己怎么努力地去恨他都恨不起来，有什么办法……有什么办法……

她痛声哭了出来，尖细的手指死死抠住冉豫北的脊背！内心在号啕：为什么，为什么……她的内心声嘶力竭地追问！

冉豫北紧紧抱住她："跟我走，豆，好不好……"

柳豆猛然推开他，急骤转身，不能再纠缠了，不能再听下去了，她匆匆向前，眼泪飙飞。冉豫北大步追上来："豆，你考虑考虑，我不要求你现在做决定，我等你……"

灯火辉煌的广场上，过往人群皆不知这对漂亮的年轻人为什么流泪，为什么争执，于别人来说，他们的伤心只是一道事不关己的风景！

柳豆被冉豫北裹到车上时，哽噎渐渐微弱，她奄奄仰在靠背上，沉沉闭上肿痛的双目。包包里的手机嗡嗡鸣响，她麻木不闻！疲惫的心上依然浮现着那焚心裂肺的一幕又一幕。心罪身罪在二十岁前受够了吧，断不会再有比这更糟了吧！她悲凉地向老天乞求！

谁也不知道，她的心仍然惊恐，每天每日，不设防在哪一刻，恐惧就会突兀地跳出来，虽然她苦苦坚强，虽然她使劲忘记，但那突灵灵冒出来的恐惧她抵挡不住，它常常张牙舞爪地跳出来掐住她年轻的喉管，掐得她濒死挣扎一番然后狞笑着扬长而去。

谁能帮帮她呢？没有谁！谁都帮不了她！她唯一相信的就是上海寄来的那些药书！她已经习惯了独自承受独自坚强，她已经习惯了无依无靠！她的记忆只剩四段内容：焚心裂肺的失恋；圆睁眼高竖耳的辛苦觅食；肮脏离奇的钱色交易；最后，是一桩惊骇恐惧的暴力事件。

除此之外，什么都没有！

她的眼泪在“什么都没有”的哀鸣中突兀消失了。她不可能让自己毫无尊严地去做情人，她没有那么卑微！她曾经是天才，她能活出高尚来！她不要卑微！

她拭干眼泪后，冉豫北从后备箱取了水上车来，冉豫北无声地上来抱她，她轻轻挡开了，声线嘶哑地说：“回校吧！”她后悔今天被冉豫北看穿她的心，她后悔今天无休无止地跟他在一起。

冉豫北在黑暗中沉重地看着她，知道不能重复回家的话题了，但他不想送豆回校，他没有别的想法，只希望两个人能多呆一时。

“先去吃点饭吧！”他放下水，拿出电话订餐。

“不必了，我回去泡面！”柳豆低哑的说话，边说着，边取出包里不断鸣响的手机，手机已经响了一下午，她没有接，不用接，她知道，是第五打来的。可此时她被吵烦了，第五的电话大有不接不罢休的架势！她厌烦地摸出手机，本来是要直接关机的，忽然却疑惑了一下：第五为何打电话打得这样煎急，难道他到了自己老家那边？他是真有可能不打招呼便直戳戳站到她的家人面前的。

她为这个念头顿住了，看着频频闪烁的手机号码决定还是接听为是。接电话前她惯性地转了下脸，是示意冉豫北不要出声的意义，她知道这个示意很伤人，可一念一世界啊，她此时不在乎伤不伤冉豫北。他冉豫北总比十八九岁的女孩子更坚强罢，多少事情她都咬牙挺过来了，他受点伤能怎样。

电话接通，第五的声音清晰传来，打了一下午电话并且被拒接一下午的第五竟然出奇地平静。“豆，在火车上能吃好吗？”他不笑、不恼，口气平静得仿佛忽然变成了一个有涵养的人。

柳豆被他的“平静”怔了一下，本来以为他一出口便要火急火燎地大叫，不曾想他温温和和来了这样一句。诧异的柳豆反倒挂不了电话了，敷衍作答：“能吃好！”

第五顿了顿，说：“我哥后天来……”他唤他表哥，往往去表字。

“噢，后天，我记住了，你上午不是已经说了……”

“后天你能回来吗？豆！”第五平和地问。

“……能吧。”

“那我等你！”

柳豆蹙了蹙眉。

“你买了卧铺还是硬座？”第五问。

柳豆终于厌了，淡淡一声：“硬……卧铺。”

第五静音了，久久没有声音。柳豆以为他挂了，正要收线，第五却说话了：“豆，有人看见你跟冉豫北中午去了凯宾斯基。”

柳豆一怔！

但紧接着第五说：“算了，可能他们看错了。”

柳豆越发一怔！

愣怔间，冉豫北从她手中拿走手机，关机！

柳豆眼睁睁看着冉豫北按了关机键，她张大了眼：“你干什么？”

冉豫北十分隐忍地扯了扯领带，头也不回地发动车引擎：“豆，不要在我面前这样！”

车子向着浐灞生态区的方向驶去，她蹙眉：“我不去吃饭了，现在学校管理很严，十点半禁夜，再晚进不了宿舍！”

冉豫北开着车没有回头，平平地说：“现在九点多，即使我们现在立刻回校，十点半能到吗？”

柳豆噎住了，是的，到不了，他们下午来时光行路就用了两个多小时。她不做声了，车里只有轮胎与地面摩擦而生的沙沙音。

他们又回到了凯宾斯基，冉豫北没用柳豆提示，径直开了两个房间，这让柳豆心动了一下，话也恢复了，睡觉前二人到酒店的特服餐厅用餐，冉豫北问起柳豆今后的计划，她说继续考研，没有说得十分具体，她下一步的行踪没必要告知冉豫北，她一直计划着让自己人间蒸发，跟往事彻底了断！她已经咨询妥当，北京一所高校的考研培训班十天后开课，她已经从网上报了名，只是再过十天吧，她就要走了，她几乎是有些着急离开这个地方的，迫不及待要走了。

“是不是很久没有回过家了？”冉豫北为她夹菜，其实没什么菜，这个时候只是简单的夜宵。

柳豆点点头，她被手伤拖着没能回家，后来手部狰狞可怖的疤迟迟散不去，怕惊着父亲，再一次拖着没回，前些时正要打算回去，又赶着宣传科的事务多，便索性打算赴京前得空再回了。

冉豫北想说明天跟我一起回吧，又怕引起歧义，于是没说。吃罢饭回房间时已经将近十二点，冉豫北没有进柳豆的房间，他是刻意的，这样豆会反思：他冉豫北和第五比起来，谁更稳重，谁更值得托付。

他之前从没这样刻意过的，他一直认为第五只是拿女孩子当消遣，但是今天第五的口气叫他忽然有些拿不实，第五跟豆说话的口气很怪，仿佛这个玩世不恭的人忽然认了真！

睡下后，冉豫北把电话打到豆房间，谈了很久，两个人像朋友一样说了些冉父生病期间的事情，对于柳豆家人一年来接受的关照，冉豫北很城府地避而未谈，他明白柳豆总有一天会知道的，此时着急表白反倒浅薄。

没错，柳豆早已从父亲的来电中知道了，此时她并没有言谢！也说不清为什么，她对冉豫北说不出谢字。

挂了电话已经夜里两点多，她没有睡意，她在想，如果冉豫北确切会娶她，她会不会抛却下午那些“自尊”、“卑微”之类的想法嫁他？

会的，她回答了自己，人啊，就是这样无原则，决心下得再大，最终抵不过一个突兀而至的冲动！况且，她有多么爱他！对于女人来说，什么决心能抵得过深爱的冲动！

不过她知道这是做梦了，冉豫北他是个心硬手硬的男人，他理性、顾家，他说过他有亲人/他有责任/后辈为大/脑筋平庸可以/但不能智障……

想到此，柳豆苦笑摇头，此时坚定地北上，坚定地去走自己该走的路，是最尊严的选择！

深夜三点多，她怀着满腔感伤戚戚然入梦了。

凌晨天刚蒙蒙亮，房间电话响了，冉豫北唤她起床，冉豫北总是习惯早起，而且他要赶飞机，他是言到行必到的人物，昨天跟豆说今天出国，今天绝不变卦。

柳豆睡眼惺忪地摸出自己手机看时间，手机打开后，一连串的短信呼啦啦冒出来：

回电！

请回电！

请你回电！

你在哪里？

马上回电！

从夜里十一点到凌晨三点，持续未断的短信，第五仿佛一夜没睡。

柳豆皱着眉把手机丢开，洗漱罢冉豫北敲门进来了，他脸色十分疲惫，柳豆猜他夜里没睡好。

“你熬夜了……”她不无担虑地说。

“没事，我经常这样！”冉豫北拿起她的包包，放了一张金卡进去，柳豆没有看见。

两人回校的路上，柳豆手机一直在响，响到叫人脑浑，后来柳豆终于听不得那嗡嗡不懈的声音了，果断关机。

冉豫北的车缓缓入校，几乎刚拐上公寓楼的便道，就看见了第五的车，远远望去，那高头大马的黑车静静地横在七号公寓楼下，像一头生着闷气的雄狮！急待发作！

看到车的同时，黑色的车门打开了，第五的人也出现了！

3

同时出现的还有一条大狗，一条有史以来最大的狗！

坐在车里的柳豆被那巨大出奇的狗吓了一跳，惊骇之余抬眼去看它的主人时，心尖更是陡地一震，第五，他的眼睛在冒火！

柳豆慌了，她下意识地抓住冉豫北的手臂：“掉头，马上掉头！”

“为什么?!”冉豫北的声音冷冽，显然是让第五的眼睛激怒了，他不可能掉转车头回避。他本是从来没有随地乱泊车的习惯的，而今天却要像第五宏途一样，照直停到女生公寓楼了。

柳豆看出了势头，情急之下，一把掰开右手车门，“拐弯，到停车场，再不拐弯我就跳下去了。”说话间，右手边的车门“咔”地开了，冉豫北及时耧一把方向盘，一个急转弯，车拐上了去往停车场的方向。

冉豫北大声而愤怒：“到底怎么回事！他对你做了什么！你为什么这么怕他！”

喘着气的柳豆被他一句“你为什么这么怕他”惊住了，攥着胸襟的手慢慢松了。是啊，她为什么怕他？她没道理紧张没道理怕他呀！他第五是她什么人？恋人？不是，绝对不是！他只是一个欠债还债的仇人！他只是一个渐渐被债主宽恕了的仇人！仅此而已！她刚刚的紧张完全是一种条件反射，完全是无道理的！当然，她刚刚的紧张主要是害怕第五跟冉豫北打起来，但此时却蓦然清醒了，他们为什么会打起来，第五是她什么人？冉豫北是她什么人？凭什么能打起来！

想到此，手攥胸襟眼睛大张的她，气息渐渐降下来。

车在停车场熄火了，冉豫北“啪”地摁遥控，锁了车门，不许柳豆下车，他要问个明白！

“什么事？到底发生了什么事？”他扳住柳豆肩膀大声问！

柳豆怔怔地摇头：“我，我不是怕他……”

“不！怕！他！？”冉豫北抓狂！

“是，不怕，不是怕……”柳豆语无伦次地整理句子，她想说服冉豫北马上离开，虽然认为第五没道理跟冉豫北打架，可心里还是惶惶地担着这份心，万一第五脑子一热冲上来，她丢不起那份儿人呐！在离校前千万不能节外生枝了！

“我不是怕他，他脑子不清楚，万一冲动起来，弄得谁也脸上不好看！眼见就要走了，我们别……”

她一边说着一边紧张地回头张望，第五没有撵过来，她慌慌地说：“你走……”

她说着去掰车门：“你马上走，我回宿舍。”心跳通通地对冉豫北撂下这句话后，她扭头急着要下车，门却打不开。

冉豫北忽然冷静了，他暂时不走！他要看看接下去是什么情况，他此时发现问题越来越比他想象的复杂了。他看柳豆一眼，心中有了计算，抬手摁遥控打开了门锁，他先下车，绕过车身为柳豆打开门，待柳豆下车后，他忽然抓住柳豆手臂，“豆，记住，我等你！不要再和第五纠缠下去，他和你我不是一路人！”

末了他又说：“你走吧，放心，我不会叫你为难，我不是添乱的人！你懂！”是的，他不会像毛头小子一样冒冒失失去添乱的，管他第五如何抓狂、如何暴怒、如何歇斯底里斯文扫地！越疯狂越好，他冉豫北会一笑置之，会保持风度雅量。因为，他懂得怎样的状态才是赢的状态！怎样的状态才是做男人的风度！

他眼目深深地看着柳豆，叫柳豆瞬间有些移不开眼，终究需走，她犹犹豫豫地转头走了。

冉豫北立在车前望柳豆渐渐远去的纤细背影，心中带她回家的愿望更加强烈了。可是他克制着自己上车了，上车后他不行动，燃起一支烟静候着，他认为第五有可能要过来，过来跟他发狂……

可是他错了，第五像是不上他的当似的保持了忍性。

柳豆惴惴不安走到公寓楼时，第五和他的狗还在车前立着，第五满眼红血丝，一看便知一夜未睡。

“第五，”柳豆放慢脚步，轻轻一声，她唤的是第五，而不是五哥。她有些怪异，明明已经确定没道理怕第五的，为什么心还是上上下下地不安生。

第五没动，眼睛一动不动地盯着她，他的大狗冲她吠了一声！

她吓一跳，往远撤了撤，打算为第五驻足说几句话的，可转念又觉得没必要，加之心里又怕着他的狗，于是抬脚上公寓的台阶了，他第五若是不言声，她便要进公寓回宿舍了。然而她没能进去，第五倒是没言声，可是第五脚下的狗却发出了警告的低吼，低沉的，威严的，禁止她的脚继续向前迈进的。

柳豆有些懵！那大狗的声音给人的感觉完全是在替它主人代言警告，可那毕竟是条兽物啊，是自己心里紧张多疑了罢，这样想着她不理会了，迈步前行！

刚迈出一步，狗吠猛地又出现了，比刚才更威严更恼怒，她害怕地停脚了，她的脚一停，狗不吼了。这样一来，她不敢动了！她是听过有人把狗脑调教成人脑的，更何况身后这条大如猛虎的巨狗！它本来就是一个怪物！

她怕了，她惴惴地钉在了台阶上，把眼神怯怯地递给第五，她眼里的意思很着急很明确：她怕他的狗！

第五凄凉地看着她，抬脚踹狗，粗暴地一声："上去！"

狗扭身从汽车开着的门缝挤了上去！

看着妖物一样的大狗挤身上了车，柳豆松下一口气，再去看第五时，先看到了他手上握着的一支笔，一支钢笔，那是她写日记的钢笔，看来第五去过自己宿舍了。柳豆顿觉羞祚，昨天这个谎撒得多余，再者冉豫北昨天来得也不凑巧。离校只剩十日了，她真的不想在北上走人之前触恼第五！当然她也没想到自己能轻易触恼他！更没想过她的感情问题跟第五有什么关系，他凭什么恼！即使他第五有点爱上她了，可他爱的人多了，他成天都在爱来爱去！他哪有闲心闲工夫来恼她啊！可他分明恼了，怒了，虽然她能感觉到第五此刻的忍，他在忍！但他心里是真的冒火了。

第五身上压抑的气氛和浓重的烟味儿，叫柳豆有些紧张，她单薄的手心攥出了细汗。不过她还是稳了稳心神，故作无心地寒暄上去："五哥你，"她换了称呼，"你来得这么早？"

她这句话一出口，第五撇开脸了，他受不了虚伪似的撇开脸了，长吁一口气，窝心地闭上了眼。

柳豆见他这样，也没话了，抬手抚了抚额，尴尬难言，正要撇下第五转身走，却忽然看到第五左手无名指的青肿。

第五的无名指肿得够三个指头加起来那么粗，又青又肿，上面还有一圈青胖胖的墨汁黑字，仿似给那无名指套了一枚黑戒圈，细一看，她看清了那一串"戒指"是什么字了！她惊死了。

“你，你，你怎么！？”她简直晕厥了，第五是给他的无名指刺青了，刺在上面的字不是别的，是一串途豆，途豆、第五柳、第五柳……整整用名字刺成的一枚戒指！！！

“你、你什么时候弄的，你……”柳豆看着他无名指上那新鲜未干的墨汁和血迹，惊惧地意识到他是才刺上去不久。她想说你三岁还是五岁你怎么闹起这等小儿事！但没轮上她说话，第五先说话了：“在车上，我自己弄的。”他攥了攥右手的钢笔，故意把事情说得这样清楚，铁了心要直白坦露似的，要把压在心底的东西都坦露似的。

“你，你疯了第五宏途！第五宏途你疯了！”柳豆简直要拔腿跑了，生恐跑得略慢第五就擒住她赖着她了。不过她到底没跑，能跑到哪里去啊，她颤着唇重复了一句：“你疯了！你疯了！”

第五又长长吁一口气，双眼泛红地仰起头然后又低下，声音凄凉地说：“我是疯了！”

柳豆服了，不说话了，皱着眉别开脸，避免看到第五那根又粗又肿的无名指。她心里揪揪的，真的没办法再恨第五了，这个没心没肺“傻”、“大”、“笨”的第五宏途他，他到底是个坏人还是个没长大的邋遢人！叫人怎么跟他计较呢！

算了，一笔勾销了，他的债还尽了，不恨他了，也不跟他搅和了。柳豆这样想的同时也知道自己分明是又一次软了心。

“五哥，你回去吧，回去休息吧。”她不用想也知道，第五在公寓楼下过了一夜。想到他整整一夜坐在车上边抽烟边用钢笔刺青，柳豆说不清心里是什么滋味，总之费解。

“你要跟冉豫北回老家？”第五凉凉地出声，正在走神的柳豆没听全他这句话，只是听到他出声音了，她胡乱点了点头，浑浊地说五哥你回去吧，我回宿舍取点东西……。

“你走不了！”第五粗鲁地打断她，他以为柳豆回来是取点东西就走。

“你！”柳豆这下听见了，她立刻皱眉了，受不了第五这样粗鲁。

第五却不讲究什么粗鲁不粗鲁了：“不嫌难看，你就跟他走，你试试！”

“你，你干嘛你？”虽然柳豆没听明白第五的意思，但他的火气是显而易见了，此时公寓楼出出进进人很多，他这样，叫她很丢脸面，她竖了眉，可是只一瞬，她换了态度。她是忽然意识到第五不能再受刺激了，他到了忍耐的临界点，下一步恐怕是要爆发了，他这种做事不经大脑的人，撕破脸什么都做得出来。不能眼巴巴吃这份亏，她示弱了：“别这样，五哥，你听我说……”

她要上好话时，却被咳嗽挡住了，第五咳嗽了一声，又咳嗽了一声，最后咳嗽得停不下了。他感冒了，或者是上火了，咳得当当当的，惹得他的狗挤开门来看。看见车门处露出来的狗头，柳豆更不敢轻举妄动了，噤口了。

第五终于停了咳嗽，他喘了喘，然后出口的第一句话便是：“你觉得我是半脑子对吧，我是二百五对吧，觉得我‘二’得厉害对吧……”

第五因为小时候在北京住的时间长，京腔比较顺他的口：“我告噢你，我只是直肠子我只是不忍心算计你我只是……

他忽然把自己的眼睛说红了，他吞咽着干涩的喉结难过地撇开了脸……

他这个表情留在了柳豆后来的记忆中，他们谁也没想到，今天是一个突兀的日子，柳豆更没有想到，离校前的十日还没有结束，她就不必再见到第五了。

此时柳豆心颤了一下，第五的话很动情，但是站在人来人往的门口说这些话很雷人，她正要款言阻止，第五手机响了，第五本是不愿去理会手机的，但他没法不接，他知道电话是谁打来的。

第五讲电话时刻意提了提精神，柳豆就猜那是他父亲打来的。电话里的声音很严厉，要第五马上回家，第五倒没有反抗，或是家里的事很着急，他三言两语挂了电话，掏出宾馆门卡给柳豆递过来：“你待会儿打车过去，我中午到！”

柳豆如蒙大赦地接过门卡，转身进公寓。

“你跟他做了？”第五的声音忽然在身后响起。

第五本来克制不打算问这句话的，可临走却没坚持住！柳豆回头，第五满脸枯白，那样子仿佛是昨晚这一夜，他是死了又活回一般，柳豆心惊。

“你跟他做了？”第五重复。

柳豆嗫嚅："做，做什么……"

"跟他睡了？！"第五这一声难免不中听。

"你！"柳豆双眉倒立了，瞪他一眼，讪讪转身，进公寓了。

她一边挺直腰板走，一边心下忡忡地防着第五从后边赶上来，可是没有，直到上了二楼，身后也没有动静。她逐渐放下心来，行走在嘈杂的楼道，脑间闷闷的，闷闷的想起第五刚刚接家人电话时的情景——他一边拿右手讲电话，一边轻轻地甩着大而肿的左手，她知道，必是他那左手的无名指疼极了，他轻轻甩手以缓解那份疼痛。想到这，柳豆不由叹气了，真闹心啊，这是怎么了，自己竟连第五宏途都动恻隐之心，她摇头，妇人之仁啊。进了207宿舍后，她已经记不起第五那句"你跟他睡了"的话了，所有不满都被第五那青肿的无名指被第五那泛红的双眼被第五那受伤的声音冲淡了。她一进宿舍门便向窗口去，附到窗口一望，伫立车门前的第五，恰在此刻抬头望向她的窗口。

四目霍然相遇了。柳豆触电般一愣。

她不知道，第五也不知道，这一眼之后，便是长久长久，不得谋面……

柳豆不敢对视，她缓缓缓缓地移开眼。

愣怔着立了一时，揉了揉鬓角不去想了，她走回床前放下包包，着手收拾床铺。此时门开了，思思托着餐盒进来。

"哎哟，你可回来了！"思思一见着柳豆便觑了眼，"再不回来五哥怕是要把公寓楼给拆了啦！"

柳豆无话可应，遮窘似的掖了掖耳边的碎发，绕开话说："沈菲没回来啊……"话没说完就定住了，自己床角空空，原本搁置的箱包衣物全部不见了。

她噌地扯起床单看床下，空的！所有行李都没了！

"我的东西呢？"她大惊！

"五哥昨晚全运走了，他说你们俩要结婚了。你不在这儿住了。"思思到镜子前擦面霜，边擦面霜边说："昨晚上十点半宿舍禁夜前全搬走了，他在楼下等了你一夜，还带着他们家的狗……"

柳豆没听思思后边的唏嘘，她想起刚在楼下时第五手上那根钢笔，想到钢笔，她赶紧找自己昨天压在枕头底下的日记本，那钢笔就是掖在日记本里的，让第五拿了钢笔倒无所谓，关键她的日记若是被他看了可就糟了！那记录苦难史似的日记实在不能展示给别人啊！还有近几个月那仇呀恨的日记更是见不得人……

当然她此时还没想起她的金卡、她今后的生活保障卡，那张巨额金卡，在她行李箱里的一只陈旧不起眼的背包里！枕头翻起来，她眼直了，还哪有什么日记本！她噌地抓起包包，匆匆出门！

到了楼下，第五的车已经不在了，她转脚向校门走去，一边走一边摸电话，猛地看见一张卡，没用思考，便知是冉豫北的，此时心里事情乱，她暂时撇开包包里的卡，拿出手机给第五拨电话，第五电话竟然不通了。罢了，直接去宾馆吧！

上了出租车后，柳豆给冉豫北去电话，冉豫北已经上了高速，柳豆电话里坚定地说不要他的钱，改日会把卡寄给他。

冉豫北很扫兴，不过他口气平静地说："再说吧！"

柳豆听得出冉豫北的情绪，她缓缓拿下手机，她既然选择尊严的人生，就不愿别人瞧不起她，那么难的日子都过来了，她需要他冉豫北帮衬一下的时候他没帮她，事后来这么一下大方的馈赠于事无补，她跟着钱这种东西吃了多大的苦头啊，苦已经熬过去了，这个时候来救济她，太晚了！

她恨恨地想：他冉豫北恐怕不知道，她现在需要的不是钱了，她需要的是尊严，需要的是扬眉吐气，而不是可怜虫一样伸着手讨别人的接济！

人，只有昂起头做人才有价值，才能得到别人的尊重！

她一直把责任划分得清清楚楚：第五的钱是一份天经地义的赔偿，而冉豫北的钱，不要！

现在想到第五，她禁不住又拿起手机，仍然打不通！她竟有些担心，担心第五一夜没睡，加上心事重重，开车会不会犯迷糊？她虽然不爱他，但他总是个人，总是平平安安的，才对得起家中父母，她不恨他了，过去那恨不得把第五千刀万剐的恶毒心理是真没了。

到了宾馆后，第五电话还是不通，她在房间翻了翻，没找到自己那些行李物件，知道东西都还在第五的车上，于是只好耐心等待。梳妆台的屉子里不时传来手机的叮叮声，她走过去拉开抽屉，是第五那部旧机子，她这才想起，还是她临走前几天随手放在梳妆台抽屉的，现在电量耗尽了，手机发出叮叮的提示音。

她把手机拿出来，坐到阳台上出神，第五换了新机后，本是把这部旧机子关机扔进床头柜了的，他不打算再用这部机子了，他换新电话时，是把手机卡同时也换了新的，他的新号码知道的人不多，尤其过去招惹过的女孩子更不知道。

他是有意换掉的，柳豆知道。

此时摩挲着手机屏，柳豆想到第五跟她在一起的那种少见的耐心、想到她不高兴时第五的紧张兮兮……

她蓦然反省，自己从山林回来后行为多么荒唐啊，严格地说自己病得有多重啊！为什么跟他一张床睡觉，为什么要温柔地蛊惑他？为什么要不断地从他身上索债？同食同榻，自己却浑然不觉荒唐。她只知道从被戴缡暴打的那一刻起，第五宏途就是她的一根救命稻草，也只记得他要还债还债……

他还债是应该的，但此时精神恢复正常的她，想到那几个月的混沌实在是荒唐啊，她当时确实混沌茫然，那段心病是真实的，那种恐怖是锥心的，包括现在，她都在时刻堤防着记忆中的恐惧来侵袭。算了，不必自责，就是一只小猫小狗遇着伤害也要反扑的，自己没错，现在选择原谅就已经是一种良善。是的，原谅了，她心里说：第五，我原谅你了，恩恩怨怨都过去了，受过的疼、受过的惊、留下的伤、留下的疤都不在乎它了，我要选择宽容，并且我要选择坚强自立，我要北上……

是的，她选择善良，可是此时，电话响了！

4

听到电话响，她以为是第五，起身去床头的包包拿出手机后，电话已经挂了，屏幕上的未接号码让她诧异了，是一个奇怪的号码，从手机第三位数字开始连号，一直连到末尾，已经不是人们通常所说的手机炸弹号或者同花顺那样隆重了。正待返拨过去，手机再次响起。

“喂，您好！”她直觉不是第五。

“你好，我跟你谈谈吧，我说！你听！不必插话！”非常标准的普通话，成年人，介于三十岁左右，很磁性很高贵的声音，但是太冷太傲太不客气！并且带着压制与命令！

柳豆吃惊！“您……说！”

她下意识地保持沉着，话刚落音对方已经出声，“你离开途途……”

“第五宏途？”

“不必插话！”

貌似平和的一声命令之后，对方继续：“你已经明白途途是什么人，或者说你已经明白他是什么人的子弟，但是小姑娘，不要把手伸得太长！”

柳豆心尖别的一跳，她睁圆了眼，手心冒出一层细汗！

对方没有丝毫停顿，继续：“你还很年轻，很抱歉我的语言有些直，但是家中长辈把此事托付于我，我有责任也有资格全权代表。我不想多说，我只告诫你：于本人来说，家族利益是最高利益，而途途的家庭是本家族的主体与核心，一个强大的家族它是几代人甚至几十代人的努力与积累，从贫寒到显赫、从贫民到政治家，这是一个艰辛付出的过程，绝不能在现今现时因为择偶不慎而衰落，门第悬殊已是不能接受的情况，更莫说小姑娘你的父母双亲皆是智障！”

听到对方笼统地说父母双亲皆是智障，柳豆终于无法忍受了，她皱着眉亟待发作，口刚张开，声音却吃了回去，哦不，她抚了额，不能这样，冷静，她让自己冷静，十九年的生活让她形成了惯性，旁人提示她的智障家庭时她总是更刻意地体现涵养，更刻意地去忍耐，对方要她不说话光听，好，她暂且不说，等！

她咬着牙忍下忿气，继续听。

“途途他顽劣不懂事，察不到处心积虑的人，包括女人！但尽管如此你依然不可能如愿！对于一个体面的家族而言，绝不能接受你这样身份的人成为家庭成员，一点可能都没有！这不是途途一个人的事情，这关系着整个家族未来的兴衰，当然，我并不习惯歧视任何人的身份，只是你以你不合适的身份来尝试进入我的家族，我不能保持沉默……”

柳豆不能再忍了，她吸了口气，努力拿出平静的语气打断对方：“抱歉！我听得糊涂，我听不懂，您说重点吧，先生？”

对方一顿。显然没有想到一个十八九岁的女孩在此种情况下竟能如此冷静。但是这种冷静却引起了反感，只有心机深重的人才有如此不符年龄的表现。

对方冷漠开口，“请你马上离开途途！”

柳豆攥着手心，出声了：“我可以讲话了吗？”她的手攥得生疼，努力使声音保持了平淡。

“其他不必讲，单请你表态！”对方明显不喜欢她这份沉着。

柳豆及时意识到对方的反感，她扭正了自己的状态，她本来要说没必要表态，我和第五没有那层关系，所以谈不上“离开”！但她没让这种成熟的语气出来，直觉告诉她：按本身年龄该有的语言与礼貌去应付才是应该的。她用单纯的学生腔说：“先生您是不是弄错了，我和第五不是恋人，我们只是同窗。”

“我只要你表态！”对方冷冷提示，显然是把她的话当成了狡辩。

柳豆噎住了，她说不上话来，气场也有些受打击：“我，我和他不是您想的那样，当然他有没有想法？我不能完全说没有，噢，他经常对各种女孩子有想法，碰巧在我这里让您紧张了，可事实上我们……”

“请你表态！”对方不客气地重复了。

柳豆愣住了，眨了眨眼：“您确定我要嫁给他吗？您确定他要娶我吗？”

“是的，他要娶你！”对方口气带出了更深的反感。

“不是这样的，先生，第五他玩心重，学校有一半女孩子被他称作女朋友老婆，他只是嘴上淘气，我们都已习惯，您……”

“小姑娘，我提醒你，我三十多岁！在大人面前你怎么精明怎么城府，你终究是个小孩，我现在只要你表态，不必跟我闲论！”说到这里，对方强调似的放重了语气："他，带着你的身份证，拿着家中户口簿要结婚，父亲气到心梗发作正在急救，你再狡辩！"对方顿了顿，重重警告："古言道：千万好话，抵不过一个硬手段管用！"

"你，"柳豆彻底气炸了，"哦，我该叫您大哥呢还是大叔呢，对，您是大人，您弄清事情真相再来威胁我好不好！第五他怎么做他怎么说我管不着，可我本人可以保证，我从来没有存过那份心，您觉得您的家族很高贵吗？那么您觉得我也这样认为吗，不，您错了！第五的不学无术，您的'语言涵养'，让我根本弄不清您的所谓的家族是什么家族！请您冷静吧！对不起，我有些激动，冒犯了，我们的谈话到此为止！"

"小姑娘！"她被冷冷的声音震住了，要挂的电话没有挂断。

"我翻了翻你的家底，不是一般的贫穷，可以想见，生活磨砺了你，你可以存侥幸与奢望，这是人之常情，但是你奢望的高度不合实际，并且侵害他人权益！我再跟你说一遍，你当做警告也可以：请你马上消失！"

"你……"柳豆要说话，却再一次被打断了。

"我的话说得不好听，这是你的行为造成的，途途的父亲心梗发作，你们的事交由我来处理，也好，长辈不参与更方便，我没有前辈人那么温文尔雅，我只要解决问题！可懂？"

话到这里，固定电话响起的声音从话筒传来，那边随即收线了。

这边的柳豆听着嘟嘟响的忙音浑身发抖，不过气过狠过，她还是脓包了，开始还冲动地想反拨回去争论几句，后来把这念头摁死在心里了。

不争了，跟这些人是争不出理的，吃亏受气的事她已经习惯，忍忍就过去了，跟这些人硬碰硬，碰不得，遇见恶狗绕道走吧，用不了十天自己就要走了，忍一忍求个太平罢！

这样自我说劝一遍，她拿起电话给第五拨号，她要拿回自己的行李衣服，从今往后再不与第五有半点瓜葛。可是电话不通，依旧不通。她焦躁地在房间里来回走来回拨，刚才那个男人跋扈冷冽的声音回响在脑间，她气得噔紧了碎米牙，想第五跟她可真是"克"啊！她总是跟着第五无端受屈受辱！是第五背还是她背啊！

电话打到下午仍然不通，她没耐心了，给第五那只旧手机充起电，开机查第五家中号码，碰巧查到了，打过去是家中阿姨接的，说途途不在，再多余的话没了，不论问什么，只是一个“不知道”！柳豆无奈道谢挂了机，端端坐在窗前死等，一直坐到下午消失夜色来临，仍然没有半点音讯。

这一夜她在宾馆住下了，期望着夜半能够听到第五回来的声响。然而她失望了，等到第二日上午第五也没露面，十点钟的时候，服务员把门打开了，进来几位面无表情的黑衣人，黑衣人进门愣了一下，这些人没有想到房间里会有个女孩。倒是服务员没怎么诧异，上来说这些人是通过上边允许来收你男朋友东西的，这个房间已经退了。

服务员也是言语客气了些，用了“男朋友”的字眼，其实心中全不是这么认为的，柳豆从那暧昧寡淡的口气中感觉出礼数之外的轻蔑。她怯怯站起来，低着头满面通红地从黑衣人身边走过。

走出宾馆大厅，太阳晃到身上的那一刻，她突灵灵打了个寒战，卑缩啊！丑陋啊！自己就这般毫无脸面地被清出房间！

哦！从来都是卑缩的，从来都是丑陋的！此时她才陡然发现，十几年来，自己穿梭人潮中，哪一段生活不是卑缩与丑陋的，虽然自己长着一张好脸，虽然自己曾经被命为天才，可生活的拮据与凄苦丑化了她，她卑缩寒碜地觅食、丑陋皮厚地拖学费，毫无廉耻地做情色交易，老天啊……

不能想了，她噙住了将要滴落的泪液，不想了，再想下去，自己就嫌弃得无法面对自己了，她得坚持下去，她得活人、她还有一大家子智障的血亲在巴巴指望着她，再丑再难看也得坚持下去！可是此时她又发现更难堪的事了，她手上挽着的小包包忽然提醒了她，她蓦然惊觉：现在除了这巴掌大的手包她一无所有了！卡！她的卡！

天哪！她惊直了眼！

过去经常把钱物放在背包随身携带的她，自从沈菲前些时在街头被白粉鬼抢包之后，全舍人都不在身上放重要财物了……

就这么巧！就这么巧！她的所有遭际都要赶得这样巧！她腿软了，双手颤抖地抓出电话，颤抖地拨出号码，结果，第五的手机彻底关机了。

脑子咯嘣一声！

完了！第五消失了！她的第六感从来没有这样清晰笃定过！可是她还不能任由精神完全坍塌，她还得挺住，没得选择！她必须挺住！她咬着唇、挣起精神捱到学校宿舍，沈菲正在宿舍煲电话，她一进门便颤颤的一声：“第五来过吗？见过第五吗？”

沈菲摘下耳机，大着眼瞪她，“怎么脸皮灰得跟水泥粉儿似的！我也是刚回来！没见烂五啊！怎么了？”

柳豆立在当地不动了，第六感！可怕的第六感！又来了！

可她还得等一等，等第五！也许这第六感还能变！她乞求老天：变啊，一定要变！

她凄惶地挪到床沿坐下，帘子“哗”的一声，她把自己关在了帘子里。

“怎么了你？”沈菲嘟哝一声躺下了，惦记她的电话粥，没再多问！

柳豆瑟缩在自己的帘子里一条又一条地发信息给第五，让他回信回电话，从中午发到下午，从下午发到晚上，最后发到整个人瓷愣了，也绝望了，第五消失了，她瓷瓷地对自己说，这不是第六感，这是现实！她连泪都流不出了！第五带走了她所有的东西，前前后后大大小小零零整整所有的积攒，全部带走了！

夜深了，她依旧保持着整整一天的姿势，抱膝缩在墙角，手中紧紧攥着手机！黑眼睛睁在黑夜里！

夜半三点多，手机忽然响了，她触电一样弹起手，可是她失望了，是冉豫北的号码。她无心接，眼睛盯着那闪闪发光的手机屏如一截枯蜡般僵着！手机不休不歇的响声终于吵醒了梦中人，沈菲嘟哝咕噜抗议了，她吧嗒了一下瓷瓷的眼睛，木木接通。

冉豫北紧张焦心的声音立刻传来，他梦见她被一群黑衣男人推进一口深井里！他几乎忽然间哽咽了，“……豆，回来，不许你继续留在外面，不许你再考研，不许你再受活罪……”

午夜里的声音令她毛孔陡地发寒，冉豫北口里的黑衣男人窜进耳膜的一刹，她脑际霍然闪过宾馆房间见到的那些黑衣人，闪过那墨镜后面阴鸷的眼睛、一团又一团黑影过后，一个冷冽的声音轰轰响起：古言道，千万好话，抵不过一个硬手段……

电话从耳边滑落，冉豫北的声音嗡嗡作响，她充耳不闻，耳中脑中只轰然回响着一句话：

千万好话，抵不过一个硬手段……

要做什么？难道还打我不成吗？难道还真要把我填到枯井不成吗？她在黑暗中愤极咬牙！想自己究竟是什么贱命呐？在创伤刚刚平复没几日便劈头又来这么一着，什么都没有了，比过去更穷了。

第五啊第五，你在哪里！

5

窗外泛起鱼肚白时，一夜未睡的她到空旷的植物园打电话，第五的电话是彻底打不通了，她打第五家中号码未果后，果断打到了那个隆重的“连号”上面。

接电话的不是前天那个人，此人说话斯文却不客气，把柳豆好一阵盘问之后，才说老板此刻不便接电话，方便时会打给她。这一天她没有等来电话，晚间苦思一夜后，她对这些人不抱希望了，决定天一亮就打车向终南山方向去，第五前段时间跟她路过那一带时随便指了一下，说他们家就在附近，据说在那里傍山建别墅的人极少，她想应该不难找到第五家。

那个地方非常远，她身上已经没几个钱，连打车都未必够，无奈之下她打算破冉豫北的卡，冉豫北并没有告她密码，可她却顺利地进了取款机系统，以直觉输入的密码只试了一次便成功了，苦恋深恋过的人啊，那长久厮磨间形成的默契是永远抹不去的，想到此，她莫名地又把卡退了出来，不取了，回宿舍跟沈菲借了几个钱出发。

出租车行到山脚时，她茫然了，这里到处是深绿浓荫的漫漫山树，去哪里找第五家的别墅啊？

司机师傅走上盘山路后问她还要向上行吗？她张望来张望去，没了主意。

“师傅，附近有没有别墅之类的住家？”她随口碰运气。

司机说有的，但是不多，仅有两三家，一处姓韦，一处姓权，另一处记不清了。

柳豆说另一家是否姓第五，司机说那倒肯定不是，虽然具体姓甚记不得了，但第三处是单姓，绝不是复姓！柳豆沮丧地按了眉头思忖，第五家的别墅怕是套着别人名义吧？韦？权？眼睛蓦然一睁，权！这个姓叫她愣了一下，她飞快地从脑中搜索，第五说：我哥的名字很酷，权？

权什么？她一时想不起，不过姓是绝对可以确定的，姓权，没错！这是第五表哥的姓！

她急忙说：“师傅，照权姓的那处别墅走。”

出租车继续前行，半个小时后，在一处分岔路口停下了，司机指着蜿蜒向上的盘山路说那里是通往别墅的专道，出租车不便上去了，你自己步行上去吧。

柳豆谢过师傅后，挽着包包向盘山路的深处去，她完全没有想到，这一走，便走了足足半个多小时，四下无人，只路两边的树林里偶尔有野鸟苏苏飞过，在终于望到一处墨绿色铁艺大门时，她停下喘了喘，掐着腰以手拭额，手背顿时湿漉漉，发汗了。

她甩甩手继续前行，愈向前行，愈加发现那墨绿铁门的庞大，并排进五辆车也将宽阔有余。

走过去后，她并没有顺利进入大门内，大门闭着，看不见锁口，推上去却纹丝不动，也没有门卫一类的人出来，她透过雕花的铁门向院子的深处极目远望，院子里迟迟没有出现人影。她造次地研究大门门铃系统，最终没有眉目，喊又喊不出口，只好捏着腕子在门前来回踱步等待。心里苦苦呼唤：第五啊、五哥啊，我唤你一声五哥五大大你出现吧，你要坑我到什么时候啊！大到金卡小到毕业证学位证所有证件全不见了，除了被子褥单没拿，剩下哪怕一张纸也被他一股脑全卷走了。卷走你倒是露个面啊，不带这样糊涂的啊五哥！

还有她的身份证，她的身份证是什么时候第五摸去的，她可真不知道，身份证是一直在小包包里随身携带着的，发现身份证丢失是第五在麦当劳给她打欠条那天的事，那天去银行转账时身份证还在着，回宿舍就不见了！但当时她一点没怀疑到第五头上！直到三天前接到“连号”先生的电话她才知道是第五拿去了。

想到身份证她直摇头，世上有聪明反被聪明误一说，可人们不知道的是，世上也有“糊涂反被糊涂帮”一说！她现在真是后悔也后悔不及了，她也不得不信命了！不管自己脑子多好使不管第五脑子多糊涂，终究拼不过第五的“好命”！她是聪明反被聪明误了，而第五是糊涂反被糊涂帮了！

她的命啊！此时后悔的是当时发现身份证丢失却不紧张，全不以为是真丢了，只以为落在其他包包里了！

不，也不是这样的，她也是急急回宿舍翻找了一遍的，翻了半天没有找到，她撂开了，撂开去算账，去合计第五前后给过她的总金额，然后是窗口望到了第五、然后撒谎把第五支走、紧接着冉豫北出现在宿舍、接下去她向推拉箱的夹层把金卡塞好和冉豫北出门、吃饭、过夜，回来看到第五的肿指，再后来，就看到所有行李消失……

在第五豪宅外来回踱步的她想起这些紧凑到有些诡异的桩桩事件，再一次叹命！所有都赶得那么急那么巧，仿佛预先设定好的一般，设定好让她空喜一场，然后让她落个一穷二白！

命啊！她叹！第五卷走她的所有行李本是为了迫她搬去宾馆住，可却糊里糊涂坑了她，事到如今，她的后路给堵死了，真堵死了。

第五啊——她苦叫一声，按上脑门，仰面凄惨地靠在了门上！

然而只一下，她“噌”地转脸，铁门的左侧出现了对讲机一样的声音，在“哧哧”几声噪音之后，一个清晰的中年男音出现了。

“请问小姐你找谁？”

柳豆仰面寻找出声的地方，没有找到，但她已经明白，这门上不仅有对讲系统，而且有微型探头，毫无疑问，她这半天的等候已经被里边人尽收眼底。

“请问第五宏途在家吗？”她绝对可以断定这是第五家！

对方静了一下，“不在！”

“他去了哪里！”

“不清楚！”

“……”柳豆张着嘴说不出话了，对讲机里的声音让她疑惑此时跟她对话的会不会是一个设定好的电脑应答程序而不是一个人。

“他，他什么时候走的？”

“不清楚！”

干巴巴的声音让柳豆不由怒起：“我可以进里边谈吗？”

“这是私宅！”

意思就是不可以了！

柳豆急了，摊着双手怒道：“我并不是来找第五人的，我来找我的东西，他拿走了我的东西，我五天后要离校！所有行李都被他拿走了！请你们把东西还给我！”

“这个不清楚！”对讲机里的声音更干了！

柳豆被这声音噎地趔趄了一步，彻底失望了，她咬着唇后退、后退！

“私宅！”“不清楚！”她明白，这种高傲是故意做给她看的，这座古城是不会有这么孤傲的宅院的，古时皇亲国戚也未必有如此封闭的宅院！这种演电影一样的装模作样太做作了！他们知道她要来！他们是故意的！她霍然转身，怒冲冲地给“连号”拨出去，她没有别的号码可拨，她不知道第五父母的联系方式，身后的私宅又拒绝她的进入，她只能给“连号”拨。

电话打通了，接电话的，依然不是那位“高贵者”！她再次被告知：等！等老板方便时会给她回话！

她怒气冲冲的重复刚刚在私宅门口的话，要他们还回她的行李她的证件她的身份证，抛开金卡不说，第五还拿着她的各种学校证件、身份证件，连她的破书旧书考研书也拿去了，啥也没了，她这个又穷又小的“空人”下一步寸步难行…………

对方没有听完她的话便无声挂机了，她兀自在空荡的林荫大道上发泄了一通！

含泪向山下走时，思思打来了电话，是想跟她挪借几个钱，说家中急用。

提到钱，柳豆越发鼻酸了，按了按鼻子哀哀道：“思思，我没钱了——”还是没忍住哭腔。

思思听出了声音的异样，“怎么了豆？别哭！怎么了？被人抢了？”靳思思听到豆的哭音竟想到被人抢，学校遭白粉鬼抢包的事件屡屡发生！

柳豆按着口鼻低泣，自己可不就跟让人抢了一样吗？就是歹人来抢，也抢不了这样精光啊！

“豆，你别哭了，我顾不上安慰你了，我妈待会儿手术，我这边着急着，先这样！啊。”

靳思思匆匆挂电话了，柳豆掏绢子擦了擦眼睛，止住眼泪后，回头望身后变小的铁门！

望着那冰冷的铁门，她的眼眶忽然干了，她咬了咬牙握紧了手心，一个模糊的意念从内里一闪而过，那成形于后来的怨念便是从此刻就开始萌芽的，只是此时的她还不能察觉自己的心，那十九岁的心它已经在朝着主人不情愿的方向走！它已经不顾及主人坚守的良善忍耐与宽容，它自顾自远去了……

柳豆一步三回头地向山下去，手中的电话哑然无声，那位“高贵者”没有来电，她已经意识到，那个人不会给她来电的，还有什么办法可想啊？她苦苦思索，终于想到林凡。

在阵阵林鸟声中，她把电话拨向林凡那里！

林凡的电话里传来一片莺声燕语，柳豆声音沙哑地询问第五的下落，笑闹着的林凡没正经地打趣：“你都不知道五哥去了哪，我能知道呐！五哥现在不天天就在你裤袋上拴着吗？你不放话他连出来跟妹妹们吃顿饭都不敢哩……”

柳豆打断他：“最近五天你们有没有联络？”

“没有！”林凡说，“不是被你放倒了在家养病呢吗？”

“你……”柳豆恼起，正要恨恨挂机，林凡不跟她打趣了，她听到林凡哎的一声去问身边人：“你们最近谁跟五哥联系过啊？小雨你是不是跟他通过电话？”

有一个软软的声音待理不理地说：“老早的事了……”

林凡又问其他女孩，最后正儿八经地回来跟柳豆讲话：“没，豆，最近还真没见着他，电话也没打过！”

柳豆的手机缓缓滑下，无处可寻了！只有“连号”是一线希望了。

她攥着手机向山下走，有一种不安的惶惑感隐隐袭上心口，那就是定数与劫数，一场劫数正在悄然向她袭来，在她满怀憧憬将要北上的前五日……！

她哀哀乞唤了：第五啊，五哥啊，你不能再整治我了，我把所有怨气都摁灭了，我只求个安稳太平，你饶了我吧，你们成全我吧……

没有人回应她，手机静默无声，第五无声，他的家人无声！快到山脚时，在一片咕咕咕的鸟鸣声中，她忽然想起那个名字：权龙赤！

她并没有刻意地去想，可这个名字倏忽从脑筋滑过。

第五的声音也蓦然响起，第五说：我哥的名字很霸气：权龙赤！酷吧！

柳豆的脚慢了，缓缓回头，那私宅已经不在视线中！权龙赤！那个“连号”是权龙赤！？“三十多岁，”“老板”，“家族利益”！

是的，一定是的！

她再一次拿起手机！

6

电话接了，接听者说老板在开会，让她继续等，她没等对方说完便硬邦邦地撂话，她说如果第五再不露面，她将去第五家门口打地铺守夜！

对方顿音，最后说：“请小姐耐心等待！”所指并非第五，而是与他老板通话一事！

而这个耐心等待直直等了两天两夜，电话是第三天下午等来的，好几日吃不下睡不着的柳豆正在空荡荡的宿舍奄奄躺着，这两天的奔波打探已经让她丧失了方向感，哀哀不晓得该再从何处着手去寻找第五。电话接通后，她睁开沉重的眼皮，气若游丝地喂了一声，撑精神欠起身，！

她本来是想跟对方重复一遍行李的事，可是轮不上她讲话，冷酷的声音已向精神疲软的她压过来！

对方气场沉怒，没有一句杂言，一上来便居高临下直切主题：“你！”对方是以一个拉长音的“你”字算作称呼的，不称名不称姓，单单一个“你”字，“不准再找途途！”口气竟是怒不可遏！

这种怒不可遏的口气让柳豆立刻直觉到第五那边一定发生了什么事情，或是第五反抗了，这位全权代理者制不住第五，便要从她身上入手了。她同时也明白了，对方并非应她要求回电的，而是他们那边发生了什么状况，他们不得不打给她了。

电话中不可一世的声音让她震怒，但是她飞快地意识到不能硬碰硬，毕竟自己的要求非常低，拿回行李即可，何必真正卷入第五的是非之中，且第五许久以来在旁人面前把她老婆长老婆短地称呼着，真真叫她有口难辩，现在遇上此等憋屈和冤气，就忍吧，一个忍字伴了自己多少年，不差这一回，忍忍就过去了。

“先生，”在对方强硬无礼的气势下柳豆来了一声与之大相径庭的软弱声息，“我最近是找过第五，可我只是想要回我的行李，他拿走了我的破衣旧书所有行李，我浑身只剩一件衣服一只包包，身份证也被他……”

“身份证是有！其他没有！”对方打断，刚刚强势的口气并没有被柳豆的柔软冲淡，“身份证已从他身上扣下，明天会有人交到你手上！另外你走之前，随我的人做一项检查！”

“我走？我去哪里？”柳豆愣了，听上去的意义仿佛是对方已经为她安排好了后事，且那种独裁者一般的口气让她感觉自己是一只任人呵斥由人凌虐的小猫小狗，且是一只四面没靠的流浪猫狗，别人抬脚就可以照她身上来一下。

“不论去哪里，只要离开途途的范围！”对方说话总是一字一字极度清晰。

“这个好说，我本来就是要走的！可我为什么要跟你的人走一趟？”

对方凌然一声：“为了确定你和途途没有遗留问题！”

“什么意思？”柳豆不明白对方所指，但是“遗留问题”四个字让她心口一紧！当然这个遗留问题直到后来她才明白。

此时她没有听到回答，对方径直道：“你记着！我不会再有第三次警告！”意思是此次警告无效便不客气！

柳豆听得懂，饶是再怎么忍性刚强，她也要被这跋扈嚣张的警告激爆了，可她偏偏死死压制自己，贫穷带给她的唯一财富就是忍耐！她用忍耐抵挡世间一切险恶，且她经过戴缡那一劫，深悟与暴戾者拼硬度是绝对不明智的，她脑中掠过冉豫北所说的黑衣梦中人，更加坚决的压制了自己的胸中怒火。

她绕开对方的咄咄逼人，反倒诚恳出言：“您警告我之前应该弄清楚：我和第五究竟有没有您所担心的那层关系！当然，这个您不愿听解释，我也不说了，我可以走，但明天拿到身份证的同时我必须拿到我的行李！我的行李是我全部家当！第五他清楚……”

“小姑娘！”对方以为她在耍花枪！

但她没有意识到，她完全没有想过对方会有如此专断的认识，她不爱第五，更没有缠住嫁他的意念，在第五身上一点点别的念想都没有，她怎能想到耍花枪上面，可对方却冷蔑了，口气跟先前不大一样了。

“我也是从你这个年纪过来的，我知道这个年纪很容易犯不知天高地厚的错误，并且我知道现在的小孩更早熟、更精明，但是在我这里不会奏效，我告诉你，没有行李，更不许你再提途途！”

“啪！”柳豆终于拍案而起，她其实是拍在了床沿上，人挺坐了起来，正要厉声怒斥，却忽然不敢，不敢强硬！生生地把一口恶气咽了回去、怯怯地孽儿了下去！

她的这一瞬变化对方隔着电话察觉到了，或是因这一脆弱变化，才让电话彼端的人意识到：与之对话的不过是个十八九岁的孩子，于是换了语气道：“离开不是关键，关键是要途途找不到你，途途我明白，他至多找两到三个月就淡了，这一点，你该是懂得的！他在女人身上是没长性的。”

“我懂！我能！但是先生，请拿来我的东西！”愤极的柳豆仍能保持如此平静对话，应该归功于她沉重的过去，过去的贫穷不全是坏事，练就了此刻的耐受力！

“我说过，没有东西！”

“请您不要如此专断！”柳豆不由得声高了，“您可以问第五，他不至于这么没良心到……”

"没良心"三字说错了，真的说错了，对方刚才认为她磨时间耍花腔，此时更确定了！

她的话忽然被电话里的一声"嘭"打断了，是打开点烟器的声音，随后，对方含烟说话的声音出现了："我可以明确告诉你，我从来不主张拿钱打发女人，从某种意义上来说，女人比男人更贪财，在钱财方面更容易丧失理性，拿钱安抚女人，只会让她变为无底洞！小姑娘，出人头地靠的是勤奋与魄力！等、靠、要！是没有希望的！

柳豆气结，此时方才明白对方曲解了她的意思。她终于忍不下了，勃然怒斥："第五卷走行李害我寸步难行，先生你又来无端滋扰刻薄羞辱，说什么体面家族高贵家族，说什么家族利益最高利益！你们这是什么行径？这是野蛮行径……"

她被打断了，对方口气更沉了："再说一遍：身份证明天给你，其他没有，必须消失！不准回家！不准透露行踪！换掉手机！记住：不是离开！而是消失！你要自动消失？还是要我帮忙？"

柳豆气极冷笑了，她咬着牙摇头，不可理喻啊！不可理喻啊！

她气息疲软地撑住床栏坐直身，挣起精神发出铁骨铮铮的声音："先生，您是什么人？您凭什么要我消失？"

对方仿若未闻，独行其是的声音传过来："你必须消失！"

柳豆冷笑了，她的骨气被彻底逼了出来，一字一字道："我虽命贱，却也是个出着气的大活人，消失，是！做！不！到！的！"

彼端"当啷"一声，点烟器掷到桌上的声音："那就不要怪我不客气！"

岂有此理！柳豆"噌"地收线，手机"啪"地拍到床垫上！一跃坐起！

然如此激烈愤怒只是一瞬，下一秒便是头脑的激灵灵一颤：第五，第五他这就真的找不见了吗？

找不见了吗？她的气息越来越浅，内心猝然虚弱，整个人溺水般一截一截地向下沉，但她及时抓住了床栏，挺住，必须挺住，此时，是容不得自己萎靡的！她挣起精神摸过手机，给林凡拨电话。"连号"这条路走不通了，唯一的办法仍然是去第五家，那座私宅不会接待她的，她需要向男生求助。

窗外暮色已经沉重，她一边拨号一边挪下床，腿脚的疲软才让她意识到自己最近的体力严重透支，她抚着床杆闭着眼，气息虚浅地等待林凡接听。

林凡听了事情的来龙去脉，答应第二日一早陪她去终南山走一遭。然而第二日没及得她向终南山去，早上刚刚拿了包包要出门，楼下寓管员就打来电话，说有人给她送身份证，让她下楼取。

下楼到了公寓楼口，柳豆先是看见远处一辆黑车，黑闷闷的一辆车，而后看到近处台阶下一位手握手机来回踱步的黑衣男子。

看到黑衣男子的一刹间，她的脚下意识慢了，脑中突兀跳出一口黑井，确切地说，是一个黑洞洞的预感。

黑衣人已经停脚开始注视她，那鹰钩黑目让她脚步更加慢了，黑衣人向台阶上来，看到黑衣人向她走来，她本来缓慢的脚步完全停住了，一种掉头逃跑的冲动忽然充斥大脑，最终没有来得及。

“你叫柳豆？”黑衣人已经立到面前，非常非常高，比第五宏途还高，比第五宏途还壮，柳豆像看天一样仰面，黑白胆怯的大眼怔怔看着空中的脸。

“是。”她低低回答。

“这个给你！”黑衣人像警察出示逮捕证一样亮了下柳豆的身份证。

柳豆颤颤接过，眼睛却看向远处的黑车，黑车上下来两个粗壮黑衣人，下车后负手立在了车门前，庄严待命一般。

此时有声音从她头顶下来：“跟我走一趟……”话没落全音，柳豆已经箭一样射了。

黑衣人瞪了下眼皱一下眉，显然没想到小女孩会有这一举动，但也知道她这是白费劲。

向办公楼方向死命奔跑的柳豆已经看到诧目向她走来的林凡，她尖利大呼：“救我……林……”

“啊——”一声惨叫，她的头发从背后被死死拽住了……

7

在后来第五宏途从校园网络论坛上的视频帖子中看到，柳豆是被高如巨人的黑衣人反擒头发拖出几百米后，才如麻袋包一样被掷到那辆黑车上的。不，也不像麻袋包，在庞大黑衣人粗壮臂膀下的她更像一只装菜装鱼的食品塑料袋——小、单薄、蜷缩，黑衣人轻轻一掷，她便消失了！

视频是有学生偷偷用手机抓拍下的，画面跳跃而模糊，像一段警匪毛片，看得触目惊心！

视频中同时显示的还有当时十分壮观的围观人群，有男生有女生、有认识的、有不认识的，但是谁也没有出手相救。

不敢出手。

后来有女生们描述，庞大冷漠的黑衣人连双手都没用，只单手扯着柳豆的头发，旁若无人地将惨叫的柳豆拖到车前，所经之处，大片大片落着浓密的头发……

第五是什么时候出现的？就在事发当天的下午。冲进女生公寓的第五宏途，双目赤红，喘气如牛！

他撞开门时，207宿舍少有的拥挤，七八个女生聚集在写字台前，惊惧地看沈非的笔记本视频回放，听到门口传来第五一声急叫："豆豆！"女生们齐齐回头，睁着大眼的女生们谁也没有出声，纷纷无声地向两边退，露出写字台上的笔记本电脑，笔记本的视频里，嘶响着凄厉的惨叫声……

第五是怎样下楼的，他永远不记得了，只记得在公寓楼前他趔趄了一下，脚上缠了一绺黑发，清晨时的落发还没有清理，在地上被微风吹得打着旋儿……

"啊——"第五发疯般仰面惨叫了一声，颈脖处青筋怒张！苍狼一嗥！

这是第五宏途从来不曾有过的惨烈嘶吼！撕心裂肺！震天撼地！

公寓楼的窗口瞬间探出无数脑袋，从来纨绔散漫的第五宏途，在最后一刻让众人默然了，这种凄怆竟然出现在那个记忆中从来满眼桃花笑的第五宏途身上！

凄厉一声痛吼之后，天地静音了，静默中，第五仰面闭目，立在公寓楼下，没有一点活气！

很久很久之后，他慢慢垂下头、慢慢蹲身。

地上的头发，他洗过多少次的发！！任人踩踏！他的大手，默默地将它们一团一团收走了。

已经毕业的第五宏途这一次才真正永远离开了这座学府，临走前将学校保卫科砸了，连一个小姑娘都保护不了，养他们干什么。

也有传说，他被保卫科不明底细的一群小喽啰当人肉包子给打残了，总之，从这一天之后，这所校园再也没有柳豆与第五宏途的存在！

他们在这里快乐过，忧伤过，荒唐过，成长过……

但是最终，这里，成了他们共同的伤心地！

他们走了！

在哐哐噹噹的列车上，柳豆朦朦睁开了眼，她的头枕在自己那巴掌大的包包上，眼前是列车黑蒙蒙的车窗。和她刚登车那时一样，车厢里的人声依旧嗡嗡杂杂，邻座用手机播放的忧郁歌声还在继续，这嗡嗡杂杂的声音让她酸涩的眼皮呆滞地吧嗒了一下，难道已经快到了，难道已是黎明将近？

不，当然不会，从登上火车到现在，大致过去了多久还是知道的，因为自己并不是真的睡着了，自己只是闭上了眼，只是希望能逼着自己睡过去，只是希望在睡眠中躲一躲那黑色的人、黑色的声音、黑色的空气，甚至躲避这个黑色的世界……

可是没有，睡不着，虽然她非常非常累，第五消失这些天来，她夜夜无眠，睁着眼的时候，酸胀的瞳孔总是“嗖嗖”冒着一根根尖利的小针，但闭上眼却毫无睡意，今天更睡不着，羞辱绝望的心让她无法入睡，胀痛酸麻的头皮让她无法入睡。

那钻心啄肺的场景不停不歇地扑面冲来：那一张张倒立着的脸此时仍像清晨时一样，伴随着她头皮的剧痛倏倏闪过眼帘，倒立着的清纯的学生脸！倒立着的围观者惊诧的脸！倒立着的黑镜黑面的脸！还有公寓大道两旁那一排排倒立着的参天大树！

当她被摔入黑车，终于不再仰面朝天可以正着看东西时，她已经顾不得睁眼了，头疼欲裂的她什么都顾不得了。她捧着头如一截枯木般被拖下黑车，被拽到医院，被摁到冰凉的床上，然而瞥到身穿白衣的医生时，她的疼被吓麻了，她惊惧地听到了头顶黑衣人对医生刚硬的话："看看这个小孩有没有怀孕，如果有，马上拿掉！"

她大惊，还不及得抗议出声，便有人上来撸她的上衣，一只大手扯她的裙子时她尖叫反抗了，然而她的反抗被四五只铁钳般的手臂压制了下去，她细弱的手臂被压到头顶，双腿被紧紧挟住，一双大手扯下她的裙子，她尖叫、她挣扎，可这份挣扎只是蚂蚁踩在大象脚下时的徒劳。凉丝丝的B超润滑液淌到小腹上时，她瘫了……

不再挣扎不再反抗，眼泪瞬间干涸……

脑间轰然自鸣：这就是那个冷沉的声音所说的"遗留问题"！这就是赤裸裸的人吃人！

那个冷沉的声音出现了：千万好话，抵不过一个硬手段！他的手段已经不是硬，是赤裸裸的轻蔑鄙视为所欲为，如此随意践踏，是因为她无依无靠，哪怕有沈非那样一位清贫但强健的父亲，也不会有人敢对她如此野蛮猖狂恣意妄为。

她紧闭的牙关颤抖了，一个沉重的怨念像用看不见的针管猝然注入了她体内，瞬间渗透她的全身脏器细胞，她攥紧了拳！

她还不知道，这怨念，它早已滋生早已萌芽，就在那居高临下的声音第一次出现时，就在那视她为野猫野狗的态度第一次出现时，这怨念，便已悄然萌发，直至今日，它膨胀了，它呼啸了，它瞬间左右了她绝望愤懑的心房！

而她，却是如此地放任这份怨念的膨胀，总有一天她要让它膨胀到撑破自己的躯体，呼啸而出，爆发在那些恣意践踏她的人身上……

超声毕，她已经彻底成了木偶，除了呆滞地拉起裙子外，什么都混沌一片，再一次被扯进黑车后，黑衣人与她面对面坐，扯过她的包包检查一遍，将手机卸开，将卡扒下掷到窗外，空手机丢回包包里还给她。

黑衣人手指向下顿了顿，口气不是很冷了："回去收拾收拾走人吧，明天消失！这些人不打你，更不会杀你！但是你年纪轻轻面子很重要对不对，我们也是头上有老板的人，你小孩子一个，不要犟，赶快走。”

说得对，脸面很重要，脸面是她一直护着的宝，可是他们已经让她丢尽了，丢尽了！

天才与美丽、憧憬与理想，她，本是风华卓然，却从来被贫寒的生活丑化！更不曾料到在计划离校的短短几日，又彻底丑了一把，丑尽了！

计划中，只要十天她就要走了，老天却连十天都不容她！

命啊！她哀哀悲鸣！

她没有脸面回校，也没有必要回校，她所有家当都在身上，一身衣服，一只包包，包包里是一只手机！一片身份证，一张前男友的金卡！她带着这些家当，瑟缩摸到了火车站！

她在候车室从上午枯坐到下午，从下午枯坐到傍晚，后来，她踏上了T44次列车。

T44次列车，傍晚十九点发车，次日清晨八点到达北京西客站，这趟车次是她在十天前就问好了的，她计算得妥妥的：八点到达北京后，打车直接到她咨询预约好的院校，恰恰不会耽误报道。

此刻，她一如计划中的那样，准班准点地坐到了这趟车次上！真是讽刺啊！

一如计划中的一样，她不由咀嚼这句话，转而苦笑了，早已和计划中不一样，就在第五卷走所有行李的那一天就变了，所有都变了，计划中的衣食无忧，计划中的安心读书，都成了一场空想。不！她不能让它成为一场空！她有了一桩迫切的念想，那是一桩怨念也好，那是一个目标也好，她要实现，必然要实现！

攥着拳下着决心的她此时越来越清醒了，她蠕了蠕身子，感觉到脸颊处的痛，是枕在下面的包包硌痛了她，慢慢爬将起来后，浑身的疼都开始出现了，哦，这时才发现自己蜷缩得多厉害，像一只土灰色龙虾，缩在绿色的硬座上，丑，真丑！

她绝不让自己再丑了！她双手拿过包包，抱在怀里！从明天开始，她绝不让自己再丑了！绝不再做灰姑娘！

邻座用手机播放的音乐仍在继续，一段忧郁的歌声进入她耳膜，小小的小

孩 / 今天有没有哭 / 是否弄脏了美丽的衣服，却找不到别人倾诉 / 是否让风吹熄了蜡烛 / 在黑暗中独自漫步……

面朝黑色窗玻璃的她，木木眨了眨沉重的眼皮，自己，是不是永远要独自漫步在黑暗中？

她不知道，她连让自己假装自信一下都不敢！只能黑漆漆地向前走。

她望着浓黑夜窗，向茫茫然的北方去，向不可知的未来去……夜深了，天黑了。

（未完待续）